KB122869

좋은 엄마 되려다 멈춰 서다

서른여섯

서른여섯 ———————
좋은 엄마 되려다 멈춰 서다

초판 인쇄일 2020년 5월 11일
초판 발행일 2020년 5월 18일

지은이 허성혜
발행인 박정모
등록번호 제9-295호
발행처 도서출판 혜지원
주소 (413-120) 경기도 파주시 회동길 445-4(문발동 638) 302호
전화 031)955-9221~5 팩스 031)955-9220
홈페이지 www.hyejiwon.co.kr

진행 박혜지
디자인 조수안
영업마케팅 황대일, 서지영
ISBN 978-89-8379-359-1
정가 13,800원

이 도서의 국립중앙도서관 출판시도서목록(CIP)은 서지정보유통지원시스템 홈페이지(http://seoji.nl.go.kr)와
국가자료공동목록시스템(http://www.nl.go.kr/kolisnet)에서 이용하실 수 있습니다.(CIP제어번호: CIP2020017890)

서른여섯

좋은 엄마 되려다 멈춰 서다

혜지원

여러분들은 어떤 계기로 이 책을 선택하셨나요? 여러 이유들이 있겠지만 지금 이 책을 고른 여러분은 선택과 고민의 한가운데 서 있을 것이라 생각됩니다.

알파걸이라 생각했던 20대 시절을 지나 30대에 결혼과 임신, 출산을 겪었습니다. 인생 과제를 수월하게 해냈다 생각했으나 그것은 끝이 아닌 시작임을 그때는 몰랐습니다. 워킹맘으로 사는 것도 쉽지 않았지만 뒤늦게 찾아온 사춘기와 내면아이까지 등장한 저의 30대 중반은 정말 아수라장이었습니다.

그런 상황 속에서 저는 사표를 낸 이후 절망하거나 좌절하기보다는, 또 다른 치유와 성장의 기회로 저만의 〈안식년 프로젝트〉를 가졌습니다. 그러한 과정에서의 다양한 감정을 기록해 저와 같은 고민을 하는 분들에게 희망과 용기, 할 수 있다는 동기부여를 하고자 이 책을 썼습니다.

돌이켜보면 저는 그동안 역할 속에서만 살아왔습니다. 좋은 딸, 좋은 엄마, 좋은 아내, 좋은 친구, 좋은 직원…. 주변 사람들에게 인정받고자 애쓰며 저 자신을 소중히 다루지 못했습니다. 저의 욕구보다 주변 사람들의 기대와 만족을 충족시켜 주기 위해 많은 에너지를 사용하며 점차 소진되었습니다. 처음에는 그러한 사실조차 인지하지 못했습니다.

〈안식년 프로젝트〉는 오롯이 저만을 위한 시간을 가지기 위해 창조되었습니다. 일한다고 잠시 뒷전으로 밀어 놨던 아들과 애착도 쌓고 아들이 유치원 간 시간을 활용해 저의 내면아이를 달래 주는 일을 6개월간 진행했습니다. 인생 버킷리스트를 하나하나 해 나가며 제 안에 쌓였던 울분을 달래 줬습니다. 사회적 관계가 끊어지고 가야 할 곳이 정해지지 않은 고독한 시간 속, 저는 제 안의 어린아이의 말에 조용히 귀를 기울였습니다. 그리고 그 아이를 안아 주고 달래 줬습니다.

결혼 이후 제 인생의 많은 부분이 달라졌습니다. 임신과 출산 이후 아이를 매개로 육아 지원을 줄 수 있는 곳으로 이사를 다녔고 양육과 병행할 수 있는 일을 찾아 커리어도 바꾸었습니다. 그러는 동안에 남편은 대학원을 졸업하고 승진도 했습니다. 물론 남편 또한 열심히 회사에서 고군분투하는 것을 잘 알고 있었지만, 저는 남편이 무척 부러웠습니다. 대학교 동문인 우리 부부에게 이러한 사회적 격차가 발생한 것은 과연 무엇 때문인지 곰곰이 생각했습니다.

그 누구도 저에게 사표내라고 등 떠민적은 없지만 아이를 낳은 후 양육과 애착 형성, 좋은 엄마가 되어야 할 것 같은 무언의 압박감으로 인해 저는 어느 순간 퇴사를 결정하였습니다. 백수가 된 이후, 아이를 유치원에 보내고 참 많이 울었습니다. 사회적으로 이루고 싶은 꿈과 목표가 누구보다 많았기에 알 수 없는 마음속 울분은 분노와 짜증으로 표출되었습니다. 때론 한국에서 태어난 것, 여성으로 태어난 것을 원망하기도 했습니다.

그러나, 징징거린다고 해결되거나 상황이 나아지지 않기에 저는 위기를 기회로 사용하기로 결심했습니다. 제 선택에 책임을 지고 이 시기를 내면 치유와 성장의 발판으로 삼기로 다짐하며, 하루하루 목표에 충실했습니다. 그러한 과정에서 매 순간 넘어지고 후회하기도 했습니다. 〈안식년 프로젝트〉를 하면서도 불안감에 중간중간 이력서를 넣으며 딴짓도 했습니다. 그러나 저는 끝까지 포기하지 않고 순간순간 찾아오는 '불안'을 관찰하며 묵묵히 걸어갔습니다. 돌이켜보면 '엄마'가 된 이후 시행착오를 겪은 데는 몇 가지 이유가 있었습니다.

첫째, 지나친 불안으로 미래 시점의 일을 현재에 선택했습니다.

저의 무지는 선택의 기로에서 늘 발목을 잡았습니다. 제 나이 서른, 불 같은 연애로 11개월 만에 결혼에 골인했습니다. 당시 NGO계의 삼성이라고 불리는 안정적인 직장을 잘 다니고 있었습니다. 육아 휴직을 2년이나 쓸 수 있을 정도로 여성들이 다니기 좋은 직장이었음에도 불구하고 아이가 생기기 전에 자발적으로 퇴사했습니다.

주변에 일과 육아를 수월하게 해내는 사람도 있었지만 당시 저에게 일하는 여성으로 성공한다는 의미는 가정과 일 중 '양자택일'을 해야 하는 상황처럼 느껴졌습니다. 저는 '좋은 엄마'가 되고 싶었습니다. '엄마'가 되어서도 기존의 일을 잘할 수 있을지 의심이 들었기에 가능한 한 빨리 아이를 양육하기에 좋은 직업을 찾아 나섰습니다.

저는 왜 '보통 엄마'가 아닌 '좋은 엄마'가 되고 싶다는 환상을 품었던 것일까요. 모성애 가득한 양육적인 어머니상도 아니면서, '좋은 엄마'가 되어 보겠다고 좌충우돌하다가 결국에는 고꾸라졌습니다. 애당초 당찬 목소리의 소유자인 저에게 어울리는 곳은 '전쟁터 같은 일터'였는지도 모릅니다. 그럼에도 불구하고 저는 '좋은 엄마'가 되어야 한다는 생각과 불안으로 너무 일찍 여러 선택을 했습니다.

둘째, 노력하면 '완벽한 엄마'가 될 수 있을 줄 알았습니다.

저에게는 '완벽한 엄마'가 되어야 한다는 강박과 충분히 노력하면 그럴 수 있을 것이라는 자신감이 있었습니다. 제가 생각한 '완벽한 엄마'라는 것은 좋은 의식주를 제공하는 것뿐만 아니라 엄마의 우아한 비주얼과 아이를 존중하는 태도까지 포함된 '모든 것'이었습니다.

완벽한 엄마가 되겠다는 대단한 결의로 임신 후 육아휴직과 더불어 양육의 세계에 발을 담그게 되었습니다. 각종 육아 전문가와 베테랑들의 책을 인터넷으로 주문했고 몇 시간마다 몇 리터의 우유를 줘야 하는지 노트에 적었습니다. 저 몰래 우는 아이에게 분유를 주는 친정 엄마와 싸우기도 했습니다. 그렇게 저는 뭣도 모르고 완벽한 엄마를 꿈꾸다가 늘 그러지 못하는 제 자신을 채찍질하며 혹독한 자아비판과 죄책감에 시달렸습니다.

차라리 처음부터 '완벽한 엄마'는 존재하지 않고, 제가 상상하는 그런 종류의 완벽한 엄마가 될 수 없다는 한계를 알았더라면 좋았으련만…. 아들은 벌써 일곱 살이 되었습니다. 지난 몇 년을 그렇게 보내고 깨달은 것치곤 나쁘지 않은 성과지만, 저의 무지와 교만은 육아를 더욱 어렵게 만들었습니다.

셋째, 저는 엄마를 엄마라는 '존재' 그 자체로 인정하지 못했습니다.

결혼 후 임신을 하고 '엄마'가 된다는 것은 제 삶의 많은 것을 바꿔 놓았습니다. 그것은 인생 그래프 상의 작은 이벤트가 아닌, '좋은 엄마'라는 역할을 중심에 두고 살아가야 한다는 것을 의미했습니다.

저를 낳아 준 '엄마'를 항상 제 기준의 '좋은 엄마'와 비교했습니다. 매우 오랜 시간 동안 딸에게 '부적절감'을 받았을 엄마의 마음이 얼마나 아팠을까 하는 생각이 든 건 최근입니다. 저는 존재하지도 않은 이상적인 '좋은 엄마'라는 환상과 사느라, 실존하는 '엄마'를 제대로 본 적이 없었습니다. 저 스스로도 엄마를 '존재'가 아닌 '역할'로 바라봤기에 엄마와의 갈등과 쎄 아이와의 갈등이 생기는 것을 깨달았습니다.

제가 초등학생 때부터 일을 시작한 엄마는 퇴근 후면 녹초가 되어서 집으로 돌아왔습니다. 엄마는 그 당시 일이 너무 고되어 집에 오면 그냥 아무 생각 안 하고 쉬는게 좋다고 말했습니다. 당시 어렸던 저는 그런 엄마의 상황도 모르면서 피로에 지쳐 드라마를 보고 있는 엄마에게 왜 다큐멘터리, 뉴스 등을 보지 않느냐고 비난했습니다. 성장기, 엄마와의 갈등이 있을 때면 나중에 내가 엄마가 되면 절대 그러지 않겠다는 굳은 결심도 했습니다. 어쩌면 이 모든 것이 '시작'이었는지도 모릅니다. 저를 낳아 주고, 길러 주고, 어려움에 처했을 때 가장 먼저 달려오는 사람이 바로 저의 '엄마'라는 것을 너무 늦게 깨달았습니다.

〈안식년 프로젝트〉를 하면서 마흔을 앞두고 백수가 된 초라한 제 모습을 보며 이게 다 엄마 때문이라고 모진 말을 내뱉었습니다. 그 당시 저는 그렇게라도 하지 않으면 이 모든 상황을 극복할 수 없을 만큼 나락에 떨어져 있었지만, 그 말을 매번 가슴으로 받아야 했던 엄마는 어떤 기분이었을까요. 얼마나 절망적이며 괴로웠을까요. 또 얼마나 무수한 밤들을 자책하며 괴로워했을까요.

모든 것은 저의 선택과 결정이었음에도 저는 비겁하게 뒤로 숨어 '엄마 탓'을 해 왔습니다. 그렇게 몇 년을 엄마에게 심각한 투정을 부렸습니다. 그러다 문득, 우리 엄마도 이제 육십이 훌쩍 넘었다는 사실이 생각났습니다.

제가 서른 중반을 넘어서는 동안 엄마는 예순을 훌쩍 넘어, 잔병치레 없이 건강하게 살아도 앞으로 저와 추억을 만들며 살 날은 몇십 년도 남지 않았다는 사실을 깨달았습니다.

늘 하지 못했던 말이 있습니다. 올바르고 불의에 굴하지 않으며, 소신을 위해서 과감하게 결정할 수 있는 의연함을 주신 부모님께 진심으로 감사하다는 말을 전하고 싶습니다.

특히 오랜 시간 동안 묵묵히 딸을 위해 기도하며 헌신해 온 사랑하는 아버지. 당신에게 받은 좋은 습관과 정신적 유산들로 인해 저는 어려움을 회피하지 않고 저만의 방법으로 정면 돌파했습니다. 눈앞의 이익을 쫓지 않고 옳다고 생각하는 것을 위한 삶을 살 수 있도록 '소신'을 알려 준 아버지, 사랑하고 감사합니다.

남편의 이상형인 '어디에서나 주눅들지 않는 당당함'을 물려준 엄마. 특히 '안 되면 되게 하라'의 불도저 정신을 삶에서 몸소 실천해 온 엄마가 아니었다면 지금의 저 또한 없었음을 잘 압니다. 투박한 말 속에 사랑이 가득 담겨 있는 엄마께 진심으로 감사의 마음을 전합니다. 남은 인생은 서로가 그리는 '이상적 딸과 엄마'가 아닌, 서로의 존재 자체를 그대로 수용하는 '딸과 엄마'가 되기를 기대하며 엄마, 사랑합니다.

임신, 출산 이후 공동 양육자로서 가장 많이 전쟁을 치르고 있는 남편. 인생에서 가장 행복한 순간인 승진조차도 아내가 질투할까 봐 제대로 말을 못했다는 말에 마음이 많이 아팠습니다. 남편의 승진을 함께 기뻐하며 축하해 주지 못해서 미안하다는 말을 전하고 싶습니다. 사실 아직까지는 양육 지원 없이 부부가 동시에 일하며 아이를 기른다는 것이 현실적으로 쉽지 않음을 저희는 잘 알고 있습니다. 남편에게, 고맙다고 전하고 싶습니다.

기대 반, 두려움 반으로 시작된 이 프로젝트가 좋은 결실이 될 수 있도록 믿고 집필을 허락해 주신 혜지원의 박정모 대표님과 박혜지 편집자께도 진심으로 감사드립니다. 고민하던 저에게 동기부여를 해 주신 엄준희 코치님과, 특별히 〈안식년 프로젝트〉 기간 중 감정 기복이 들쑥날쑥할 때마다 옆에서 격려와 용기를 준 사랑하는 친구 임지선에게 고마움을 전합니다. 이외에도 일일이 언급하지 못했지만 안식년 기간 동안 저를 응원하고 위로와 사랑을 전해 준 모든 분들께 감사드립니다.

끝으로 일과 육아 사이에서 힘겨운 줄타기로 하루하루를 버티고 있는 대한민국의 엄마들에게 이 책을 바칩니다. 당신은 잘못되지 않았고, 충분히 잘하고 있다고 응원하고 싶습니다. 내면에서 올라오는 '자신만의 목소리'에 귀 기울이며, '자기의 속도'와 '발걸음'으로 한 걸음씩 나아가도 괜찮다고 말해 주고 싶습니다. 그 길이 비록 가시밭길일지라도, 단단해진 내면으로 휘둘리지 않는 '나만의 정답'을 찾아가는 의미 있는 길이 될 것입니다.

이 책이 일과 육아 모두 잘하고자 고군분투중인 워킹맘과 경력 단절을 막기 위해 버티고 있지만 언제 무너질지 모르는 위태로운 상황에 처해 있는 분들에게 위로가 되었으면 좋겠습니다. 혹은 이미 경력 단절이 된 분들에게는 새로운 자극이 되면 좋겠습니다. 각자의 방식으로 용기내서 직면하고 해결하는 데에 도움이 되고 스스로를 신뢰하고 장애물을 뛰어넘어 더 높은 곳으로 성장하는데 용기를 주는 글이면 좋겠습니다.

그럼에도 불구하고 숨이 턱 막히고 더 이상 아무것도 움켜쥘 수 없는 당신에게는 '안식년'을 추천합니다. '안식년'은 잠시 멈춰 자신을 돌아보며 그동안 잊고 지내던, 해맑은 미소 가득한 어린 시절의 당신을 조금이나마 되찾을 수 있는 '회복'의 시간입니다. 인생에 한 번쯤 모두가 자기만의 '안식년'을 갖길 바랍니다.

2020. 봄에
허성혜

목차

Contents

3장 내 삶에 어떤 변화가 일어났는가

1장

어느 날 갑자기
'여자'에서 '엄마'가 되다

1
꿈과 야망 가득한 알파걸
'커리어우먼'을 꿈꾸다

롤 모델을 보며 키워 온 '커리어우먼'의 꿈

꿈 많던 중학생, 고등학생 시절 나의 꿈은 기자였다. 특히 세상의 중심에서 억울한 사람들의 목소리를 대변하는 사회부 기자를 꿈꿨다. 중학교 2~3학년 즈음부터 하루에 30분 이상씩 신문을 정독했다. 사회, 경제, 정치, 세계면을 꼼꼼히 본 뒤 논설위원들의 사설까지 읽으며 노트에 신문 스크랩을 했다.

어려서부터 꿈이 명확했기에 대학에 진학할 때도 다른 과는 고민하지도 않고 언론홍보학과에 입학했다. 휴학 후 6개월 간 신문사에서 아르바이트를 하며 업계를 경험했다. 생활기록부의 장래희망 칸에는 '기자'라고 썼지만 이게 내 자발적 의지인지 아니면 얼핏 기억나는 "네가 기자가 돼서 오빠를 더 빛내 주면 좋겠다"는 부모님의 영향인지는 잘 기억나지 않는다. 어릴 적 또 다른 장래희망은 탐정이었다. 기자, 탐정 등 분야는 다르나 나는 안정적인 직업과 다른 '진취적인 직업'을 선호했다.

혈기 왕성한 20대 시절, 야망에 가득 찼던 내가 좋아하던 여성들은 공통점이 있었다. 프로페셔널을 꿈꾸며 안 되면 되게 하는 추진력과 열정, 없는 것에서도 있는 것을 발견하는 긍정성, 환경에 굴복 당하지 않는 회복탄력성까지. 한비야, 손미나, 백지연, 서진규, 오프라 윈프리 등 좋아하는 분들의 자서전이나 롤 모델이라고 할 만한 사람들의 글을 읽고 자극을 받았다. 실력으로 무장된 그들에게서 뿜어져 나오는 강력한 카리스마와 강렬한 아우라까지. 그들처럼 언젠가 글로벌 무대에서 멋지게 활약하는 내 모습을 상상했다.

정확한 시점은 기억이 안 나지만 어느 순간부터 나는 '성공'하고 싶었다. 불굴의 의지로 열악한 환경을 극복한 신문 지면의 주인공이 되고 싶었다. 그것이 나도 출세하는 길이고 어깨가 축 늘어진 부모님을 위한 길이라고 생각했다. 일이 잘될 때는 지나가는 이웃들도 반갑게 인사하지만 일이 잘 안 풀리니 집에 자주 찾아오던 친척들의 발길도 끊겼다. 나는 그런 여러 분위기를 이미 어렸을 때 감지할 만큼 섬세한 아이였다.

대학교 1학년 때부터 강의실 맨 앞자리에 앉아서 불타는 눈으로 수업을 듣고 땡땡이 한 번 안 치고 학점관리를 했다. 반수 끝에 입학한 학교였기에 후회 없는 대학 생활을 보내겠다고 다짐했다. 비싼 등록금을 내고 다니기에 이왕이면 복수전공을 해서 일타쌍피를 노렸다. 복수전공 후보에 올랐던 학과는 정치외교학, 문예창작학, 사회복지학과였다. 내 기질상 잘 맞는 정치외교학을 선택했다면 지금쯤 국회에서 사회정의를 외치고 있을지도 모르겠다. 문예창작학을 복수전공했다면 글 솜씨가 조금 더 좋아져서 글로 먹고 사는 일을 하고 있을 수도 있겠다. 하지만 '가성비'와 '생산성'을 빼면 시체였던 나는 이수하면 사회복지사 2급 자격증을 준다는 '사회복지학'을 복수전공으로 최종 선택했다. 나의 선택은 늘 '미래'에 맞춰져 있었다. 기자로 열심히 일해서 은퇴하면 좋은 일을 하고 싶다는 마음으로 그렇게 사회복지학을 공부했다.

학점 관리, 스펙 관리, CC(캠퍼스 커플)부터 장학금 받기, 아르바이트와 동아리 활동, 학회 활동, 대학생 연합 동아리 활동, 홍보대사와 대학생 마케터, 대학생 명예기자 활동 등을 하며 열정적으로 살았다. 하고 싶은 것이 너무 많아 잠을 자는 시간이 아까웠고 넘치는 에너지로 다양한 활동을 하며 목표를 향해 차근차근 걸어나갔다. 이렇게 열심히 살면 졸업 후 내가 꿈꾸던 멋진 '기자'가 되어 있을 것이라 상상했다. 이왕이면 모교 후배들에게 강의를 하러 올 정도로 유명해져서 학교에 플랜카드가 걸렸으면 좋겠다는 즐거운 상상을 하며 앞만 보고 달려갔다.

꿈과 열정을 가지고 어학연수를 떠나다

대학교 3학년을 마친 스물네 살 시기는 내 인생에서 아주 다이나믹한 경험을 한 때다. 1년 휴학 후 전반기 반 년은 신문사 사회부에서 아르바이트를 하며 기자의 꿈을 더욱 생생히 꿨고, 후반기 반 년은 뉴질랜드로 어학연수를 떠나 자유로움을 만끽했다. 영국 워킹홀리데이를 가고 싶었으나 엄격하고 보수적인 부모님의 반대로 다른 방법을 모색했다. 공식적 기관에서 장학생을 뽑는 프로그램에 합격해 부모님의 승낙을 받고 처음으로 집과 한국을 떠나 자유롭게 '나답게' 살 수 있었다.

뉴질랜드 어학연수 6개월은 내 인생에 많은 변화를 가져다줬다. 한국에서는 하늘을 보고 구름의 모양에 감탄한 적 없던 나는 낮고 맑은 뉴질랜드의 하늘에 매일매일 감동했다. 손을 뻗으면 닿을 것만 같은 솜사탕 같은 구름을 보며 환희의 미소를 지었고 풍요로운 자연환경 속에서 몸과 마음이 힐링됐다.

주변을 의식하지 않아도 되는 자유로움, 부모를 떠나 내가 하고 싶은 것을 한정된 여건 하에서 자유롭게 한 경험, 나에 대한 기대를 가진 이들이 적기에 그들의 기대를 채우기 위해 노력하지 않아도 됐던 시간, 새롭게 만난 사람들과 우정을 나누고 나를 사랑하고 지지해 주는 사람들과 함께 행복한 순간을 보냈다.

난생 처음으로 내 인생 그래프에서 시간이 멈춘 느낌이었다. 늘 미래를 대비해 준비하며 살던 내가 유일하게 '현재'에 머물렀던 순간 이 바로 뉴질랜드에서의 시간이었다.

뉴질랜드에서의 짧은 기억은 가슴 속 깊은 파동을 만들었다. 한 국으로 돌아온 뒤 대학교 4학년으로 복학 후 나는 잠시 방황했다. 기 자가 돼 성공적 커리어우먼을 꿈꿨던 나는, 좌표를 상실한 채 현실에 적응하지 못했다.

어쨌거나 졸업이 다가왔기에 다시 정신을 차리고 취업 준비와 벌려놓은 복수전공을 마무리했다. 대학교 취업센터를 자주 찾아가 며 취업 정보를 얻고 이력서를 넣었다. 순진했던 나는 인사담당자들 이 나의 이력서와 자기소개서를 한땀 한땀 정성스럽게 볼 것이라 여 겨 낮은 토익 점수를 가지고도 야심차게 대기업에 원서를 넣었다. 업 종불문, 전공불문으로 원서를 넣었기에 넣는 족족 서류불합격 결과 를 통보 받았다. 엄청난 에너지를 들여 총 103곳의 원서를 넣고 장렬 하게 전사했다. 그 후 심기일전으로 스펙을 높였고 우여곡절 끝에 첫 회사에 입사했다.

취업 후 좌충우돌 성장하다

대기업 계열사에서 사내홍보를 담당하는 웹진에디터로 첫 사회

생활을 시작했다. 신입 사원 때는 드라마 속 커리어우먼들이 하는 것처럼 사원증을 목에 걸고 커피를 테이크아웃해 사무실로 올라가는 것만으로도 행복했다. 물론, 그 행복을 느끼는 기간이 그리 길진 않았지만.

열정은 넘쳤지만 미숙했기에 나는 자주 흔들렸다. 조직에 적당히 적응하고 시키는 일을 잘하면 무탈했을 텐데 나는 새로운 무언가를 끊임없이 만들었고 안 되면 왜 안 되냐고 물었다. 처음 접하는 조직생활에서 아닌 걸 뻔히 알면서도 예스를 남발하는 예스맨 상사도, 트렌드를 알지도 못하면서 고리타분한 얘기를 하는 상사도 이해하지 못했다. 톱니바퀴처럼 굴러가는 조직이라는 시스템 안에서 내게 맡겨진 톱니만 잘 굴리면 될 것을, 에너지 과잉의 나는 톱니 전체를 바꾸려고 했다. 내가 톱니를 바꾸려고 하면 할수록 부대낌은 커졌다. 그렇게 조직이라는 곳에 적응하는 시간을 보내며 나는 점점 사회인이 되어 갔다.

첫 직장 생활 시절 힘이 들 때 다른 부서 부장님과 동료들이 보내준 응원 메시지에 힘을 낸 적이 많았다. 지켜보는 사람이 없어도 내가 맡은 업무를 끝내기 위해 자발적으로 야근을 했다. 과장급 주임으로 내 꽃다운 20대 중반을 열정으로 회사에서 보냈다.

열정은 회사뿐만 아니라 회사 밖에서도 계속됐다. 회사에서는 조직의 비전과 철학에 대한 글을 써야 했기에 평소 쓰고 싶었던 글을 쓰기 위해 커피 잡지에 객원 에디터로도 잠시 활동했다. 가 보고 싶던 카페를 취재하고 평소 관심 있던 사람들을 섭외하고 취재하는 즐거움은 마감의 고통을 잊을 만큼 달콤했다. 번외 활동을 하면서 잠시나마 대학 시절의 열정 많았던 모습으로 돌아가는 기분도 느꼈다. 글 쓰는 즐거움에도 푹 빠져 처음부터 잡지사 에디터를 했으면 좋았을지도 모른다는 생각도 했다. 월, 화, 수, 목, 금에는 회사 일을 하고, 주말에는 관심사를 쫓아 지치지 않는 열정을 발휘했다.

비온 뒤에 땅이 굳는다

첫 회사에서 2년 3개월 정도의 경험은 내게는 군대를 다녀온 만큼 강렬한 경험이었다. 다시 회사 생활을 한다면 더 잘할 수 있었겠다는 아쉬움과 함께, 내가 저지른 크고 작은 실수가 떠올라 통으로 리셋하고 싶었다. 후배들은 나와 같은 시행착오를 겪지 않길 바라는 마음에 아쉬움이 많이 남았던 그 경험을 어떻게든 기록하고 싶었다. 첫 번째 책인 〈투루언니의 직장 생활 생존기〉라는 e북을 쓴 것도 그 즈음이었다.

주인공인 '투루언니'가 너무 철이 없다는 독자의 후기도 있었지만 사회 초년생에게는 생생하고 도움됐다는 평도 받았다. '투루언니가 들려주는(깨지고 터지고 울면서 배운) 직장 생활 생존 노하우'라는 카피처럼 좌충우돌하던 시절이었다. 드라마 속 커리어우먼을 꿈꾸다 깨지고 멍들고 얼어터진 경험을 글로 승화시켰다.

겨울이 오면 봄이 온다는 말처럼, 시행착오를 겪은 경험은 두 번째 직장에서는 조금 더 성숙해진 내면으로 편안하게 조직 생활을 할 수 있었다. 비록 하는 직무는 달라졌지만 좋은 사람들과 일하며 경험을 쌓아 나갔다.

언제 지나갔는지도 모르는 찰나의 가을처럼, 나의 싱그럽고 꽃다운 20대는 꿈을 이루기 위한 고군분투로 다양한 커리어의 경험을 쌓으며 순식간에 지나갔다.

10년 동안 영리기업, 비영리, 교육회사 등에서 여러 가지 직무를 경험했다. 돌이켜보면 모두 좋은 회사였다. 입사 경쟁이 치열한 그런 꿈의 직장들에서 많은 사람을 만나고 다양한 경험을 했다. 때론 넘어지기도 했지만 그것은 돈 주고도 살 수 없는 나의 소중한 자산이 되었다.

마음을 위대한 일로 이끄는 것은
오직 열정, 위대한 열정뿐이다.

드니 디드로

2

자유를 찾아
결혼에 골인하다

불같은 연애로 헌신남과 사랑에 빠지다

성별을 막론하고 기질에 따라 호흡이 잘 맞는 사람들이 있다. 친구는 물론이요, 애인까지도 그러한데 나는 나쁜 남자와는 엮일 수 없는 유형의 사람이다. 내가 좋아하고 잘 사귀어 온 유형은 '헌신남' 스타일로, 너를 위해 모든 걸 줄 수 있다는 마음으로 열정과 정성을 보이면 마음을 열었다. 연애 중에도 나는 늘 바빴다. 연애를 한다고 해도 내 일상에 지장을 준다는 것은 용납할 수 없는 행위였기에 나의 계획이 하나도 틀어지지 않은 상태에서 남는 시간을 연애에 사용해왔다. 보통 스케줄이 많았기에 애인들은 나를 데리러 오거나 데려다줘야 했다. 밥을 먹는 시간 동안 잠시 얼굴을 보고 헤어지고 주말에도 각종 모임으로 인해 못 만나기 일쑤였다. 왠지 사랑을 더 주면 손해 같았고 그것은 관계에서 지는 것이라고 생각했다. 그래서인지 나는 늘 방어적으로 사랑을 해 왔다.

가끔은 그런 유형에서 벗어난 사람도 있었다. 나 또한 평소의 내가 아닌 정도로 온 우주를 다해 내 모든 것을 상대에게 오픈하며 나도 몰랐던 내 안의 숨겨진 애교 많고 나긋나긋한 소녀가 나오기도 했다. 그러나 그러한 상황에서도 상대방이 조금이라도 변한 기색이 보이면, 나는 먼저 선을 그었다. 마음속으로는 상대방을 더 좋아하며 이별 후 아파할지라도 언제나 쿨하게 이별을 통보했다.

기간만 아주 긴 연애를 한 번 정도 경험하고 그 뒤 짧은 연애를 해 왔다. 속전속결 안 맞는다 싶으면 100일 이내에 쏜살같이 정리했다. 시간과 에너지를 아끼기 위해서 그런 패턴은 반복되었다. 취업 후 사회생활의 고단함으로 인해 건어물녀로 허우적거리다 대학교 취업센터 교직원 선생님의 소개로 만난 사람이 바로 지금의 남편이다. 내 나이 스물아홉, 그때만 해도 서른이 넘으면 뭔가 큰일이 나는 줄 알았다. 서른이 넘는다는 것은 내가 더 괜찮은 남자를 만날 확률이 줄어든다는 의미로 다가왔다. 나 자신을 상품으로 생각할 때 경쟁력이 서서히 떨어지는 그러한 의미가 여자의 서른으로 느껴졌다.

소개팅 전 전화통화를 두 시간 넘게 할 만큼 남편과는 뭔가 통하는 게 많았다. 둘 다 외국 생활을 꿈꿨기에 어학연수와 교환학생 시절의 추억을 이야기하고 해외취업과 이민 등에 대한 이야기도 나눴다. 당시 나의 이상형이던 '가정적이고 진취적이며 배울 점이 있는 사람'에 딱 맞는 사람 같았다. 보통은 가정적이며 진취적인 두 키워드가 양립하기 힘들기에 가정적인 사람은 그저 가정적이고, 진취적인 사람은 마냥 진취적이었다.

남편과는 광화문 세븐스프링스에서 첫 소개팅을 했다. 마주보고 앉지 않고 대각선의 위치에 앉은 그가 처음에는 당황스러웠다. 여러 메뉴를 시키고 이런저런 대화를 나눈 뒤 청계천을 걸었다. 당시 그는 나와의 소개팅의 기억을 곱씹으면, 청계천에서 발이 안보일 정도로 빨리 걷던 내 모습이 떠오른다고 했다. 5월의 봄 날씨는 연애하기 좋은 계절이었고 만난 지 두 번째 만에 우리는 사귀기로 결정했다.

나 : "오늘 즐거웠구요, 잘 들어가세요."
남편 : "네."

뭐지? 물결 하나 없는 저 건조한 대답은. *나는 이 남자를 길들이고 변화시켜야 한다는 사명감에 휩싸였다.* 그 후 일주일에 대 여섯 번을 만나며 우리는 수많은 대화를 나눴다. 온 세상에 우리 둘만 존재하는 것처럼 세상이 아름답게 보였고 서로를 중심으로 우주가 돈다고 생각했다. 가고 싶던 장소를 함께 가고 맛있는 음식을 먹으며 우리는 서로를 알아갔다. 작은 수첩에 하고 싶은 것을 100여 개나 쓴 뒤 하나하나 줄을 그으며 데이트를 했다. 30대가 되기 바로 전, 스물아홉에 나는 이렇게 행복해도 되나 싶을 정도로 달콤한 연애에 취했다. 힘들었던 첫 사회생활의 기억을 보상하기라도 하듯 더 많이 웃고 아름다운 추억을 쌓았다.

서둘러 친한 친구들에게 남편을 소개하며 잘 어울리는 한쌍이라는 이야기를 듣고는 남몰래 미소 짓곤 했다. 둘만의 핑크빛 미래를 그리며 인생의 중요한 과업인 커리어와 연애 둘 다 안정적으로 잘 이뤘다는 생각에 흐뭇했다. 처음 만났을 때부터 나를 하늘에서 보낸 선물이라고 말하던 그는 왠지 나와 결혼할 것 같다고 이야기했다. 그 정도로 나에게 헌신적이고 열정적인 모습에 11개월이라는 짧은 연애 기간을 뒤로 하고 그와 결혼에 골인하였다.

독립 대신 결혼, 자유 찾아 골인

여성의 30대 시절의 화두는 '결혼'과 '커리어', 이 두 가지겠다. 엄격한 기독교 집안에서 자란 나에게 엄마는 늘 이렇게 말했다.

"결혼할 때 남편한테 인수인계해 줄 때까지는 내가 통제해야 해." 나는 하나의 소유물이자, 지켜야 할 보석같이 여겨졌나 보다. 스무 살이 넘고, 스물한 살에 공식적인 성년의 날도 치렀고 취업도 하고 서른을 바라보는 나이임에도 부모님은 나를 애처럼 여겼다. 나는 그런 집이 갑갑하고 답답했다.

어려서부터 내게 규칙처럼 내려왔던 '통금 시간'은 중학교 때 7시, 고등학교 때 8시, 대학교 때 10시, 취업 이후에도 시간의 줄다리기는 계속되었다. 외박은 절대 안됐기에 대학교 M.T 등을 갈 때면 공문서를 위조해 참여하지 않으면 장학금 혜택을 받지 못한다고 말했다. 난생 처음 대학교 친구들과 부산으로 1박 2일 여행을 갈 때도, 미리 말하면 분명히 안된다고 할 게 뻔했기에 나는 출발 직전 부모님께 통보했고 엄청난 비난을 받으며 겨우 떠날 수 있었다. 대학생 때 술을 많이 먹어서 이제는 위가 아파 술을 못 먹겠다고 하는 사람들도 많은데, 나는 술자리에 가도 통금 시간으로 인해 일찍 가야 했기에 처음부터 그런 자리에 잘 참석하지 않았다.

나는 언제나 새벽까지 밤새서 신나게 놀고 싶은 로망이 있었지만 신데렐라처럼 집으로 가야만 했다. 그때만 해도 부모님을 거역한다는 것은 있을 수 없는 일이었고, 두 분의 문제로도 버거워 보이는 부모님을 내 문제로 또 싸우게 하고 싶지 않았다.

그래서인지 나의 내면에는 언제나 엄청난 에너지와 욕구가 들끓고 있었다. 독립은 허락해 주지 않으니 방법은 '결혼'밖에 없다고 생각했다. 그 무렵 남편을 만나 사랑에 빠졌고 나는 고민할 이유도 없이 순진하게도 결혼이라는 배에 거침없이 올라탔다. 보통 새로운 가정을 이루고 안정감을 느끼기 위해 결혼을 한다고 하는데 나는 '자유'를 찾아서 결혼을 한 것이다. 이 얼마나 동상이몽인가. 남편은 어떤 이유로 나와의 결혼을 결심했을까?

2012년 4월, 내 나이 서른에 면사포를 쓰고 결혼식장에 입장했다. 나는 청초하고 조신한 신부와는 전혀 달랐다. 신부대기실로 오는 지인들과 사진을 찍느라 빨리 식장에 입장해야 한다고 말하는 도우미 이모님을 애태웠다. 아담한 키라 15cm 이상의 하이힐을 신었기에 드레스를 밟을까 봐 두 발을 툭툭 차며 입장을 했고, 지금껏 본 신부 중 가장 씩씩한 신부였다는 이야기를 한동안 들어야 했다. 남편과 나는 결혼식 내내 입꼬리가 올라가며 그렇게 기뻐할 수 없었다. 보통 친정엄마랑 눈 마주치면 대다수는 운다고 하는 양가 부모님과의 인사 시간에도 나는 눈물 한 방울 없이 잘 마무리 할 수 있었다. 친한 친구의 축가 후 남편과 듀엣으로 축가를 함께 불렀다. 이렇게 정신 없고 유쾌하고 조금은 분주했던 결혼식이 끝이 났다. 신혼여행을 떠나며 새로운 가정에서의 달콤한 행복을 상상했다.

그러나, 내 삶의 새로운 고난이 시작된 것을 그때는 몰랐었다.

시간을 돌릴 수 있다면, 나는 '결혼' 전에 '독립'을 선택할 것이다. 그랬다면 나의 결혼 생활과 육아가 좀 더 수월했을 것 같다.

신혼 초, 사랑과 전쟁을 겪으며 결혼 생활 시작

서로 다른 환경에서 자란 두 사람의 결합인 결혼은 하얀 웨딩드레스를 벗고 신혼여행지에서 돌아오자마자 현실이 되어 버렸다. 숟가락 한 번 놓지 않고 살았던 여자와, 생활 습관이 엉망이어도 누구 하나 잔소리하는 사람 없이 편히 살았던 남자는 사소한 것부터 사사 건건 부딪히기 시작했다.

치약을 중간에서 짜느냐 마느냐는 양반인 셈이다. 깔끔한 엄마 밑에서 자란 나는 양치는 당연히 화장실 세면대에서 하는 것으로 30년을 알고 있었다. 그러던 어느 날, 싱크대에서 양치를 하고 있는 남편을 발견했다. 내 뇌의 회로에는 부엌 싱크대는 그릇을 씻는 성스러운 곳이기에 그 장면은 공포 그 자체였다. 나는 목격과 동시에 지금 뭐하는 거냐고 잔소리를 했다. 당황한 남편은 얼굴을 붉혔고 그때부터 인간 대 인간이 아닌 방어기제 대 방어기제의 싸움이 시작됐다. 화가 난 나는 어떻게 싱크대에서 양치를 할 수 있냐고, 당신 집에서는 그렇게 했냐고 물었다. 뒤이은 남편의 대답에 나는 더 이상 말을 잇지 못했다.

"우리 엄마도 싱크대에서 양치했다, 어쩔래."

그의 삼십몇 년의 경험에는 그게 진실이었다. 식구가 많은 집은 오전에 화장실 사용 시간이 같아서 싱크대에서 세수와 양치를 하는 것을 나는 몰랐다. 융통성이 있는 가정에서 자랐다면 그의 대답을 존중해 줄 수 있었겠지만, 명확한 답이 있는 집안에서 자란 나에게 그건 오답처럼 느껴졌다. 무슨 소리냐고, 양치는 당연히 욕실에서 해야지, 싱크대에서 하면 더럽다로 시작해 끝없는 싸움이 계속됐다. 우리의 신혼은 이렇게 시작되었다.

신혼여행의 아름다운 추억이 다 가시기도 전에 주말마다 양가 집안의 행사에 동원됐다. 첫 1년은 정말 힘들었던 시간이었다. 남편의 이상형이던 '당당하고 눈치보지 않고 어디서나 주눅들지 않는 여성'의 최종 선택이 나였기에, 나는 웬만해서는 당당했다. 그런데 '며느리'라는 역할은 '을' 중의 '을'의 입장이기에 평소의 나의 패턴이 아니라 참고, 또 참게 될 때가 많았다. 아니라고 생각될 때 이의 제기를 하고 싶었지만 귀머거리 3년, 벙어리 3년의 옛 말을 되새기며 그저 속으로 삭혔다. 사람은 죽기 전까지 변하지 않는다는데 그렇게 참던 나는 결혼 후 1년이 지난 명절날 사소한 것에 폭발했다.

'우리가 남이가, 서로 돕고 살아야지'의 가족주의적 문화에서 살아온 나와 '우리는 남이다, 서로 피해 주지 말고 각자 잘 살자'는 개인주의 문화에서 살아온 남편은 달라도 너무 달랐다.

틀린 게 아닌 다름인데 이질적인 문화를 쉽게 수용하지 못하고 날카로운 발톱으로 서로를 할퀴었다.

그래도 그때는 신혼이라 미친듯이 싸우고도 언제 그랬냐는 듯 화해하고 히히낙락거렸다. 매일 퇴근하고 야식을 먹느라 한 달에 1kg씩 살이 쪘다. 남들이 보면 임신한 줄 알 정도로 나는 점점 후덕해졌다. 갈등과 싸움의 연속이었으나 지나고 보니 그래도 둘만 있어서 행복한 시절이었다.

동반사표 내고 34일간 유럽여행가다

신혼의 단꿈에 젖어들 무렵 우리는 서서히 각자의 일로 바빠서 한 집에 사는 동거인이 되어 갔다. 행복한 결혼 생활을 꿈꿨지만 퇴근 전쟁을 치르고 집에 돌아오면 그대로 곯아떨어졌다. 서로에게 대단한 기대와 환상을 가지고 결혼했지만, 막상 이건 결혼 전 '하숙집'의 복원일 뿐이었다. 서른에 접어든 나와, 서른 중반을 앞둔 남편은 커리어에 대한 고민이 많았다. 남편은 현재 하고 있는 일이 비전에 맞는지, 나는 결혼 이후 혹시 모를 임신, 출산 이후에도 지금의 일을 계속 할 수 있을지 고민했다.

두 번째 회사에서 나는 재충전을 했다. 좋은 사람들과 함께한 2년 동안 연애와 결혼이라는 인생의 중대사를 이뤘고 건강도 회복할 수 있었다. 하지만 아무리 좋은 동료가 있는 조직임에도 개인적인 흥미는 '다른 곳'으로 가버렸다는 것이 나의 큰 딜레마였다. 휴가를 내고 새로운 관심 분야의 세미나를 찾아 다니는 내 모습을 보고는, 뭔가 결단을 내려야겠다는 생각을 했다. 그러던 차 타부서로 발령이 났고 회사의 비전과 개인의 비전이 일치하지 않는다는 생각이 점점 커졌다. 남편 또한 첫 회사 생활에 지쳐갈 무렵이라 아이가 없는 이 시기를 둘만을 위한 도전의 시기로 보내자고 뜻을 모았다.

2013년 2월 11일, 동반사표를 낸 우리는 로마 인, 파리 아웃의 왕복 비행기 티켓을 끊었다. 부푼 기대를 안고 남편과 함께 간 서유럽 4개국(이탈리아, 스위스, 프랑스, 스페인) 여행지에서 많은 사람을 만나고 새로운 경험을 했다.

동반사표를 내고 많은 기회비용을 들인 만큼 좋은 것만 보고 느끼고 싶었다. *그러나 상대방에 대해 잘 알지 못해서 벌어지는 소통의 단절, 한국으로 돌아가서 겪게 될 현실에 대한 걱정과 두려움 등으로 우리의 몸은 유럽에 있었지만 마음은 여전히 '한국'에 있었다.* 그랬기에 그 좋은 유럽의 여행지에서도 온전히 화합할 수 없었다.

자기주장이 분명하고 리드하는 성격을 가진 우리 둘은 죽이 잘 맞아 유럽까지 함께 왔지만, 가끔 서로 다른 의견으로 얼굴을 붉혔다. 특히 상대방의 생각이 나와 다를 경우 '다른' 것이 아닌 '틀린' 것으로 여겨 논쟁이 심해졌다. 또한 외국이라는 낯선 환경에서 겪는 이질적인 문화와 이방인이라는 우리의 신분, 지속적으로 낯선 장소에서 길을 잃는 것까지. 통제되지 않은 불안 요소가 일생의 단 한 번 일지도 모르는 유럽여행에 얼룩이 졌다.

우린 더 친해지기 위해 이 여행을 시작했었다. 서로 하숙생처럼 소통하지 못한 신혼 대신 여행 속에서 '화합'을 꿈꿨지만, 배낭여행은 그러한 낭만을 추구하기엔 해야 할 게 많았다. 20% 밖에 준비하지 않고 떠나온 유럽여행이기에, 숙소를 정하면 바로 예약하고 2시간씩 짐을 싸며 다음 여정을 준비했다. 둘 다 성실한 성격으로 한국에서 직장을 다니는 것만큼 타이트한 일정으로 여행인지 일인지 모를 만큼 돌아다녔고, 한인민박, 현지인 에어비앤비 등 여행을 하며 다양한 숙소를 경험했다. 그중에서 프랑스 마르세이유 현지인 에어비앤비에 묵었을 때 주인 아저씨와의 대화가 가장 기억에 남았다.

성공한 인생이 무엇이냐는 질문에 그는 '남들과 다른 자기만의 인생을 사는 것'이라고 말했다. 타인의 인정이 부족하다고 스트레스 받지 말고 독특한 자기만의 인생을 찾는 게 중요하다는 그의 말에 이번 여행의 해답을 얻은 느낌이었다.

남편과 34일 동안 매일 함께하다 보니 많이 다투기도 했지만 서로를 더 잘 알게 된 시간이었다. 젊음이라는 자원을 가지고 두려움 속 함께 여행을 다녀온 뒤 추억이라는 공통의 이름이 쌓였다.

부부란 사슬로 결합된 벗이다.
따라서 부부는 발을 맞추고 걷지 않으면 안된다.

고리키

아이 하나 생겼을 뿐인데
내 인생은 360도 달라졌다

일, 가정 양립이 가능한 직업을 찾다

나는 그동안 내가 불안이 많은 사람이라는 것을 전혀 알지 못했다. 상담과 교육을 꾸준히 받은 후 내 안에 있는 불안을 발견할 수 있었고 그제서야 서른이 넘어 결정한 내 모든 선택이 이해되었다. 나는 계획을 중요시하고 그 계획이 틀어지는 것을 몹시 싫어한다. 예측 불가능한 상황에 큰 스트레스를 받으며 그 상황을 통제하거나 제거하는 방식으로 나의 불안을 다스린다.

결혼을 했다는 것은 제2의 인생길에 들어섰다는 것을 의미하기도 하지만, 결혼 이후에 딸려오는 여러 것들이 죄다 불안요소로 느껴질 수 있다. 특히 기혼의 길로 들어서면 '엄마'가 될 것을 고민하는데 좋은 엄마가 될 수 있을지 없을지 마음속에서 보이지 않는 걱정이 계속된다.

엄마에게 받고 싶었지만 받지 못했던 내 결핍은 아직 태어나지도 않은 아이에게 꼭 해 주고 싶은 것으로 자리잡는다. 월급이 많지 않던 신입 사원 때에도 미래에 태어날 아이의 유학자금을 마련하고자 목돈을 저축했었다. 나는 그 당시 남자친구도 없었는데 언젠가 낳게 될 아이의 미래를 위해 아낌없이 투자하고 있었다.

아이가 태어난 뒤 하던 일을 잘할 수 있을지에 대한 고민이 시작됐고, 임신도 하지 않았지만 태어나지도 않은 아이를 위해 나는 커리어를 바꿀 결심을 했다. 그때만 해도 대부분의 회사에서 주 52시간 근무제라거나 남성, 여성 육아휴직 사용 등이 활발하지 않을 때라 '육아'는 엄마의 몫이라고 생각했다. 결혼 후 남편 또한 야근이 많았기에 아이를 잘 키우기 위해서 둘 중 한 명이라도 좀 더 안정적인 일을 해야 한다고 생각했다. *여기서 '안정적'이라는 단어의 의미는 출퇴근 시간이 일정하고 야근이 없거나 시간 사용에 여유가 있어서 아이 돌봄에 지장을 주지 않음을 의미한다.*

첫 직장에서의 어려움을 이겨내고 성공적으로 이직한 두 번째 직장을 잘 다니고 있었기에 내가 이런 고민을 한다고는 아무도 생각하지 못했다. 나는 여성들이 선호하는 직장을 다니면서도 딴 생각을 하기 시작했다. 어떤 직업을 가져야 온전하게 일과 가정 양립이 가능하며 워라벨(Work-life balance)을 유지할 수 있을지 고민했다. *일도*

잘하고 싶었지만, 아이도 온전히 잘 키우고 싶었기 때문이다.

메모지를 꺼내 들고 좋아하는 직업과 잘할 수 있는 직업, 일과 가정 양립이 가능할 것 같은 직업을 적어 나갔다. 그 리스트에는 시간 사용이 좀 더 수월할 것 같은 직종들이 많이 들어갔다. 프리랜서 형식의 그 리스트에서도 가장 눈에 띄는 단어가 있었으니 그것은 바로 코치였다. 코칭이라는 학문을 어떻게 알게 됐는지 정확히 기억나지 않지만, 모든 사람에게는 무한한 잠재력이 있으며 해답은 그 사람 자신에게 있다는 코칭의 철학이 마음에 들었다.

국제코치협회인 ICF(International Coach Federation)의 정의에 따르면 모든 사람은 온전하고 해답을 내부에 가지고 있는 창의적인 존재라는 것이 나의 가치관과도 일맥상통했다. 코칭 서비스를 제공하는 사람을 전문 코치라고 하며 커리어 코치, 비즈니스 코치, 라이프 코치 등으로 나뉠 수 있다고 했다. 서양에서는 정신과 상담처럼 개인이 코치를 고용해 코칭을 받는 경우가 많지만 한국에서는 비용을 기업에서 지불하는 비즈니스 코칭 시장이 활성화되었고 개인 코칭 시장은 개척 중이던 때였다. 국민소득이 높아지면 자연스럽게 코칭의 수요도 많아진다고 했다. "이 직업을 제2의 커리어로 하면 일, 가정 양립이 가능할지도 모르겠다"는 생각에 대리 승진을 한 그 해 12월 31일 사표를 냈다. 아직 젊은 나이라 놀면서 전문 코치 과정을 준비하기 보다는 '코칭 회사'에 들어가 커리어도 쌓으며 전문 코치 준비를 하자는 마음으로 제조업에서 교육업으로 업종을 변경했다.

초, 중, 고를 거쳐 대학을 진학하고 졸업 후 경력을 쌓으며 지켜 온 나의 커리어는 태어나지도 않은 아이를 위한 '일, 가정 양립'이라 는 이름 하에 하향길을 걷기 시작했다.

보통 성공적인 이직이라고 하면 비슷한 분야에서 더 높은 직위 또는 더 많은 연봉을 받는 경우 붙여지는 호칭이다. 그러나 나의 이 직은 일반적 기준으로 봤을 때는 폭삭 망한 이직이었다. 급여도 깎이 고, 직위도 낮아지고, 경험과 커리어도 없는 생소한 분야로 진입했 으니 다시 적응하고 버티는 시기를 겪어야 했기 때문이다. 나는 그런 것쯤은 아무렇지 않게 적응할 수 있다고 생각했다. 그것도 아직 뱃속 에 존재하지도 않는, 언젠가 태어날 아이를 위해서라면.

결혼 이후 나의 많은 선택이 현재 시점에서 미래를 위해 결정했 기에 시행착오와 멘붕은 이렇게 시작되었다.

아무것도 모르고 겁없이 임신하다

전문 코치를 꿈꾸며 교육회사에 입사해 향후 3개년 계획을 세우 며 열정을 불태웠다. 일하면서 코치 자격을 어느 수준까지 취득하고 어떻게 커리어 방향을 다져갈지 의욕에 부풀었던 그때, 나는 임신을 하고 말았다. 지속된 감기 증상으로 컨디션이 안 좋은 나를 보고 혹시 임신한 것 아니냐고 동료가 말했다. 설마 하는 마음으로 임신테스트를 했고 곧이어 선명한 두 줄이 나왔다. "아직은 때가 아닌데…. 배워야 할 것도, 경험해야 할 것도 많은데…."

아이를 낳는다면 2, 3년 후 쯤으로만 막연히 생각하고 있었기에 기쁨보다는 당황스러움이 더 컸다. *소중한 생명이 나에게 찾아왔다는 감정보다는, 입대를 앞둔 청년처럼 아이가 태어나기 전 끝내야 할 것들부터 생각했다.* 아이 낳고 한동안은 손발이 묶인다는 주변 사람들의 말이 생각났다. 뱃속에 있는 열 달 동안 목표했던 3개년 계획의 세부 항목들을 반드시 끝내야겠다고 다짐했다.

뭔가 대단한 결심을 하고 실행하려는데 웬걸, 임신은 처음이라 임신 초기부터 졸음과의 사투가 시작됐다. 평소 야행성이라 웬만하면 늦게 자는 편이었으나 임신 초기 쏟아지는 잠을 이겨낼 수 없었다. 이상하게도 임신 초기에는 계속 졸렸다. 회사에서 퇴근하고 나면 저녁 먹고 바로 잠들었다. 두어 달을 일찍 잠들고 임신 초기 증상으로 골골거리다가 임신 중기부터 컨디션이 조금 나아졌다. 배우고 싶은 것, 하고 싶은 많은 것들을 다이어리에 적어가며 하나하나 달성해 나갔다. *임신 초기 처음으로 네 달 동안 카페인을 끊었다.* 몸에 나쁘다는 음식을 절제하고 간단한 운동이라도 계속하려고 노력했다. 결혼하고 전과 달라진 것을 실감하지 못했는데 확실히 임신한 뒤부턴 서서히 뭔가 변하는 것 같았다.

임신 후, 임산부 배지를 가방에 달고 전철로 한 시간 정도 걸려 출퇴근을 했다. 지옥철도 문제였지만 더 큰 문제는 노약자, 임산부석에서 벌어지는 크고 작은 실랑이였다. 보통 임신 초기에는 임산부인 줄 잘 몰라서 임산부 배지를 달고 앉아도 흘겨보는 사람들이 많았다. 식은땀이 나고 어지러워 쓰러질 것 같은 상황도 있었고, 토할 것 같은 느낌으로 중간에 내렸다 타기를 여러 번 경험했다. 주변에 입덧으로 고생하는 사람들을 많이 봤는데 나는 그나마 입덧은 거의 없었기에 비교적 행운이었다.

임신 중기의 어느 날, 임산부 배지를 달고 노약자석에 앉아서 출근을 하던 중 하필이면 목발 짚은 사람이 내 앞에 서 있었다. 보통 같으면 자리를 양보했겠지만 그날은 현기증이 날만큼 컨디션이 좋지 않아 핸드폰을 보며 애써 외면했다. 그런데 사람이 가득 찬 전철 안에서 갑자기 어떤 할아버지가 나에게 고래고래 소리를 질렀다. "요즘 젊은 것들은 싸가지가 없어서 자리도 양보를 안 해…. *쯔쯔쯧.*"

산소 부족으로 겨우 앉아서 가고 있는데 여러 사람들 앞에서 모욕을 당한 것 같아 화가 치밀어 올랐다. 참고 있던 나의 분노가 한번에 폭발해 남편에게 전화를 걸었다. 임산부인데 자꾸 뭐라고 한다고 큰소리로 통화를 하니 조금 전에 이야기하던 할아버지는 내가 임산부인 줄 몰랐다며 슬슬 자리를 피했다. 그러나 힘겨웠던 몇 번의 사건을 제외하고는 임산부를 배려해 주는 분들 덕분에 무사히 출퇴근을 할 수 있었다.

임신 중 내 머릿속을 가득 채운 것은 다름 아닌 '교육'이었다. 회사에서 진행하는 3개월 짜리 고급 코칭 교육에서 임산부는 나 혼자였다. 아기가 태어나기 전에 많은 것을 끝내야 한다는 생각에 피곤한 몸에도 열정을 불태웠다.

몸이 점점 무거워질수록 마음은 점점 조급해졌다. 여유롭게 아이를 기다리기보다는 아이가 뱃속에 있을 때 가능하면 목표했던 많은 것을 해내야 한다는 '압박감'에 스스로 파이팅을 외쳤다.

임신 중 일하는 게 힘들었지만 조금만 견디면 난생처음 집에서 홀로 있는 여유로운 시간을 상상했다. 그렇게 많은 분들의 배려로 만삭까지 회사를 다녔고 출산을 조금 앞두고 출산휴가를 쓸 수 있었다.

애착육아와 자기계발을 위해 육아휴직하다

무식하면 용감하다는 말처럼 나는 '애를 낳는다는 것'의 정확한 의미를 알지 못했다. 육아휴직이 안식년처럼 그동안 못했던 '자기계발'을 할 수 있는 시간인 줄만 알았다. 임신 후 9개월이 넘을 때까지도 무거운 몸을 이끌고 회사를 다닐 수 있었던 원동력도 바로 이 '육아휴직'에 대한 로망 때문이었다.

"그래, 조금만 버티면 1년 정도의 자기계발 시간이 생길테니 힘내자…" 임산부 배지를 달고 터벅터벅 걸으며 마음속으로 주문을 외웠었다. 내게 있어 '육아휴직'은 하루 24시간 중 15시간 이상을 내 의지대로 사용할 수 있다는 것을 의미했다. *나는 순진하게도 육아휴직을 하면 내 시간이 많이 생길 거라고 생각했다.*

2014년 7월 3일, 아들의 기쁜 탄생 소식을 들으며 나는 그렇게 '엄마'가 됐다. 평소 골반이 좋아서 자연분만 할 거라는 사람들의 예상을 깨고 이틀간의 유도분만 후 제왕절개를 했고, 모유수유는 걱정 없다 자신했지만 아이를 낳자마자 유두보호기를 끼고 모유수유 전쟁을 1년간 치렀다.

아이가 태어나고도 '엄마'가 된다는 것과 '육아'라는 신세계, '아이 양육'이라는 말의 진정한 의미를 몰랐었다.

나는 겁도 없이 네이버 포스트에 '투루맘, 육아휴직 중 자기계발 하다' 시리즈를 기획해 새벽마다 글을 썼다. 아이 생후 6개월까지는 비교적 내 계획이 틀어지지 않았다. 수유의 고단함과 수면 부족의 절박함이 있었지만 아이가 자는 시간만큼은 오롯이 날 위해 쓸 수 있었다. *사실, 보통 육아의 달인들은 이 시간 동안 휴식을 취하거나 다음 스텝을 위한 준비를 하는 경우가 많다.* 100일의 기적이 찾아온 뒤 아이가 기어다니기 시작할 무렵에는 육아용품인 울타리를 구매했다. 아이 자는 시간에 자기계발 모드로 새벽까지 글을 쓴 뒤 아침에는 아이와 함께 울타리에서 잤다. 그렇게 6개월 정도까지는 아이를 재우고 새벽까지 글쓰다 늦잠 자는 패턴을 반복했으나 그 후, 이유식이라는 암초를 만났다.

미혼 시절, 늦잠 자서 엄마가 차려 준 밥도 제대로 못 먹을 때가 많았고 신혼 때도 어쩌다 한 번 '시간이 남을 때' 요리를 한 게 전부였다. 1년 6개월 정도의 신혼 기간에는 맞벌이 부부가 흔히 그렇듯 주말에는 주로 외식을, 평일 아침은 거르고 점심, 저녁은 회사에서 해결하는 날이 많았다. 남편 밥도 안 해 주던 난데 '엄마'가 됐으니 이제는 달라져야 한다고 두 주먹 불끈 쥐었다. 이유식 육아 관련 베스트셀러를 구매하고, 검색 신공을 발휘해 이유식 용품들을 구매했다. 내 아이의 첫 이유식이기에 근처 유기농 가게에서 재료를 공수해 요리책을 보고 각종 야채들을 씻고, 다지고, 끓였다. 손이 느리고 요리 경험이 부족하다 보니 이유식을 한 번 만들면 3시간은 기본이었다. *예쁜 실리콘 그릇에 이유식을 담고 웃는 얼굴로 아이 입에 가져간 순간, 아이는 한 손으로 나의 3시간짜리 이유식을 바닥으로 던져 버렸다.*

육아휴직이 나의 자기계발 시간이 아닌 아이를 온전히 양육하는 '육아'의 시간이 된 것은 이때부터였다. 6개월이 지나 이유식 단계에 들어가니, 그 또한 포기해야 아이를 키울 수 있다는 걸 깨달았다.

그럼에도 나의 자기계발은 여기에서 끝이 아니었다. 출산 후 남아 있는 살들을 그냥 두고 볼 수 없어 남편 출근 전 주3일 새벽 수영 강습을 받았다. 새벽 수유를 한 날에도 어김없이 다이어트를 하겠다는 굳은 의지로, 새벽 5시면 수영장에 갔다. *그러나 사실, 그 시절 나는 잠을 잤어야 했다.* 자기계발에 대한 강박적인 욕구는 깊은 다크써클과 짜증을 만들었다. 그간 일하느라 소홀했던 신문 보기도 다시 하기 위해 종합신문과 경제신문 두 개를 구독했지만, 이 신문들은 읽지도 못한 채 점점 쌓여서 집안을 가득 채웠다.

대학에 입학한 이후 집은 하숙집처럼 잠만 자는 곳이었기에 나에게 큰 의미가 없었다. *그런데 웬일, 육아휴직을 한다는 것은 '1년 내내 하루 종일 집에만 있어야 한다'는 의미였다. 특히, 생후 1년은 집 안에서 보내는 시간이 가장 많은데 하루 종일 있는 공간 그 자체가 스트레스였다.*

수리 안 된 오래된 아파트, 마음에 안 드는 초록색 벽지, 베란다 틈새 사이로 들어오는 바람까지. 집을 바꿀 수 없으니 내부라도 바꿔 보겠다며 셀프 인테리어로 액자를 달아 봤다. 그러나 어딜 가나 치이는 육아용품과 빨강 파랑의 알록달록한 장난감은 부조화를 주기에 충분했다. 아이를 돌보는 것도 힘든데 아이와 함께 있는 공간은 더욱 힘들었다. 혼자라면 밖으로 나가서 커피라도 마시겠지만, 아이가 어려 쉽게 데리고 나갈 수도 없었다. 뭔가 창살 없는 감옥에서 서서히 미쳐가는 느낌이었다.

많은 사람들이 생후 일 년은 정말 고되지만 신생아가 걷기까지 커가는 모습을 볼 수 있어 엄마에게 의미 있고 행복한 시간이라고 말했다. *하지만 내 기억 속 아이와의 일 년은 회사에서 일할 때처럼 TO-DO-LIST를 작성하고 하나하나 해치우기에 급급한 시간이었다. 빨리 해야 할 의무를 쳐내고 내가 하고 싶은 일을 하기 위해 분초를 다퉜다.*

1년 동안 혼합수유를 했다. 모유수유를 하는 시간에는 아이와 눈을 맞추며 방긋 웃어주기보단, 한 손으로는 아이를 안고 다른 한 손으로 휴대폰을 보며 육아용품을 사기 바빴다. 아이가 태어나면 단계마다 사야 할 것이 왜 그렇게 많은지 끝없는 검색의 연속이었다.

그래서일까, 그 시절 사진 속 아이의 얼굴이 미소보다는 무표정과 인상 쓰는 얼굴이 더 많다는 것을 나는 뒤늦게 발견했다.

어른으로 성장하지 못한 채 '애'를 낳다

어쩌면 나는, 부모님의 강력한 통제 하에서 그동안 세상 험한 꼴 겪지 않고 온실 속 화초처럼 곱게 자랐을지도 모른다. 중간에 경제적 어려움으로 아르바이트 등을 많이 했던 것을 나는 고생했다 생각했지만, 부모님 또한 중, 고등학교 시절부터 공부하고 꿈을 이루려는 기특한 딸로 생각해 많은 일을 대행해 주셨다. 이동 시간을 줄이기 위해 전철 역까지 차로 데려다 주시기도 했고 식사 후 나는 내가 먹은 밥그릇도 그대로 두고 다시 공부한다고 의자에 앉았다. 호의가 계속되면 권리인 줄 안다는 말이 나에게도 해당되는데, 부모님이 나를 배려해 주신 행위였는데 나에게는 '당연한 권리'로 인식되었다.

난임이 사회문제로 대두되는 시점에 생명력 강한 우리 아들은 예상보다 너무 쉽게 생겼다. 결혼하고 애도 낳았지만 여전히 나는 어른이 아니었다. 미혼일 때 엄마가 차려 주는 밥도 못 먹고 간다고 엄마와 다퉜는데, 애를 낳고는 어떻게 밥상을 차리는지 몰라 당황스러운 날들이 이어졌다. 자고 일어난 이불도 안 개고 밖으로 나가던 나는 생활 습관의 기본기가 전혀 안되어 있었다. 그런 상황에서 아이를 낳은 뒤 해야 하는 많은 일들은 스트레스로 다가왔다. *산후우울감으로 생기발랄함은 온데간데 없어지고 후회와 자책의 날들이 계속됐다.* 결혼한 것을 후회하고, 집안이 더 부유하지 못한 것을 원망했다. 내 선택과 감정에 대해 책임지기보다는 임신 출산으로 인해, 주변 환경과 원가족, 배우자로 인해 피해를 봤다고 한동안 생각했다. 불행을 모두 남 탓으로 돌리며 방어기제로 내 몸을 꽁꽁 둘러싸고 보호막을 쳤다.

사실 그동안 나는 분주함을 가장한 성취 추구를 독립적으로 착각했었다. 그것이 임신과 출산 이후 공백기간에 나 홀로 있으며 밖으로 드러났다. 그리고 나에게 부족한 것이 바로 '자립'이라는 것을 깨달았다.

나 하나쯤은 온전히 책임질 줄 알아야 성인인 건데 내 한 몸도 못 챙기는 상황에서 또 하나의 생명을 잉태하고 만 것이다. *내 육아의 가장 큰 시행착오는 아직 어른으로 성장하지 못한 채 준비 없이 엄마가 된 것임에 분명했다.*

내 아이는 특별해야 한다고 생각했다

나 자신을 잘 몰랐던 것이 첫 번째 실수, 완벽한 엄마가 되려고 했던 게 두 번째 실수였다. 아이를 낳았다고 자동적으로 엄마가 되는 게 아니고 엄마가 된다고 해서 완벽한 엄마가 되는 건 더더욱 아니었다. 완벽한 엄마가 되려고 노력할수록 그러지 못한 내 모습과 비교돼 자괴감만 커질 뿐이었다.

'우리 아이는 특별해야 한다'는 생각과 '우리 아이는 상처 없이 키우겠다'는 생각이 앞섰다. 여기에다 어릴 때 자라면서 엄마한테 가진 불만과 기대가 투사돼 엎친 데 덮친 격이 됐다.

"내가 나중에 엄마가 된다면 우리 엄마가 못해 준 OO은 꼭 해 줄 거야.", "내가 나중에 엄마가 된다면 우리 엄마 양육 방법 중 싫었던 OO은 절대 안 할 거야."

"내 아내가 우리 아이에게는 내가 받고 싶었는데 못 받은 것을 꼭 해 줬으면 좋겠다.", "내 아내가 우리 아이에게는 내가 정말 싫었던 이것만큼은 절대 안 했으면 좋겠다."

모성에 대한 다양한 이미지들로 인해 나는 점점 '완벽주의의 늪'에 빠졌다. 옳다고 생각하는 '모성'의 틀이 확고하기에 스스로를 그 틀 안에서 평가했다. 때로는 내 나름의 최선을 다하고 있는데 남편이 평가자가 되기도 했다.

나의 성장기에 엄마의 양육 방법이 내 기대만큼 특별하지 않아 실망한 적도 있었다. 그러나 엄마도 나를 키우기 위해 그 상황에서 최선을 다했다는 것을 예전에는 알지 못했다. 아이를 낳기 전에는 나 또한 교만했었다. 아이에게 이것만은 반드시 해 줄 것이다, 우리 엄마가 했던 이것만은 절대 안 할 것이다, 등의 내부 기준이 많았지만 해가 갈수록 '엄마만큼 키우는 것'도 쉽지 않다는 것을 깨닫고 있다.

'특별함 추구'는 각종 '단 한 번 마케팅'에도 휘둘리게 만들었다. 임신의 길에 들어섬과 동시에 육아용품의 호갱 길로 접어들게 됐다. 아이를 적게 낳고 내 자식이 귀하다 보니 임신 때부터 음식, 물건, 체험 활동 등의 다양한 유혹의 손길을 뿌리치기 어려웠다. 산후조리원 예약 후 출산 전후 마사지, 튼살 관리 등 난생처음 보는 항목에 대한 지출이 시작됐다. 내 생애 '단 한 번'의 이벤트라 생각하니 꼭 필요하지 않았지만 거절하기 어려웠다. 비싸더라도, 소중한 나와 내 아이를 위해서는 투자할 가치가 있다고 생각했다. 이때부터 지갑을 열기 시작았고 빠르게 진화하는 육아용품, 명품 분유, 명품 교육까지…. 꼭 해야 하고, 사고 싶은 것들은 늘어만 갔다.

능력이 되면 해 줄 수 있는 만큼 해 주는 게 좋겠지만 어쩌다 보니 능력이 안 되는데 허겁지겁 지갑을 열고 있는 내 모습을 발견했다. 세상에서 단 하나뿐인 특별한 내 아이이기에 어려움을 감수하고 남들이 하는 만큼은 다 하고 싶었다.

다시 아이를 낳는다면 하지 않을 것들이 많이 생겼다. 산부인과 방문 횟수도 줄이고 아이 용품은 그때그때 필요할 때 준비하며 신상 아이템으로 중무장하지 않을 것이다. 그 대신에, 아이 교육에 필요한 저축이나 투자를 하거나 필라테스나 요가, 피로회복을 풀어 주는 마사지를 하겠다. 육아 서적을 많이 보며 전문가의 추천을 따라 하기보다는 내 아이를 관찰하며 아이에게 맞는 맞춤형 전략을 세울 것이다.

내 아이가 특별하지 않아도 '존재 자체'로 소중하다는 것을 그때는 몰랐었다.

인생은 하나의 실험이다. 실험이 많아질수록
당신은 더 좋은 사람이 된다.

에머슨

4

도망치듯
재취업한 곳에도
낙원은 없었다

'내'가 없어지는 것 같아서

아이가 커가는 모습은 신기하고 보람됐지만 서른세 살, 한창 열심히 일할 나이의 나는 넘치는 열정을 주체하지 못했다. 육아를 전담하면서 설렘과 기대감이 있는 한편 두려움과 죄책감이 시소를 타듯왔다 갔다 했다. 육아뿐만 아니라 일도 하고 싶었기에 욕구불만은 끊임없이 무언가를 사게 만들었다. 모든 열정을 오롯이 육아에 쏟았다면 나았겠지만 나는 서툴고 익숙하지 않은 그 영역과 내내 불협화음을 냈다.

회사에서 일할 때의 '성취감'은 전혀 느낄 수 없고 아이 낮잠 시간에 유모차를 끌고 동네 커피숍에서 마시는 아이스 라떼 한잔이 그 시절 유일한 낙이었다. 나는 깊은 한숨과 우울의 나락으로 떨어지고 있었다. 이것이 산후우울증인가? 병원을 가 보지 않아서 정확한 진단을 받지는 않았지만 아마도 산후우울증이었던 것 같다. 분명 살림살이는 예전보다 나아졌고 내가 일하지 않아도 되는 상황이었지만 내 인생에서 가장 힘든 시기였던 것은 확실하다.

돌이켜보면 '육아' 자체도 힘들었지만, '육아'로 인해 일할 수 있는 기회가 줄어들 것이라는 염려와 불안이 더 컸다.

육아휴직 중이었음에도 나는 사회적으로 존재하지 않는 사람처럼 느껴졌다. 소속이 없는 상태에서 덩그러니 아이와 남아 있는 내 모습이 어색했다. *분명 내가 낳은 아이인데, 왜 나는 이렇게 아이와 있는 것이 어색하고 부담스러울까.* 곰곰이 생각해 보니 한 가지 답이 나왔다. 나는 아직 아이를 위해 온전히 헌신할 준비가 되어 있지 않았다.

서른 살, 결혼을 통해 독립 후 자유롭게 내 인생의 주인공으로 살고자 꿈에 부풀었었다. 부모님의 반대로 하지 못했던 일들, 스스로 용기내지 못한 일들을 이제서야 거침없이 할 계획이었다. 그런데 예상보다 빨리 생긴 아이는 그 모든 것을 올스톱하게 만들었다.

엄마가 된다는 것을, 인생의 주인공 자리를 아이에게 넘겨줘야 하는 걸로 생각했다. 이제 막 가장자리에서 중심부로 이동할 것 같은

단꿈에 젖어 있었는데 중앙에는 가 보지도 못하고 무대 밖으로 끌려 나온 기분이었다. 그동안 내 인생에서 주인공 자리를 차지해 본 적도 없는데 아이에게 양보해 줘야 한다는 사실은 받아들이기 힘들었다.

이것은 실제로는 내가 존재하지만 '내'가 없어지는 느낌이었다.

아직은 내 인생의 주인공 자리를 아이에게 넘겨줄 수 없었다. 아이를 위해 육아휴직을 해서 돌보고 있었지만 나는 다시 일터로 돌아가고 싶었다.

낮아진 자존감으로 기회를 덥썩 물다

그래서 나는 다시 일할 계획을 세웠다. 아이를 낳은 여성이 일을 하기 위해서 가장 기본적으로 필요한 것은 '육아에 대한 세팅'이다. 출근 후 아이를 전담해 주거나 어린이집을 보낸다면 등, 하원을 대신 해 줄 사람을 구해야만 한다. 돈을 떠나서 어린 아이를 남의 손에 맡기기도 쉽지 않아 되도록이면 양가 부모님 중 도움 주실 분을 찾고 여의치 않으면 도우미 이모님을 구해야 한다. 손발이 자유로워져야 일도 할 수 있는 법. 여러 선택지 중 경제적, 정서적으로 가장 적합한 선택은 친정이 있는 '수원'으로 이사를 가는 것이었다. 전세 기간 2년을 못 채우고 1년을 조금 넘겼을 때, 통근 거리가 멀어지더라도 믿을 수 있는 부모님 곁으로 이사를 했다.

나는 '일'을 안 한다는 생각을 단 한 번도 해 본 적이 없었다. 그렇기에 아이를 낳기 전부터 업종을 바꾸고 유연하게 일할 준비를 했던 것이다.

그러나 인생은 언제나 계획대로 되지 않는 법이던가. 육아휴직 중 복직 논의를 위해 본부장을 만난 적이 있었다. 아이를 맡길 곳이 없어 6개월이 넘은 아이를 안고 아기띠를 하고 전철을 타고 갔었다. 이상하게 무릎이 많이 아팠는데 고통을 참고 미팅에 다녀왔다. 복직하면 기존에 일하던 자리로 갈 수 있냐는 말에 우선은 NO라는 답변을 받았다. 집으로 돌아오는 길, 더욱 심해진 무릎 통증으로 정형외과를 가 보니 무릎 연골에 염증이 생겼다고 했다. *나는 무릎의 통증보다 복직하지 못할 것이라는 생각에 더욱 괴로웠다.* 결론적으로 회사의 경영 악화로 복직은 할 수 없었고 그것은 매우 허탈했고 슬픈 경험이었다.

그 후 채용사이트에 다시 이력서를 올리며 적합한 일을 찾아 나섰다. 몇 번의 면접을 봤지만 불합격 소식을 들었고 계속해서 재취업 준비를 했다. 어디라도 불러 주면 일하러 나가고 싶다가도 아이를 두고 과연 제대로 일할 수 있을지 걱정되기도 했다.

하루에도 열두 번씩 의욕과 좌절의 파도를 탔고 답답한 마음에 개인 SNS에 일하고 싶다는 글을 올렸다. 그러던 어느 날, 전 회사에서 일할 때 알던 분의 소개로 동종 업계 회사에 면접을 봤고 최종 합격을 했다. 첫 취업보다 더 조심해야 할 워킹맘 재취업이었는데, 극도로 낮아진 자존감으로 감정의 롤러코스터를 타며 나는 다시 일할 수 있다는 단꿈에 부풀었다.

묻지도 따지지도 않고 도망치듯 재취업하다

도망치듯 '환상'만 가지고 무턱대고 재취업을 하면 안 된다는 것을 알고는 있었다. 오랜 공백으로 쪼그라진 내면 탓이었는지 다시 일할 수 없을지도 모른다는 조급함이 컸다. 동종 업계라 기존에 해 오던 일과 유사할 것이라는 추측 하에 묻지도 따지지도 않고 바로 출근을 약속했다.

자존감이 극도로 낮아진 상황이었기에 이것조차 놓칠까 출근 전 팀원들과의 식사 일정과 빠른 출근 등 회사의 요구를 무작정 수용했다.

힘겨운 육아에서만 벗어날 수 있다면 어느 곳에서 무슨 일이라도 할 열의가 있었다. 나는 살기 위해 도망치듯 무작정 일터로 다시 나왔다. *그러나 나는 내가 가려는 회사가 어떤 곳이며 해야 하는 직무가 어떤 것인지를 더 확인했어야 했다.* 내게 주어진 일을 직급에 맞게 잘 수행할 수 있을지 더 신중하게 고민했어야 했다. 재취업이 이후 내 인생에 수많은 영향을 미칠 수 있다는 것을 그때는 알지 못했다.

　재취업 한 회사는 기존에 일하던 큰 조직과는 다른 곳이었다. 전체 직원이 열명도 되지 않은 작은 개인 회사였다. 그랬기에 워킹맘으로 대표님의 배려를 받고 장점을 누린 것도 있지만 감내해야 하는 다른 일들도 있었다. 기존에 철저한 업무 분장 하에서 맡은 일을 책임감 있게 하던 나는, 새로운 회사에서 업무 분장이 제대로 되어 있지 않음에 당황했다. 누군가는 해야 할 일을 그때그때 다르게 하기도 했고 담당자가 바쁘면 누군가 대신 하기도 했다. 내 일을 제대로 처리하는 것이 성과내는 것으로 평가받던 기존 회사들과 달리, 새로운 회사에서는 그런 내 모습이 다르게 비춰지기도 했다. 아마도 나는 개인 회사를 조직 관점으로 바라본 것 같다. 그것이 내 실수의 시작이었다.

　생소한 조직 문화와 사소한 것들이 내 감정을 자극했다. 인사 시스템이 잘 갖춰있지 않아 애매한 상황에서 속을 끓이는 일들이 많아졌다. 입사 시 내가 들었던 직급과 회사에서 알고 있는 내 직급이 다른 상황이 발생했다. 홍보일을 주로 해 오던 나는 새로운 곳에서는 PM(프로젝트 매니저)로서의 업무를 더 잘해야 했다. *경력직으로 입사했지만 익숙하지 않은 업무를 할 때마다 스스로 주눅이 들었다. 소수의 인원인데 나로 인해 회사와 다른 직원들이 피해를 보는 건 아닌가 미안함이 몰려왔다.* 마음속의 여러 부채 의식이 혼재한 가운데 장점을 살려 새로운 일들을 시도해 심리적 부채감을 만회하려 애썼다.

대표님의 니즈를 파악해 기존에 없었던 전략적 홍보, 마케팅으로 새로운 성과를 냈지만 근본적인 고민이 사라지진 않았다. 성과를 내고 잘해야만 한다는 생각이 부자연스러운 행동을 만들었다. 열정은 넘쳤지만 왠지 모를 부적절감을 느낄 때면 "경력 사원으로 입사해서 이것밖에 일을 못하니?"라는 내부의 심판관은 어김없이 등장했다.

육아만 벗어나면 신명나게 뭐든 잘할 것 같다는 예상은 빗나갔다. 도망쳐 온 일터에서도 나는 다른 종류의 고민을 하고 있었다.

사수의 도움으로 신입 사원처럼 HR일을 새롭게 배우며 실력을 쌓아갔다. 그동안의 경험을 바탕으로 내 강점을 살려서 기획 인터뷰 시리즈를 실행하고 홍보, 마케팅 수준을 높였다. 또한 교육 컨설턴트의 업무도 제법 잘 수행해 인정받을 수 있었다.

그럼에도 불구하고 준비된 재취업을 했다면 좀 더 수월했겠다는 생각에는 변함이 없다. 준비없이 도망치듯 재취업한 곳에서 나는 인생에서 가장 힘든 시기를 보내야만 했다. 재취업 당시 육아 스트레스와 가족과의 갈등으로 나의 일상이 편안하지 못했다. 여러 스트레스 속에서 내면이 단단하지 못했고 가족같은 회사라는 말에 나는 관계에 집중하기 시작했다.

그 당시 워킹맘과 미혼 직원이 차등적으로 받고 있던 복지혜택으로 인해 나는 항시 부채 의식을 마음속에 간직하고 있었다. 미혼 직원들이 느꼈을 상대적 박탈감도 충분히 이해되었기 때문이다. 같은 워킹맘이던 선임이 주로 외근을 많이 나갔는데, 그럴 때면 사무실에는 나와 미혼의 직원 둘만 덩그러니 남아 있을 뿐이었다. 익숙하지 않은 상황과 그 불편한 공기 속에서 나는 단호하지 못했고 여러 차례 무례함을 허용했다. 갈등 관계를 싫어했기에 문제가 발생하면 타인이 해결해 주기를 바라기도 했다.

상처를 주고 받으며 나는 일보다 인간관계에서 극도로 스트레스를 받았다. 때론 하지 않은 말과 행동의 주인공이 되기도 했다. 나는 침묵하는 편이 낫겠다 싶어 애써 해명하거나 목소리를 내지 않았고 당사자끼리 직접 소통을 하지 않았기에 얽혀있던 여러 관계들의 실타래는 점점 꼬여만 갔다.

처음에는 내가 빌미를 제공한 것은 아닌가 자책하며 실수를 용납하지 못했다. 내가 더 강했다면 그런 일을 겪지 않았을 거라고 분노의 방향을 안으로 향했다. 한동안 많이 괴로웠다. 살면서 처음으로 겪는 고통이었다. 이러한 경험들로 인해 사람을 좋아하던 나는 오랫동안 내면의 동굴 속에서 홀로 지내야 했다.

여기서 치이고, 저기서 치이고

재취업 후 회사에 적응하는 것도 쉽지 않았지만 더 힘든 것들이 존재했다. 고등학교 때까지 있는 듯 없는 듯 알아서 잘 자란 나는 성인이 된 이후 뒤늦게 사춘기가 찾아왔다. 서른이 넘어 엄마와 남편, 나 자신에게 비난과 저주의 말들을 쏟아 부었다. 회사에서 갑자기 짐 싸서 중간에 나와 버리기, 시어머니와 전화로 맞장뜨기, 길거리에서 엄마와 말다툼 후 풀어 주지 않고 혼자 집으로 가기 등 평소의 나라면 하지 않을 기괴한 행동들을 거리낌없이 했다.

그동안 부정적이라 생각했던 감정들을 꼭꼭 숨겨 두었고 그것들은 용량이 초과됐는지 거침없이 밖으로 튀어나왔다. 당황스럽고 놀라움 뒤에 따라오는 불편한 감정들을 나는 정면으로 직면하고 수용해야만 했다.

일터에서만 전쟁을 겪은 것은 아니었다. 지친 몸뚱이를 이고 집으로 돌아오면 엄마와의 크고 작은 전쟁이 시작됐다. 첫 아이, 첫 손주였기에 양육에 대한 각자의 방식이 대립됐다. 이론적으로만 알고 책 육아를 하던 나는 현관문을 열자마자 고맙다는 인사보단 텔레비전 볼륨을 낮추고 드라마를 보여 주지 말라는 말로 엄마와의 첫 인사를 시작했다. 하루종일 힘들게 손주를 봐 줬는데 오자마자 잔소리를 한다고 생각한 엄마는 서운함에 화를 냈다. 아이 양육 방식의 차이로 인한 갈등은 심신을 더욱 지치게 만들었다.

그렇게 엄마가 집으로 돌아가면 내가 낳았지만 아직도 어색한 아들과의 조우가 시작됐다. *보통 아빠들이 많이 느낀다고 하는 공포심이 내 안에 가득했다.* 평일에는 등, 하원 및 아이 식사를 친정 엄마가 담당해 줬기에 괜찮았지만 주말이면 어떤 음식을 먹이고, 어떻게 놀아 줘야 할지 막막했다.

이사 후 길어진 통근시간으로 인해 남편 또한 지친 몸으로 집으로 돌아왔고 집은 어느덧 누구에게도 안식처가 되지 않았다. 각자의 어려움으로 인해 각개전투처럼 스스로를 챙기며 버텨야만 했다. *행복한 가정을 이루기 위해 결혼하고 애를 낳은 것인데 일상은 점점 지쳐만 갔다.*

절대 후회하지 마라. 좋은 일이라면 그것은 멋진 것이다.
나쁜 일이라면 그것은 경험이 된다.

빅토리아 홀트

5

나 혼자 애 낳은 건 아닌데
나만 달라져 있었다

나에게 올인하던 그는 어디에 갔던가

남편과는 11개월의 짧은 연애 후 결혼을 했다. 일 년을 못 채웠지만 평균 주6회 정도를 만나며 서로를 충분히 안다고 생각했었다. 빠른 시간 안에 결혼을 결심할 수 있었던 것은 남편의 '자상함' 때문이었다. 연애 시절 내 기억 속 남편은 '무조건~'의 트로트 가사처럼 퇴근 후 먼 거리에도 불구하고 나를 보러 일산에서 숙대입구까지 왔다. 저녁 먹고 헤어지는 짧은 시간이었지만 내가 부르면 달려오고 원하는 것은 대부분 들어줬다. *안 되는 게 많았던 '통제형'의 집안에서 자란 나로서는 괜찮아의 '자유방임형' 남편이 그렇게 좋을 수 없었다.* 그런 사람이라 생각해서 결혼을 결심했다.

그런데 이게 웬걸, 남편의 '헌신'과 '돌봄'은 아이가 생긴 뒤부터 달라졌다. 연애 때 오로지 '나'만을 위해 쏟아 부었던 그 모든 에너지와 관심과 정성은 이제 나의 아들에게로 바톤 터치가 된 것이다. 엄마의 모성애 저리 가라 할 정도로 주변에서도 인정하는 엄청난 '부성애'가 시작된 것도 이때부터였다. 눈에 넣어도 안 아픈 아들이 다칠까 물고 빨고 따라다니고, 온 주말을 아이에게 반납했다.

사실, 어떤 엄마들은 남편이 애 잘 보면 좋은 거 아니냐, 배부른 소리 한다고 할 수도 있겠다. 그러나 '소통과 연결', '교감'을 중시하는 나로서는 아이 출생 이후부터 남편과의 관계가 지속적인 내리막길로 들어섰다는 것을 의미했다. 사람에게는 쓸 수 있는 에너지의 양이 한정되기에 아이가 웃으면 웃을수록 나의 미소는 조금씩 사라졌다.

'나'는 어디 가고 '아이'만 덩그러니 남은 기분이었다.

남편을 탓할 수는 없지만 나는 뭔가 빈 껍데기 같은 느낌을 지울 수가 없었다. 아이를 낳는다는 것이 이런 것이었나 하는 생각이 하루에도 수십 번씩 몰려왔다. 아이를 낳은 것은 부부가 사랑해서 그 결과물로 생긴 것인데 주객이 전도된 느낌이었다. 아이가 클 때까지 이런 느낌은 계속 될텐데 나는 언제까지 참을 수 있을 것인가. '엄마'로서 이런 감정을 가지는 것이 잘못된 것인지 고민하기도 했다. 아들은 사랑스러운 '돌봄의 대상'인 동시에 '관심'을 나눠 가져야 하는 '경쟁자'가 된 것이다. 오 마이 갓!

매 순간 선택의 길로 접어들다

"축하합니다, 임신입니다."라는 아름다운 생명의 탄생을 축하하는 소리가 들려오면 남성들은 가장의 어깨가 무거워져 더욱 분발해야 함을 느낄 것이다. 한 가정의 가장 역할을 해야 한다는 압박감에 한동안 정신을 못 차릴 수도 있다.

여성들에게 "축하합니다, 임신입니다."라는 말은 소중한 생명 탄생의 기쁨인 동시에 여러 상황에서 매 순간 선택해야 함이 시작됐음을 알리는 종소리인지도 모른다.

일하는 여성이었다면 임신 후에도 계속 일을 할 것인지 쉴 것인지, 특히 아이가 약하고 자궁에 피가 고이고 유산 끼가 있으니 당분간 누워 있어야 한다는 산부인과 전문의의 말을 들을 경우는 더더욱 그러하겠다. 졸림과 어지러움, 왠지 모를 피곤과 입덧의 폭풍 시기를 지나 임신 중기에 접어들면 잠시 좋아진 컨디션으로 조금 살 만해진다. 그러다 임신 말기에 접어들면 출산 준비, 육아휴직 및 출산 휴가 준비, 산후조리원 또는 주변에 산후조리를 해 줄 분들을 찾고 선택해야 한다.

자연분만을 할 것이냐, 제왕절개를 할 것인가, 모유수유를 할 것인가, 분유수유를 할 것인가, 맞벌이 부부라면 어디 근처로 이사 가서 육아 지원을 받을 것인가 등 여러 선택 앞에 놓이게 된다. 선택의 주체는 대부분 여성이기에 아이로 인해 선택해야 하는 일들은 또 다른 업무처럼 느껴진다. 수많은 선택지 앞에서 최고의 선택을 해야 한다는 부담감에 우유부단해지며 결정을 내리기 쉽지 않다.

물론, 매우 주관적인 일임을 밝혀 둔다. 아이를 간절히 원하지만 아이가 잘 찾아오지 않는 경우도 있다. 매우 숭고하게 아이의 임신, 출산, 탄생까지 기쁨과 행복을 경험하는 분들도, 수월하게 애를 낳는 경우도 분명 있다.

그러나 선택은 선택이다. 선택 후 180도로 달라지는 것 또한 선택 이후 책임이다. 나에게는 임신, 출산, 육아에 대한 기준이 명확했기에 그것에 맞는 완벽한 선택을 하기 위해 부단히 애썼고, 선택 이후 예상치 못한 결과들을 마주할 때마다 통제력을 잃고 그릇된 선택을 했다고 자책했다.

아이를 낳은 뒤 많은 것들이 변한다. 남편들도 개인 시간이 없어지고 회사에 더욱 충성해야 한다. 낮, 밤, 주말을 가리지 않고 육아에 동참해야 하지만 애 낳았다고 크게 달라지진 않는다. 하던 일을 더욱 열심히 해야 하고 무거운 책임감으로 쉽게 그만둘 수 없어진다. *부담은 커지지만 목표는 더욱 분명해진다.*

하지만 여성들은 몸매와 체형이 달라진다. 사는 곳과 직업이 바뀌기도 한다. 가끔 우울증도 찾아오고 아이의 이상행동과 본인을 동일시한다. 포기해야 하는 것들과 죄책감이 늘어나는 동시에 욕구불만도 쌓여간다. *그런 이유들로 나는 가끔 앞만 보고 달려가야 하는 남편이 부러웠다.*

워킹맘이라는 말은 있고 워킹대디는 없다?

아이를 낳은 뒤 남편과 가장 큰 갈등을 겪은 것은 '커리어'에 있었다. 진취적인 성향이 비슷한 우리는 외국에서 일을 하고 싶다는 공통분모로 가까워지기도 했다. 각자의 회사에서도 주도적으로 일하며 성취감을 느꼈다. 아이를 낳기 전까지는 일에서 얻는 만족감이 비교적 동일했고 자신의 일을 동등하게 지켜 왔다. *그러나 아이가 생긴 뒤로 어떤 상황에서는 누군가 포기하거나 희생해야 하는 일들이 많아졌다.*

네이버 사전적 정의에 따르면 '워킹맘'은 직장을 다니면서 아이를 양육하는 여성으로 사회 활동과 가정을 병행하는 여성을 말한다고 나와 있는데 워킹맘이 된다는 건 정확히 어떤 의미일까. '워킹대디'라는 말은 사전적으로 정의된 것은 없고, 있어도 거의 사용되지 않고 있다. 그러나 '워킹맘'이라는 단어는 결혼 후 출산한 여성에게는 일을 하고 있을 때 따라 붙는 수식어가 된다.

아이 생애 초기는 엄마의 양육이 좋다는 말에 많은 엄마들이 육아휴직을 쓰려고 한다. 육아휴직을 못 쓰는 경우 아이와 건강한 애착 형성이 안될지 모른다는 걱정과 미안함을 느낀다. 아이를 낳고 다시 일하는 여성은, 그러한 미안한 감정을 온몸으로 경험하며 일터로 향한다. 미혼 시절 무늬만 여자, 일 욕심 많던 여자라는 평판이 있던 나였다. 그러나 엄마가 된 뒤 나의 야망으로 내 자식이 제대로 성장하지 못할지도 모른다는 생각에, 그러한 열정과 의욕을 스스로 컨트롤하기 시작했다.

양가 부모님, 일가 친척이 양육을 도와줄 수 없는 경우 차선책으로 육아 도우미를 구한다. 이틀에 한 번 꼴로 도우미 이모님이나 어린이집에서 아동학대가 일어난다는 뉴스를 접하며, 내 아이에게도 이런 일이 일어날지 모른다는 불안감에 휩싸인다. 그럼에도 지금까지 쌓아 온 '나의 일'을 지키기 위해 울며 겨자 먹기로 출퇴근을 하지만 아이는 생각만큼 협조해 주지 않는다. 어린이집에서는 툭하면 수족구, 독감 등 전염성 질병이 걸려 일주일 간 격리조치가 취해지고 어렵게 휴가를 내 아이를 케어한다. 이번에 수족구에 걸렸으니 그래도 한동안은 괜찮겠다 안심했더니 그 다음 주에는 다른 종류의 수족구에 감염됐다는 전화를 받는다. 이쯤 하면 내게는 육아 지원이 없는 가정은 엄마가 일하지 말라는 소리로 들려온다.

힘겹게 일, 가정 양립을 위해 고군분투하다 주변을 둘러보면 온통 부러운 엄마 천지다. 아빠가 대기업 임원 출신이라 도우미 비용을

대준다는 집, 친정 엄마가 딸의 집 앞 동으로 이사 와서 온전히 양육해 준다는 집, 시어머니, 친정 엄마가 골고루 나눠서 애를 봐준다는 집, 직업이 교사나 은행원이라 육아휴직을 오랫동안 쓸 수 있다는 엄마 등…. 그런 환경을 갖지 못한 나 스스로를 탓하다 결국 같이 사는 남편을 잡게 된다. 이러한 악순환의 반복 속 모두가 지쳐 간다.

나는 분명 왕년에 일 욕심 많고 진취적으로 앞장서는 사람이었다. 예전 회사에서 못 받은 미수금을 다 받을 정도로 정확하고 대담하게 일을 처리했었다. *그런데 어쩌다 여기저기 눈치 보며 이도 저도 아닌 투명 인간이 됐는지 모르겠다.* 완벽한 엄마는 없다고 생각하거나 아들의 손 빠는 행위 자체를 쿨하게 생각하고 못 본 척 넘겼으면 좋았을까. 몇 년간의 자아비판으로 약해진 내면과 어린이집 상담 시간에 아이에게 정서적으로 문제가 있다는 말을 지속적으로 들으면, 더 이상 버틸 힘이 없어진다.

'일'은 나에게 있어 성취감을 느끼게 해 주는 고마운 존재이나 이쯤 해서는 그간 지켜 온 커리어를 계속 유지해야 하는지 고민이 시작된다. 『소녀, 설치고 말하고 생각하라』라는 책에서 아이를 낳은 뒤 경력 단절에 대해 언급한 내용은 나만 이러한 고민을 하며 분노를 느끼는 것이 아니라는 큰 위로를 줬다.

"아이에 대한 사랑과 직업적 성취 사이에서 자아가 찢기면서 날마다 울었습니다. 남편을 원망하고 미워했습니다. 내가 내 경력을 만신창이로 만들면서 고통받을 때, 남편은 아무것도 잃지 않았으니까요. 같은 학교에서 같은 공부를 하고 같은 직업을 갖고 있는데, 저는 만신창이가 되고, 남편은 아무런 손실도 입지 않은 채 어엿한 4인 가구의 가장이 되었습니다.

남편은 제 모성애로부터 막대한 수혜를 입었습니다. 남성이라는 것 자체가 이토록 강렬한 권력이라는 것을 저는 철저하게 깨달았습니다. 모성애 같은 건 존재하지 않아서 아이를 24시간 어린이집에 맡겨도 괜찮으면 좋으련만, 도저히 그렇게는 할 수 없었습니다. 이것이 대부분의 엄마가 경력 단절 여성이 되는 이유이고, 절차입니다."

-『소녀, 설치고 말하고 생각하라』, 도서출판 우리학교

남편의 사소한 공격 "엄마가 왜 그래"

이렇게 말하면 절대 인정하지 않겠지만, 나의 〈안식년 프로젝트〉 시작에 남편도 한몫을 했다. 나는 그가 어떤 의도에서 그렇게 말했는지는 모른다. 하지만 그는 사사건건 간섭하며 주 양육자인 나의 육아를 방해하기에 이르렀다. 물론, 나 또한 모범적인 엄마 역할을 수행한 것은 아니지만 가끔씩 들려오는 그의 말은 나의 수치심과 죄책감을 강화시켰다.

아이를 낳은 뒤 남편에게 가장 듣기 싫었던 말이 있다.

"엄마가 이래도 돼?"
"어떻게 엄마가 그럴 수 있어?"

마치 부부싸움의 가장 강력한 무기마냥 어떤 상황 속에서 툭툭 던져 나온 그 말은 내 가슴에 비수를 꽂았다. 그 말의 진실은 그 밖에 모를 것이다. 단순히 내 모습이 본인이 기대하는 '엄마' 역할에 못 미쳐서 그랬을 수도 있고, 어린 시절 자신이 '엄마'에게 받지 못한 그 어떤 것을 나는 아들에게 채워 주길 바라는 소망이었을지도 모른다. 그것도 아니라면 자신은 늘 받아 온 것인데 내가 아들에게 주지 않는 다 생각하는 것일지도 모르겠다.

엄마 역할을 잘 수행하지 못하고 있다는 죄책감을 마음 한 켠에 두고 있는 나에게 남편의 그 말은 때로는 '엄마' 역할도 제대로 못하면서 뭘 하려고 하냐는 비난으로, 때로는 네가 엄마로서 자격이 있냐는 말처럼 들려왔다.

남편과의 비교도 나를 작아지게 만들었다. 교회에서 유치부 교사를 할 정도로 아이들을 좋아하는 남편은 양육과 돌봄이 체질적으로 맞는 사람이다. 회사 일도 그럭저럭 잘하면서 아이와도 즐거운 시간을 보내는 그 모습을 보고 있자니 마치 내가 이상한 사람 같아졌다. 뭐지? 내가 낳았는데, 나는 엄마인데. *아마도 그것은 나의 내면의 목*

소리였을 텐데 어쩌다가 내뱉은 남편의 자극에 밖으로 튀어나온 것이겠다. 어떤 이들은 그런 자극에도 그저 무심하게 '그랬어?' 하고 웃어 넘길 수 있을 텐데, 나는 왜 그 모든 자극을 온몸으로 견뎠던 걸까.

나는 나를 둘러싼 모든 문제의 원인을 '나'에게 뒀다. 성장 과정에서 아들에게 있을 수 있는 흔한 증상들 하나하나 무심코 넘기지 못한 것, 남편의 질병에 예민했던 것, 어릴 적 부모님의 싸움에 유난히 민감했던 이유가 바로 이것이다. 갈등의 원인을 '나'로 고정시킨 이 패턴은 원치 않는 상황에서도 자발적으로 에너지를 쓰게 만들었고 스트레스에 취약하게 만들었다.

무엇보다도 마음속 깊이 자리한 엄마로서의 '부족감'이 가장 큰 원인이었다. '나는 충분하지 않다'는 내면의 메시지는 나의 모든 의욕을 저하시켰다.

내가 생각하는 이상적인 엄마의 모습에 비춰볼 때 나는 그런 엄마가 아니었다. 그러다 문득 내 배를 바라봤다. 처녀 때 군살도 없고 복근도 살짝 보일 듯 괜찮았던 내 배는 출산 후 튼살, 제왕절개 수술 자국으로 달라져 있었다. 뭔가 서글퍼져 슬쩍 눈물이 맺혔다. 그러다 다시 내 배를 바라보니 잊고 있던 모성애가 느껴졌다. *그래 맞아, 나는 부족하지 않아. 아무리 아빠가 잘 돌봐 줘도 열 달 배부르고 내 배 째고 낳은 거다. 그거 자체로도 대단한 일인데 나는 왜 입버릇처럼*

남편은 나의 경쟁자가 아닌데…

출산 후 내 나름의 모성애와 책임감으로 지금까지 많은 것을 포기했다. 육아와 가정을 위해 일을 조율해 왔고, 그렇게 한 선택들에 책임지기 위해 부단히 노력했다. 가끔 남편과 아이 양육을 주제로 한 사소한 다툼이 커리어 이슈로 번질 때가 있었다.

"당신 커리어는 당신이 잘 관리했어야지, 나도 정말 열심히 버티고 노력해서 얻은 커리어인데 왜 질투해?"

남편의 이 한마디는 내 심장에 비수를 꽂았다. 그것은 질투가 아닌 현실이었다. 시스템의 부재, 사회 구조적인 문제였다. 여성이 갖춘 조건에서 오는 불합리함이라기보다 '여성 그 자체'라는 조건이 주는 불합리함에 주변의 워킹맘들도 함께 분노했다.

최고의 대학을 나오고 박사 학위까지 있는 유능한 많은 여성들도 아이를 봐 줄 사람이 없어서 집에서 양육을 하는 게 내 주변 현실이다. 아이의 어린이집이나 유치원 방학 일정과 등, 하원을 고민하는 것도 주로 여성이기 때문에 갈등 상황 속에서 자발적으로 일을 그만두는 여성이 많은 것도 사실이다. 최근에는 남성들이 주도적으로 양육과 돌봄에 참여하는 가정이 많아졌지만 대다수의 일반적인 가정을 전제하는 것임을 밝혀둔다.

결론적으로 내가 커리어를 포기한 건 맞다. 그러나 자발적으로 포기한 게 아니기에 서운하고 억울했다.

암묵적으로 아이 양육을 위해서 부득이한 상황이 발생했을 때 누군가는 양육을 좀 더 전담해야 했다. 아이 태어난 뒤 처음 2~3년은 친정 부모님의 도움으로 간신히 버틸 수 있었지만 직업의 안정성이나 급여를 비교해 볼 때 내가 포기해야 하는 게 현실이었다. 아마도 선택의 기로에 놓였을 때 나 스스로 도우미 이모님 사용 비용과 내 월급을 비교해서 애매하다고 느꼈기에 일을 내려놓은 것인지도 모른다.

맞벌이를 하는 부부에게는 아이 양육과 주 양육자의 문제가 가장 큰 갈등의 이슈가 되는데 그때마다 건강한 대화의 실패로 갈등만 심해질 뿐이었다. *가장 힘든 시기에 우리는 가장 불화하고 있었다. 각자의 어려움 속 상대방을 돌보거나 공감해 줄 여유가 없었다.*

결국, 갈등을 피하는 방법으로 내가 가진 것들을 하나씩 포기했다. 좀 더 이성적으로 문제 사항을 철저하게 검증하고 합리적인 토론과 역할 배분을 했더라면 결과가 달라졌을까.

수원에서 서울까지 왕복 서너 시간의 출퇴근 거리는 우리에게 큰 부담이었다. 특히, 출근시간이 이른 남편의 경우 극심한 피로가 누적되는 것이 눈에 보였기에 육아 문제에 대해 다시금 점검해 볼 수 밖에 없었다. 이사를 간다는 것은 지리적으로만 위치가 달라지는 것이 아니었다. 친정 부모님 옆에서 멀어져 서울로 이사 간다는 것은 나의 현 가족인 남편과 아들을 위해 원가족인 친정 부모님의 도움을 받지 않겠다는 의미인 것이었다.

나는 '일'에 전념할 수 있는 나의 '자원'을 뒤로 한 채 여러 가지 이유들로 인해 연고지도 아닌 곳으로 이사를 결정했다. 부동산에서 집을 본 뒤 걸어가면서 이사와 유치원을 옮긴 뒤 아이의 등, 하원 문제에 대해 이야기했다. 어쩌다 야근을 할 때는 하원을 책임지라는 말에 대한 남편의 답변은 나를 더욱 좌절시켰다.

"우리 회사는 그런 회사 아니야."

'우리' 회사는 '그런 회사'가 아니라는 말에 나의 인내심은 한계에 다다랐다. '그런 회사'는 도대체 어떤 회사란 말인가? 그때만 해도 주 52시간 근무제가 없었기에 저 말의 속뜻은 일찍 퇴근하기 눈치보인다는 뜻일 수도 있다. 그럼에도 허탈한 웃음만 나올 뿐이었다. 아이 양육과 일의 균형을 맞추기 위해 이직한 이전 직장에서 대표님의 배려로 늦은 출근과 대부분 야근하지 않았지만 나 또한 '그런 회사'

에 다닌 것은 아니었다.

아무리 워킹맘을 배려해 줘도 소규모 조직에서 연차를 쓰거나 아이 문제로 휴가를 낼 때는 상당히 부담스럽고 눈치가 보이게 마련이다. 그런 상황에서 남편의 저 말은, '나는 돈 많이 주는 좋은 회사를 다니기 때문에 그럴 수 없다'라는 말로 내게 들렸다. 나는 상대적으로 남편보다 수입이 적은 작은 회사를 다니고 있었기에 직업적 열등감과 육아로 인해 하향지원한 나의 상황이 모두 오버랩되었다.

남성들이 경력을 업그레이드할 때마다, 일하려는 의지와 야심이 있는 여성은 모성애라는 벽 앞에 스스로 경력을 다운그레이드할 때 자괴감을 느끼게 된다.

지금껏 내가 포기해 온 것들에 대한 분노와 더 독하게 커리어를 지키지 못했다는 억울함이 몰려왔다. 힘들어도 현재 글로벌 기업에서 일하며 우리 가정과 미래를 위한다는 명목으로 MBA까지 졸업한 남편이 그저 부러웠다. 나도 대학원 진학과 커리어에 대한 꿈이 가득했는데 출산 이후 모든 것은 나의 욕심으로 비춰졌다.

마흔을 앞둔 남편에게 마지막 서른의 몇 달 동안 하고 싶은 버킷 리스트가 없는지 물었을 때 남편이 했던 말도 나를 당혹스럽게 만들었다.

"없어, 나는 30대에 하고 싶은 건 다 해 봤어. 여행도 가 보고,

이직도 하고, 결혼도 하고, 아들도 있고, 공부도 하고 커리어도 뭐 괜찮고…."

후회가 없다는 사실에 일차적으로 부러웠고, 그런 것들이 가능할 수 있는 숨은 이유를 몰라주는 것 같아 야속했다. 나의 30대는 후회 투성이, 실패와 지뢰밭의 연속인데 어찌 남편의 30대는 원하는 것을 이루고 성취한 시기로 스스로를 평가할 수 있는지 궁금했다.

물론, 신입 사원 때부터 밤을 지새우며 노력해 온 그의 열심을 부정하는 것은 아니다. 다만, 남편과 나는 각자의 자리에서 부단히 노력했는데 무엇이 이러한 차이를 만든 것인지 궁금했다.

나는 삼십대 중, 후반에 들어서며 수많은 '갈림길'에 서 있었다. 모든 선택은 내가 했지만, 후회가 남는 선택이 점점 늘어만 간다. 이토록 흔들리고 이리저리 넘어지는 이 시간은 반드시 겪어야 할 성장통인 걸까. 이 시기를 지난 40대가 되면 스스로 후회가 없는 시절이라 과연 말할 수 있을까….

그 해 12월, 유치원 추첨하러 반차내다

아들의 다섯 살을 앞두고 긴 통근시간을 줄이기 위해 서울로 이사를 왔다. 이사라는 첫 번째 미션을 끝내고 두 번째 미션은 아이 보육 시설을 옮기는 것이었다. 9월이라는 애매한 이사 시기로 인해 남편과는 6개월 간 주말 부부를 했다. 나는 친정에서 출퇴근을 하며 아이를 어린이집에 보내고 남편은 이사한 집에서 회사로 출퇴근을 했다. 12월이 되면서부터 나는 분주해지기 시작했다. 연말이라 회사 일도 많았지만 다음 해 아들을 유치원에 보내야 하기 때문에 유치원 입학설명회 및 추첨식에 다녀와야 했다.

세, 네 곳의 유치원 입학설명회를 다녀왔다. 토요일에 입학설명회를 하는 곳은 그나마 다행이었다. 입학원서를 가지고 나오는데 등록과 공개 추첨일이 모두 평일 오후 6시 전이었다. 유치원에서 근무하는 선생님들 입장을 생각하면 이해가 가지만 맞벌이를 하는 입장에서는 유치원 등록, 추첨, 합격 이후를 생각하니 한숨이 절로 나왔다.

12월 한 달 동안 눈치 보며 서너 번의 반차를 내고 원서 등록 및 추첨식에 다녀왔다. 참석했다고 다 보낼 수 있는 것도 아니었다. 입학 희망 인원이 많은 경우에는 공 뽑기를 통해 입학 순서를 추첨했다. 긴장 속 공 뽑기의 숫자가 호명되는 순간 '꺄'하는 기쁨의 함성과, '어휴'하는 안타까움의 한숨이 교차됐다. 맞벌이를 하는 경우 종일반 대기표를 뽑아야 하는데 자리가 많지 않아 한두 명 밖에 당첨이 안 된다고 했다. 그런데 하필이면 처음으로 뽑은 공이 쌍둥이라니…. 기다리던 엄마들의 한숨 소리가 여기저기에서 들려왔다. 겨울이라 해도 빨리 지는데 서늘한 날씨가 뺨을 내리쳤다. 겨우 반차를 내서 유치원에 왔는데 큰 결실을 보지 못한 것 같아 허탈했다.

유치원 입학도 이렇게 어려운데 과연 아이를 적응시키고 일과 병행할 수 있을지 생각만 해도 답답했다. 그동안 부모님의 육아 지원 덕분에 긴 통근시간을 제외하고는 일에 집중할 수 있었다. *그러나 이사 후 오롯이 아이의 등, 하원을 전담하며 일을 해야 한다는 사실은 나의 가슴을 조여 왔다.*

폭풍전야의 12월이 지나고 결국, 나는 집에서 가장 가까운 유치원 대기번호가 앞당겨져 그곳으로 아이를 보낼 수 있었다.

어머니란 스승이자 나를 키워 준 사람이며,
사회라는 거센 파도로 나가기에 앞서
그 모든 풍파를 막아 주는 방패막 같은 존재이다.

스탕달

6
자기계발 추종자,
격렬하게 아무것도
안 하고 싶다

잠시 쉬고 싶다는 내면의 사인

처음 '일'이란 걸 경험해 본 건 중학교 1학년 때였다. 부모님 몰래 용돈벌이로 친구들 일곱 명과 신설동에서 찹쌀떡 판매 아르바이트를 하루 경험했다. 이후에도 평일 하교 후 독서실 간다고 말하고 석계역 부근 아파트에서 녹즙 전단지 아르바이트를 했다. 고등학교 때는 부모님 몰래 방학 때 유럽에 수출하는 산소 페트병 공장에서 병 포장 아르바이트를 두어 달 했고 고3 수능시험을 본 후 자동차 대출 전단지 아르바이트를 새벽에 했다. 대학교 입학 전에는 바짝 돈을 벌기 위해 논현동 유명 설렁탕 집에서 야간 서빙 알바를 두어 달 한 기억도 있다. 대학교 진학 이후에는 구청 사무직 아르바이트, 휴대폰

판매 아르바이트, 취업 전 잠시 했던 과외까지, 노가다를 제외하곤 많은 아르바이트를 경험했다.

초등학교 3학년, 아파트 단지에 살았을 때는 평범하게 잘 지냈다. 그러던 중 아빠의 업종 변경으로 아파트에서 살던 나는 반지하 방으로 이사했고 내 방에 있던 피아노 등은 팔아야 했다. 나는 이유도 모른 채 이사와 전학을 했다. 이사한 뒤에는 제과점 빵보다 슈퍼 빵을 사 먹었고 백화점보다는 재래시장을 더 자주 갔다.

그 시절부터 부모님은 일에 바빴기에 나는 '알아서 척척척, 스스로 어린이'로 자랄 수밖에 없었다. 부모님 속 썩이는 일 없이 내 일은 알아서 하고, 말 잘 듣는 착한 딸이 되기로 마음속으로 결심했다.

누가 등 떠밀어 그런 생각을 한 건 아니지만, 그 당시의 환경은 나 자신을 그렇게 만들었다. 둘째로서 오빠보다 큰 관심을 받지 못한다고 생각했기에 그런 방법으로 부모님의 환심을 사려고 했다. 그 후로도 잦은 이사와 전학으로 내 환경은 수시로 바뀌었다.

대학을 졸업하고 취업 이후에는 내면의 결핍감을 성취로 달래 주고 싶었다. 더 나은 회사로 이직해 더 좋은 회사의 명함을 갖는 것이 나를 보상해 준다고 생각했다.

첫 취업 후 이십대 중, 후반은 커리어를 쌓는 데에 온 에너지를 쏟았다. 앨범 속 사진을 보면 참 예쁜 나이인데 그 당시 나는 더 좋은 직장에서 안정적인 커리어를 쌓는 게 가장 큰 목표였다. 평일에는 회사일을 하느라 아침에 나가서 늦은 밤에 집으로 돌아왔다. 집에 온 뒤에도 쉬지 못하고 채용 사이트를 매일매일 드나들며 이직할 곳이 없는지를 살폈다. 경력직 채용공고에 만 3년 이상 지원 가능하다고 적혀 있는 곳에도 원서를 썼고 가능성이 보이는 곳에는 이력서를 넣었다. 일을 한 뒤 충분한 휴식을 취해야 하는데도 나는 기계적으로 이러한 행위를 반복했다. 그러다 인연이 닿은 곳에 성공적으로 이직할 수 있었다.

두 번째 직장에서는 기존에 해 오던 업무가 다르기에 새로운 분야를 익혀야 했다. 선한 사람들이 많고 조직 문화도 좋았지만 영리기업에 있던 나의 마인드를 비영리관점으로 바꾸는 것이 시급했다. 새로 해야 하는 업무를 배우고 적응했다. 그러다 연애와 결혼을 했고 미래에 태어날 아이를 위해 좀 더 워라밸(Work-life balance)이 가능한 회사를 찾아 이직했다.

세 번째 직장은 교육 회사였다. 이전의 두 직장에서는 온라인 홍보 업무를 주로 했는데 이곳에서는 HR, 리더십, 코칭 등이 주종목이었다. 경력직으로 이직했으나 역시 신입의 마음으로 하나하나 배워서 익혀 나갔다. 그러던 중 임신과 출산으로 육아휴직을 했고 회사 사정으로 복직하지 못했다.

이대로 커리어의 생명이 끝나는 건 아닌가 불안에 떨며 재취업을 준비해 네 번째 직장으로 출근했다. 육아에 흠뻑 빠지지 못한 채 도망치듯 재취업한 뒤, 2년여 동안 여기저기 부딪히다 번아웃 되었다. 나는 모든 것들을 뒤로 한 채 완전히 방전되어 버렸다.

상처받은 줄도 모른 채 나는 상처받아 왔다. 힘든지도 모른 채 생존을 위해 적응해 왔다. 슬프고 괴로운 많은 날들도 안 그런 척 애써 담담하게 나를 포장해 왔다. 나 자신을 돌보지 못한 지난 이십여 년 동안 나는 많이 고장나 있었다.

특히, 출산 후 워킹맘으로 일과 육아를 병행하면서 나의 내면에서는 쉬고 싶다는 메시지를 수시로 던졌다.

요리조리 피해가다 '모성'에 발목 잡히다

1980년 대 초반부터 2000년 대 초반 출생한 세대를 가리켜 흔히 '밀레니엄 세대'라고 한다. 83년 생인 나는, 베스트셀러가 된 『82년 생 김지영』과는 다르게 자라 왔다. 기독교적 가치관으로 연년생 남매를 평등하게 대한 우리집에선, 고기를 먹을 때면 항상 아빠가 고기를 구웠다. 어떤 집은 항상 엄마가 구웠다고 하는데 남편 집도 그러하다. 극진한 아빠의 사랑으로 어려서부터 아빠가 차려 준 밥을 먹고, 아빠가 빨아 준 운동화를 신고 학교에 갔다. 비슷한 성향이라 더욱 지지를 많이 해 준 아빠 덕분에 '자기 주도 학습'과 '할 수 있다'는 자신감을 갖게 됐다. 초등학교 3학년 무렵부터 일하기 시작한 엄마를 보며 '일하는 여성'의 자연스러움을 보고 자라 왔다. 당차고 진취적인 엄마와 배려와 섬김을 보여 준 아빠, 그런 가정환경 속에서 알게 모르게 나는 주관이 뚜렷하고 오빠에게 양보하기 보다는, 경쟁을 벌이며 승부하고 발전해 왔다.

취업 시즌 자기소개서를 쓸 때 성장 과정은 이렇게 시작됐다. "가정적인 아버지와 진취적인 어머니 밑에서 성장한 저는 양성성을 고루 발전시키며 '일하는 엄마'의 롤 모델을 보며 자라왔습니다." 지극히 경쟁적이고, 성취적이며, 야심만만한 알파걸 류의 이미지였다. '였다'라는 과거형은, 사회생활 속에서 부딪히고 다듬어졌기 때문이다. 그런 내게도 아킬레스 건이 있었으니 그건 바로 '육아'와 '모성애'였다. '엄마'라는 두 글자는 사는 곳, 직업, 성향, 몸매, 가치관 등 많은 것을 바꿔 놓았다.

경쟁이 치열한 직장에서 야근하며 일하는 건 '엄마'로서 역할을 다 하지 못하는 건 아닐까, 대한민국에서 여성으로 직장에서 성공하기 위해선 '하나(일 또는 가정)'를 포기해야 한다, 등의 선입견이 작용했다. 어쩌면 핑계였을지도 모른다. 유능한 여성 직장인들은 일을 하면서 육아 또한 잘할 테니 말이다.

운 좋게도 '하기 싫은 것'들을 하지 않은 채 지름길로 지금까지 잘 온 덕도 있겠다. 내가 뭘 잘하고, 좋아하는지를 잘 알고 있었기에 '잘하는 것'을 해서 돋보이고 싶었다. '취약하거나 어려운 것'은 성과를 낼 수 없는 게 머릿속으로 그려지니 최대한 제외하려 부단히 노력했다.

육아 또한 그 범주에 들어갔다. '이상적인 엄마'가 되고는 싶으나 '엄마 역할'을 잘할 자신은 없고, 일도 하면서 자아실현도 하고 싶었다. 결국 이 핑계, 저 핑계를 대며 내 위주의 상황을 만들어 갔다. 육아 지원을 줄 친정 근처로 이사를 가고, 일, 가정 양립이 가능할 것 같은 회사를 '선택'했다.

나는 무엇을 위해 일을 하는가

출퇴근하는 버스 안에서 모두가 힘든 상황에서 일하는 목적이 무엇인지 스스로에게 질문을 던졌다. 나의 '자아실현'을 위해 일을 하는 것인지, 성취감을 느끼며 '일하는 여성'으로 존재하고 싶어서인지, 단순히 돈을 벌기 위해서인지 묻고 또 물었다.

이런 고민을 하는 자체가 아이러니했다. 성인이 되면 일을 하고 자립하는 게 당연한데 아이를 낳은 뒤로는 일을 하는 게 꼭 당연한 것이 아니게 됐다. *피곤한 남편을 보면 나 때문인가 싶어지고 아픈 아이*

를 보면 또 나 때문인가 싶어졌다. 딸의 경력 단절을 막기 위해 생업이 있으면서도 아이 양육을 병행하는 부모님의 지친 모습을 볼 때마다 마음이 아팠다. 나 또한 즐겁게 성취감을 느끼며 일을 하는 것이 아닌 하루살이처럼 버티는 일상 속에서 이러한 질문은 계속되었다.

많은 맞벌이 가정이 그렇겠지만 쉬운 일이 하나도 없었다. '내 욕심'으로 온 가족을 혹사시키는 건 아닌가 하는 죄책감 한편에 이 기회에 '쉬고 싶다'는 내면의 목소리도 작용했다. 커리어를 더 잘 다졌어야 된다는 자아비판과 원망도 수많은 밤을 고민하게 만들었다.

여자 월급이 어떤 기준 이하면 집에서 일하는 게 낫다는 식의 암묵적인 대답들도, 육아 도우미 비용으로 월급과 비슷한 비용을 지불해야 하는 현실도, 그럼에도 불구하고 아이가 아프거나 등, 하원을 책임져야 하는 주체가 '여성, 그리고 엄마'인 이 현실 앞에 나는 그냥 꺾여 버렸다.

선택의 갈림길에서 이제라도 더 늦기 전에 아이와 애착을 잘 쌓고 내가 낳았으니 어느 정도는 책임지자는 책임감과 모성애가 발휘됐다. 하던 일을 미래에도 할 수 있는지 비전과 가치를 따졌을 때 예스라는 대답이 나오지도 않았고 '나는 충분하지 않다, 나는 부족한 엄마다'라는 나의 내면의 목소리도 작용했다.

외부에서 한방 얻어맞은 걸로도 나는 이미 지칠 대로 지쳤는데,

내부에서 수없이 때려대는 망치질로 인해 소진되었다. 내 인생에서 단 한 번도 성실하지 않은 적이 없었고, 어떤 상황에서도 긍정적인 더 나은 상황을 만들기 위해 수없이 노력했다. 그러나 이런 사소한 자극들이 나의 노력을 무마시켰고 무능력자로 낙인찍었다. 아마도 그런 것들이 쌓이고 쌓여, 내가 그간 소중히 지켜 온 커리어를 내려놓은지도 모르겠다.

"육아와 남편 내조를 위해 가정으로 돌아갑니다."라는 나의 말은 사실 핑계일 수도 있다. 사표를 낸 진짜 이유는 '나는 충분하지 않다'라는 내 안의 목소리가 들렸기 때문이다.

생산성 추종자, 잠시 멈춰 서다

이상과 현실의 차이가 자기계발을 탐닉하게 했고 꿈꾸면 이룰 수 있다는 긍정주의는 나를 매료시켰다. 스티븐 코비의 '성공하는 사람들의 일곱 가지 습관' 워크숍을 듣고 사명 선언서를 만들었으며, 아침형 인간이 성공한다는 말에는 전형적인 야행성 기질을 탓했다. 뭔가를 끊임없이 하면서도 더 해야 한다는 강박과, 부족하다는 '결핍감'이 내면에 가득했다. *이 험한 세상 나라도 내 편이 돼야 하는데 나의 가장 큰 안티가 바로 '나'였다.*

가끔 주변 친구들과 이런저런 이야기를 해 보면 '너는 열심히 살았다'고 말한다. 시야가 좁았던 어릴 때는 노력에 비해 만족하지 못한 성과를 보며 사회 탓, 부자 탓, 내 탓, 남 탓을 하곤 했다. 자기 자리에서 꾸준하게 열심히 사는 사람들이 많다는 걸 잘 알지 못했었다. 그 후 나는 내 머릿속 문장을 '내게 주어진 환경에서 나름대로 열심히 살았다'로 수정했다.

누구보다 열심히라는 비교급이 아닌, 팩트 체크처럼 사는 동네, 다닌 학교, 부모님의 지원 여부 등 외부 요인을 다 따져서 '주어진 환경'에서 노력해 '조금 더 나은 환경'으로 온다면, 그게 성공이 아닐까.

여러 일들을 겪으면서 거창한 먼 미래가 아닌 현재 주어진 환경에서, 할 수 있는 것들을 하며 소소하게 행복하고 싶어졌다. 언제 도달할지 모르는 목표와 이상을 향해 '현재를 희생하는 것'에 염증이 났다. 지쳤다는 표현이 맞겠다. 목표를 이룬 다음 저 너머가 아닌 지금 내가 있는 이곳에서 오롯이 생활을 누리고 싶어졌다.

자기계발의 원조, '생산성' 추종자였던 나는 잠시 생산성이라는 단어를 내던지고 격렬하게 아무것도 안 하고 싶어졌다.

서른여섯, 대단히 멋진 커리어우먼으로 뭐라도 되어 있을 것 같은 내 상상은 잔인하게 무너졌고 다섯 살 아들과 씨름하는 평범한 엄마의 삶을 선택했다. 2018년 3월, 아들의 유치원 새 학기를 맞아 나는 그렇게 '반자발적인 백수'가 되었다.

선택의 갈림길에서 '안식년' 시작하기

갭이어gap year(학업, 직장 생활 등을 잠시 멈추고, 재충전의 시간을 가지며 새로운 놀이를 찾고 향후 진로를 탐색하는 시간)라는 용어를 처음 접한 건 5년여 전쯤일 거다. 이 단어가 머릿속에서 떠오른 건 숙명적이다. 목표하는 대학에 진학해 CC(캠퍼스 커플)도 하며 교정을 누리겠다는 샤방샤방 꿈을 꾸는 10대, 취업과 결혼과 같은 보다 현실적인 목표에 매진하는 20대, 뒤돌아보니 원하던 삶이 아니었다며 '나는 누구인가, 지금 이곳은 어디인가'를 종종 떠올리는 30대에 접어드니 '나를 찾는 시간'이 필요했다.

스물아홉에 연애해 서른 살에 결혼했다. 서른둘에 아이를 낳고 어쩌다 보니 서른여섯 줄에 접어들었다. 자녀가 두 세 명만 있더라도 여자의 30대 시기는 임신, 출산, 육아의 삼박자 서클에 맞물려 흘러가기 쉬운 시기다. 나 또한 아들이 이제 제법 말이 통하는 지금에야 조금 여유가 생기니 임신부터 시작하면 한 명당 짧게는 대략 3년~5년이다.

'아이'는 매우 예쁘고 귀한 존재이지만 엄마도 '사람'이고 '여자'다. 맛있는 거 우아하게 먹고 싶고, 때론 일을 통해 인정받고 싶다. 독립적 성격이었던 사람들도 아이를 낳은 뒤로 남편을 기다리며 기대가 커진다. 커진 기대만큼 실망의 횟수도 늘어나며 '00엄마'가 아닌 본연의 '존재 자체'로 불리고 싶어진다.

어차피 인생에서 잠시간 '단절'될 수 밖에 없는 현실이라면, 상황을 탓하고 나라를 원망해 봤자 현실은 바뀌지 않는다. *잠시간 단절을 갖게 된다면 가장 유용하게 사용할 수 있는 게 뭐가 있을까 고민하다 떠오른 단어가 바로 갭이어(gap year)였다.* 아이 낳고 갈 데도 없고, 만날 수 있는 사람도 한정적이다 보니 문화센터를 전전하거나, 엄마들 모임에 나간 적도 있지만 크게 도움이 되지 않았다. 나에게 필요한 것은 '나'라는 사람에게 '집중'하는 시간이었다. 일종의 리프레쉬라고 하겠다.

모성이 위대한 이유는 아이를 임신, 출산, 양육하며 아이에게 미칠 수 있는 영향력이 무궁무진하다는 점이다. '엄마'라는 글자가 이토록 어려운 이름이었는지 그전에는 몰랐다. 모범적으로 자라 왔다고 스스로 생각했다. 그럭저럭 인생 과제들을 잘 해결해 왔고, 크게 모나거나 이상행동을 하지도 않았다. 잠시 만나는 관계들, 단편적이고 속을 다 보이지 않는 관계들 속에서 웃으며 분위기 메이커를 자청하기도 했지만 아이와 단둘이 있는 시간은 너무나도 정직했다.

표면적이고 계산적인 행동들이 아닌 원초적이고 매우 날것의 행동들이 수면 위로 드러났다. 그것도 가장 어린 약자라고 할 수 있는 나의 아이에게서 말이다. 내 뱃속에서 품고, 낳고, 먹이고, 희생하고, 헌신하는 그 대상에게 아이러니하게 가장 폭력적일 수 있음을 경험했다.

내 안에 있는 어떤 미숙한 것들을 발견까진 했지만 계속 제자리 걸음이기에 과감한 결단이 필요했다. 그래서 나는 자발적으로 〈안식 년 프로젝트〉를 기획했다. 오롯이 내가 결정하고, 경험하고, 부딪히 는 시간, 누구의 눈치도 보지 않고 나의 경제력과 의지로 만들어가는 시간, 내 안의 괴물을 달래 주고 진정시켜 이제 그만 잠재우는 시간, 겉으론 웃고 있지만 이유 없는 눈물로 울부짖던 가슴 속 슬픔을 달래 주는 시간, 과거가 아닌 미래를 향해 '나아가는 시간'을 그렇게 만들 기로 다짐했다.

우리 아이에게 깨끗한 심리적 유산을 물려주기 위한 처절한 몸부 림의 시작, 그것이 나의 〈안식년 프로젝트〉다.

지난 36년간 감정을 취사선택으로 허용하고 억압해 온 나였기에 이 프로젝트를 하면서 올라오는 모든 감정을 있는 그대로 느껴 보고 자 한다. 때론 환희와 희열이, 때론 절망과 우울의 나락으로 떨어질 지라도 오롯이 순간의 감정을 느끼고, 바라보고 인정해 주리라.

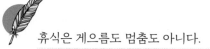

휴식은 게으름도 멈춤도 아니다.

헨리 포드

2장

잃어버린 나를 찾아
'안식년'을 시작하다

1

내면아이와

마주치다

내면아이란, 과연 무엇인가?

　성인아이는 네이버 사전에 내면아이(inner child)라고도 하는데 개인의 정신 속에서 하나의 독립된 인격체로 존재하는 아이의 모습이라고 정의되어 있다. 상처받은 내면아이 치유는 아직 충분한 검증이 안된 심리치료법이고 효과와 부작용에 대해서 장담하지 못하며, 유년 시절을 떠올리며 개인의 내면 통합도 중요하나 충분한 현실을 살아가며 현재의 발달 과제에 집중하는 것이 중요하다고 나무위키에서는 말하고 있다. 내면아이를 더 알아보기 위해 관련 책을 검색하니 이미 다양한 제목으로 여러 권의 책이 출판되었다.

　존 브래드 쇼는 『상처받은 내면아이 치유』라는 책에서 내면아이에 대해 다음과 같이 말한다.

> "나는 과거에 무시당하고 상처받은 내면아이(neglected, wounded inner child of the past)가 바로 사람들이 겪는 모든 불행의 가장 큰 원인이라고 믿는다. 그리고 우리가 그 아이를 잘

발견해서, 상처 난 부분을 회복시켜 주고 잘 돌보아 주지 않는다면, 그 아이는 성인이 된 우리의 인생에 계속적인 악영향을 끼치면서 모든 걸 엉망으로 만들어 버리고 말 것이다."

"부모 자신 속의 상처받은 내면아이가 웃음을 억눌러 버렸던 적이 있다면, 자신의 자녀에게도 똑같은 방식으로 대할 것이다. 그런 부모들은 아이들에게 '너무 크게 웃지 마라.', '거기서 그렇게 시끄럽게 굴지 마라.', '제멋대로 굴지 마라.', '이제 충분히 놀았잖아.' 등의 말들로 아이들을 훈계하려 한다.

웃거나 기뻐하기를 제지당한 아이들은 침울하고 냉정하게 되어 버린다. 그런 아이들이 성인이 되면, 결국 아이들이 흥분하고 큰 소리로 웃는 것을 참지 못하는, 전형적으로 엄격한 부모가 되거나 딱딱한 선생님 혹은 심각한 설교자가 된다."

– 『상처받은 내면아이 치유』, 학지사

W.휴 미실다인은 『몸에 밴 어린 시절』이라는 책에서 '내재과거아'라고 표현했으며 '어른이 된 지금도 당신의 삶 안에 그대로 남아서 지속되고 있는, 당신이 과거에 거쳐 온 어린이의 모습'이라고 정의하며 다음과 같이 언급했다.

"당신의 어린 시절은 실제로 그리고 말 그대로 지금도 당신 앞에 자리 잡고 있다. 그리하여 당신이 하는 모든 일과 당신이 느끼는 모든 정서생활에 영향을 끼치고 있다. 이러한 어린 시절의 감정과 태도는 당신이 친구나 동료나 배우자와 맺는 관계뿐 아니라 나아가서 자녀들과 맺는 관계에도 실제로 자주 영향을 끼치고, 그 관계를 지배한다. 또한 이러한 감정과 태도는 당신이 일하고 사랑할 수 있는 역량을 발휘하는 데 지장을 가져오기도 한다. 그리고 이러한 것들은 당신이 느끼는 피로감, 안절부절못하는 태도, 머리를 싸매게 하는 두통, 위장 장애의 중요한 원인이 될 수도 있다."

–『몸에 밴 어린 시절』, 가톨릭출판사

내면아이에 대해 관심을 갖게 된 계기는, 엄마가 된 뒤 양육자로서의 내 모습이 상상과 달랐기 때문이다. 평소 엄마가 된다면 이럴 것이라는 나의 예측은 백 퍼센트 빗나갔고 그런 내 모습에 엄청난 충격과 실망감을 느꼈다. 내가 기대했던 '엄마로서의 내 모습'과 실제 모습의 차이가 커질수록 이런 나의 모습이 납득되지 않았다.

아뿔사, 지금까지 내 주변에서 내면아이를 가진 것처럼 보이는 사람들을 보면 '성숙한 어른'이 아니라고 비난했는데 나 역시 내면아이를 가지고 있었던 것이다.

내가 그토록 공격했던 나의 엄마는 적어도 삼시 세끼 밥이라도 정성껏 잘 차려 줬는데, 나는 기본적인 의식주도 소홀히 한 채 내가 하고 싶은 것만 했다. 책을 읽고 글을 쓰고, 또 책을 읽고 글을 썼다.

내가 만약 딸을 낳았으면 달라졌을지는 모르겠지만, 아들을 낳은 이후 나는 많은 성찰을 하게 되었다. 이상적인 엄마상만 있는 것이 아니라 '이상적인 아들상'도 있는데 내가 생각하는 이상적인 아들상은 '리더십과 배려심이 있으며 자기주장을 분명히 하는' 모습이다. 평소 'Lead, don't follow'라는 말을 좋아하는 나로서 아들하면 떠오르는 이미지는 운동 잘하는 아들이거나 반장과 같은 이끌어 주는 유형이다. 나의 아들이 이러한 나의 이상적인 아들상과 같지 않다는 것을 발견하기까지는 그리 오랜 시간이 걸리지 않았다. 물론, 아이들은 자라면서 계속 변하기에 어떤 틀로 고정할 순 없지만 타고난 기질 등 변하지 않는 부분에 대한 짧은 기간 동안 관찰한 주관적인 내 생각이다.

사랑하는 나의 아들은 모두를 이끌기보다는 마음에 드는 소수를 이끌고 싶어 한다. 앞장서서 리더십을 발휘하기보다는 처음에 적응하는데 시간이 조금 걸린다. 부끄러움이 많고 배려심이 넘치다 못해 친구들의 신발을 신발장에서 꺼내놓기도 한다. 나는 그런 아들을 칭찬하기는커녕 호구라고 혼잣말을 하며 한숨을 쉬기도 했다. '자기주장을 잘하는' 나의 이상적인 아들의 이미지는 무섭고, 억울하고, 속상한 상황에서 눈물부터 먼저 나오는 나의 아들에게는 아직은 어울리지 않았다.

'강한 남자는 울지 않는다'라는 내 안의 선입견이 작용했으며 아들이 또래보다 체구가 작아 괴롭힘을 당하지는 않을까 하는 염려가 있었다. 아들의 눈물은 그런 나의 걱정을 폭발시키는 자극제가 되었다.

나 또한 키가 작아서 학창 시절 항상 2~3번을 도맡아 했다. 내가 경험해 보지 못한 힘의 세계인 남자들의 무리에서는 약함은 생존하기 힘들 것이라는 생각이 내 안에 깊이 자리 잡고 있었다.

악순환은 반복되었다. 아이가 울음을 터트리려고 하면 지나가는 사람들 앞에서 부정적으로 주목 받는 느낌에 식은땀이 났다. 나는 잔뜩 긴장하고 레이저를 쏠듯한 눈빛으로 아이를 노려봤다. 아이가 울기 시작하면 한숨을 크게 쉬며 울음을 그치기에 급급했다. 운다는 행위는 아들에게 어떤 채워지지 않은 욕구나 두려움이 있다는 신호일 텐데 '나 때문'에 아들이 울고 있다고 판단돼 빨리 울음을 그치게 했다.

나는 최선을 다해 내 것을 잠시 '포기'하고 아이를 돌보고 있는데, 아이가 운다는 것은 그러한 내 '노력'이 무의미하다는 느낌을 줬다.

그런 일들의 반복을 통해 내 안에 뭔가 문제가 있는 게 아닌가 하는 의구심이 들기 시작했다. 그러던 차에 본 책 속 구절들은 이러한 나의 행동의 이유를 설명해 주는 것 같았다.

나는 아이에게 지나치게 엄격했고 인내심이 부족했다. 도저히 이해 안 가는 것 투성이라며 우리 아이 같이 극성스러운 아이는 없다고 주변 엄마들에게 이야기했다. 또한 아직 어린 미취학 아동인 아들에게 성숙함을 기대하며 너는 왜 알아서 척척 스스로 하지 못하냐고 핀잔을 주기도 했다. 나는 눈앞에 있는 아이의 필요를 충족시켜 주기보다는 나의 필요를 채우기에 급급했고 아이의 감정을 어루만져 주기보다는 나의 감정을 추스르는 게 먼저였다.

내 안의 '내면아이'를 발견하다

깊이 잠들어 있던 내면아이가 밖으로 나올 수 있었던 이유는 결혼 이후 원가족을 벗어나 아무도 터치할 수 없는 내 세상을 이룬 것과, 성취라는 목표 없이 육아를 하며 주어진 많은 시간 때문이었다.

OO 대리, OO 연구원 등의 직함이 사라지고 그 누구도 무엇을 하라고 지시하지 않았다. 그동안 해 왔던 일들을 잠시 내려놓고 스스로 결정하는 시간 속에서 새로운 것에 호기심을 보여도 되는 시기였다. 애를 낳았는데 새로운 것에 관심을 쏟을 시간이 있냐고 누군가는 물을 것이다. 바로 그것이 정답이다. 나의 '의무'와 '역할'보다는 과거에 못다한 꿈, 배워 보고 싶었던 것, 새롭게 관심 갖게 된 분야 등 '나'에게 '몰두'하기 시작했으니 말이다. 이론적으로도 아이와 애착을 형성하고 신뢰 관계가 형성되는 중요한 시기에 아이와 한 공간에 둘만 있었지만, 아이에게 집중하지 못했다.

내 안의 '내면아이'를 알아챈 것도 문제지만 더 큰 복병은 뒤늦게 찾아온 '사춘기'였다. 스무 살 이전까지 YES GIRL로 사춘기도 없었기에 꾹꾹 눌러 놓은 그 욕구가 서른둘에 터져 나온 것이었다. 나를 키우지도 못했는데 아이를 키워야 하는 아이러니한 상황에 놓인 셈이다. *그냥 내면아이도 힘든데 '뒤늦게 사춘기를 앓고 있는 내면아이'의 등장이라니…. 가만히 있다가는 나도, 아이도 온전히 성장하지 못하겠다는 위기감이 몰려왔다.*

그간 미뤄왔던 '정체성 찾기'가 육아로 단절된 시간 속에서 수면 위로 올라왔다. 진짜 '나'를 마주하기 위해 더 이상 지체할 수 없었다. 회피하지 않고 정면돌파를 택한 나는 그때부터 '내면아이'에 대한 공부를 시작했다. '내면아이'라는 용어를 공부하면 할수록 나는 미안하고 후회스러웠던 나의 행동들이 이해되기 시작했다.

어떻게 해야 제자리를 찾고 이 문제를 해결할 수 있을지 고민했다. 혹자는 과거에 지나치게 몰두해 봤자 상처는 치유되지 않는다고도 했고, 혹자는 꼭 해결하고 넘어가야 한다고도 했다. 이론은 어떤 사람들의 의견에 불과하기에 나는 내면의 소리에 귀를 기울였다.

지금의 상황에서 이것들을 해결하지 않고서는 인생의 다음 단계로 넘어갈 수가 없었다. 내면아이를 인정하고, 달래 줘야 할 필요성이 가슴 깊은 곳에서부터 올라왔다.

마침내 존 브래드 쇼의 『상처받은 내면아이 치유』의 다음 문장에서 해답의 실마리를 찾았다.

> "상처받은 내면아이를 치유하기 위해서는, 그 아이가 요구하는 것을 긍정적이고, 조건 없이 받아들여야만 한다. 그것만이 그 아이가 다른 사람들을 있는 그대로 사랑하고 인정할 수 있게 하는 길이다."
>
> – 『상처받은 내면아이 치유』, 학지사

내면아이를 달래 줄 시기는 바로 지금!

나는 언제나 이상적인 '따뜻한 엄마'를 찾아 헤맸다. 어린 시절에는 따뜻하고 나를 품어 주는 친구를 좋아했고 사회생활을 하면서는 따뜻하고 온화한 미소를 가진 엄마 역할을 대신해 줄 직장 상사를 찾아 헤맸다. 나의 엄마는 나를 사랑하고 언제나 정성가득한 음식으로 나를 챙겼지만 온화한 미소와 따뜻한 말을 건네진 않았다. 승부사 기질이 다분한 워킹맘이던 엄마는 늘 치열하게 살았고 집에서 마주하는 나를 따뜻하게 품어 줄 여유가 없었다. 다행스럽게도 그 역할을 아빠가 청소년기에 해 줬기에 비교적 균형 있게 성장할 수 있었다.

하지만 아빠는 아빠이기에 '엄마'를 대신할 수는 없었다. 내가 아이를 낳기 전까지도 나는 여기저기에서 따뜻한 엄마 역할을 해 줄 사람을 찾아 헤맸다. 아빤 또 어떤가. 나를 끔찍하게 사랑하고 날 위해

늘 기도해 주는 아빠지만, 나는 듬직한 키다리 아저씨 같이 내 결핍을 채워 줄 아빠를 찾아 헤맸다.

결국 이상적인 부모 역할을 해 줄 그 누군가를 하염없이 기다리고, 그리워하고 찾아 헤맨 셈이다. 모두가 분주하게 각자의 구원자를 찾고 있는지도 모르고….

'선무당이 사람 잡는다'는 말처럼 이러한 것들을 몰랐다면 그냥 살았을 텐데 대학 시절 사회복지학을 복수전공하고 심리, 상담, 코칭 등에 개인적으로 관심을 갖고 공부하면서 나는 많은 이론을 알게 되었다.

부잣집 딸로 태어났으나 부모님이 일찍 돌아가신 서울 깍쟁이 엄마에게는 내면아이가 있을 것이다. 시골에서 태어나 어려서부터 농사일을 거들던 아빠는 너무 일찍 철든 아이로 이 부류도 내면에는 돌봄 받지 못한 어린아이가 있을 것이다. 아마 주위를 둘러보면 대다수의 부모님들도 내면아이를 갖고 있을 것이다. 부모님의 어버이들, 조상들 또한 마찬가지로.

우리 부모님은 두 분 다 각자의 자리에서 성실하게 살고 있다. 어려운 환경이 닥쳐와도 굴하지 않고 자식 교육을 최우선으로 삼아 한평생을 헌신적으로 살아오신 분들이다. 그러나 공부하고 눈만 높아진 나는 처음에는 부모님이 내면아이를 갖고 있을지도 모른다는 생각에 한동안 원망을 했다. 이론적으로 끼워 맞췄을 때 우리 가정이 한때 역기능 가정이었을지도 모른다는 사실에 분노했다. 역기능 가정은 자녀를 제대로 사회화시키고 양육할 만한 능력이 갖추어지지 않은 혼란스러운 가정이라고 네이버 사전에 정의되어 있다.

기대가 높으면 실망도 큰 법이다. 새로 꾸릴 '내 가정' 만큼은 순기능 가정을 만들겠다는 포부 하에 배우자 감으로 건강한 가정에서 자란 남편을 만나고자 했다. 상처받지 않고 부모님의 사랑을 듬뿍 받고 자란 사람이 남편이 된다는 것은, 원가족에서 받은 내 상처가 치유되고 건강한 가정을 만들 수 있을 것이라는 환상을 심어 줬다.

그러나 나와는 또 다른 고유의 상처를 가진 지금의 남편을 만났다. 살다 보니 남편 또한 한때 역기능 가정에서 자랐을지도 모른다는 사실에 실망감을 감출 수 없었다. *내가 그토록 바라던 '건강하고 티 없이 맑고 밝은' 가정환경을 가지지 못했다는 것은 나의 아이에게도 그러한 '환경'을 물려주지 못하고 역기능 가정을 대물림한다는 공포로 다가왔다.*

그런데 책을 보고 공부를 하니 순기능 가정은 전체의 10%가 되지 않는다고 했다. 나는 어쩌다가 대다수의 90%가 아닌 소수의 10%에 그렇게 큰 의미를 부여했던 것인가. 물론, 10% 소수의 순기능 가정에서 자랐다면 행운이겠지만 대다수의 가정이 그렇지 않다는 사실에 나는 주목했다. 우리 모두에게는 저마다의 아픔과 상처, 각자가 지고 가야 할 십자가가 있는 것이다. 그것을 직면하고 인정하느냐,

회피하고 부정하느냐가 차이라면 차이겠다. 또한 그러한 '결핍'을 잘 극복하면 성장을 위한 매개체가 되기도 한다.

그냥 '역기능 가정'이라는 용어에서 느껴지는 낯설음과 어색함, 부정적 느낌의 뉘앙스를 뒤로 하고 대다수의 가정이 다 그렇다고 인정해 버리면 인생 사는데 좀 더 수월할 것이다. 그러나 나는 꽤 많은 시간을 이러한 '선무당 사고'로 주변의 여러 사람을 잡아 왔다.

내면아이 또한 마찬가지다. 처음에는 나에게 그런 면이 있다는 것에 놀랐지만 대다수의 사람들이 내면아이를 가지고 있을 수 밖에 없으며, 그것은 선조 조상으로 올라가도 마찬가지일 것이다.

우리 부모님이 내가 기대하는 것을 줄 수 없는 이유는 그들 또한 그런 것들을 받아 본 경험이 없기 때문이다. 내가 받아 보지 못한 것을 무슨 수로 남에게 줄 수 있단 말인가?

나는 고등학교 미분 이후 수포자(수학 포기자)인데 우리 아들이 미분, 적분에 대해 물어본다면 대답할 수 없을 것이다. 비록 이과를 나온 아들 친구 엄마는 대답할 수 있을지라도. 아들이 왜 옆집 엄마는 미분, 적분을 설명하는데 엄마는 설명을 못하냐고 한다면 그건 내가 모르기 때문이다.

나는 운좋게도 공부를 통해 이러한 내면아이를 접할 수 있었지만 대다수의 부모님 세대들은 이러한 용어 자체도 모른 채 그것을 발견하거나 치유할 여유도 없었을 것이다. 내가 미혼이거나 애 없는 기혼이었다면 그럭저럭 잘 살았을지도 모른다. *그러나 아이에게 좋은 것만 물려주고자 하는 나의 간절한 바람에도 불구하고 내 안의 내면아이는 수시로 튀어나왔다.*

더 이상 가족사에 빠져 현재를 낭비할 수는 없었다. 나중에 나를 원망하는 아들에게 "내면아이 때문에 나도 어쩔 수 없었다."고 말하지 않기 위해서 나는 뭔가를 시도해야만 했다. 내면아이 존재 자체를 거부하고 부정했던 나는 계속해서 똑똑하고 내 마음에 노크를 하는 그 아이를 이제 외면할 수 없었다. 인생에 한 번쯤은 내 안의 울고 있는 어린아이를 달래 주는 게 필요했고 '지금'이 바로 그때라 생각했다. *그간 '00딸, 00아내, 00엄마'로서 하지 못했던 것들을 자유롭게 하며 억압된 무의식에 '자율성'을 되찾고 싶었다.*

결론은 하나였다. 내 안에서 상처받고 억압돼 웅크리고 있던 '내면아이'를 충분히 달래고 잠재우기 위한 무언가를 시작해야만 했다.

과거를 애처롭게 들여다보지 마라. 다시 오지 않는다.
현재를 현명하게 개선하라. 당신의 것이니.
어렴풋한 미래를 나아가 맞으라, 두려움 없이.

헨리 워즈워스 롱펠로

2

〈안식년 프로젝트〉를
시작하다

'경단녀' 대신 재충전의
'엄마의 안식년'

　나는 퇴사와 함께 〈안식년 프로젝트〉를 기획했다. 이 프로젝트의 목표 기간은 6개월, 퇴직금을 활용한 자본금으로 아이가 유치원에 간 시간을 나 자신에게 할애해 내면의 어린아이가 하고 싶었던 일들을 직접 하기로 결심했다. 처음 〈안식년 프로젝트〉를 하겠다고 남편에게 이야기하자 이성적인 그는 "워킹맘이 안식년을 가지면 경력 단절이야."라고 말했다. 사실 일리가 있고 맞는 말이다.

　인생의 과제를 청소년기에 해결했어야 하고, 늦어도 대학 시절에는 해소했어야 했다. 사춘기 없이 '착한 아이'로 자라 온 나는, 취업 이후 극심한 성장통을 겪다 결혼 이후 인생 과제를 뒤늦게 해결하기 시작했다. '지랄 총량의 법칙'이라고 인생에서 지랄하는 총량은 정해져 있다고 하는데, 그게 빠를수록 좋다는 걸 실감하는 요즘이다. '놀던 여자가 시집 잘 간다'는 말처럼, 놀 만큼 놀아 봐서 이제 노는 것도 시시하고 가정을 이룬 뒤 한 남자에게 정착해 아내로서, 엄마로서 충분히 행복하게 잘 사는 여자들이 얼마나 많던가.

반자발적으로 퇴사할 수 밖에 없었던 여러 상황 속에서 마음속 깊이 분노가 차올랐다. 그러나 분노해 봤자 달라지는 건 없었다. 당장 이 나라의 시스템, 제도를 바꿀 수 없다면 우선 내가 할 수 있는 것은 나의 마음, 관점, 시간 사용 등을 변화시키는 것이었다. 다음 세대에는 바뀌길 소망하면서 '지금 내가 선택할 수 있는 최선의 상황'을 만들어 '다른 관점'으로 스스로 선택하자고 결정했다.

'단절'이라 하면 뭔가 수동적 느낌을 주는데 '안식년'은 능동적으로 스스로 선택해서 주어진 시간인 것이다. '피할 수 없으면 즐겨라'는 말처럼, 현실을 부정하거나 비관하기보단, 주어진 현실 속 가장 좋은 모습으로 선택한 것이 바로 〈안식년 프로젝트〉다.

퇴직금 630만 원을 밑천으로, 0원이 될 때까지 하고 싶었으나 하지 못했던 '버킷리스트'를 직접 실행해 욕구를 해소하는 것. 그리고 소중한 일상으로 복귀해 잔잔히 살아가는 것. 통장 잔고가 0원이 되고 난 뒤 나는 더 열심히, 소중히, 멋지게 다시 일하리라. 내면이 성숙해진 뒤에는 어떤 일이라도 흔들리지 않고 누구보다 잘해낼 자신이 있다.

6개월 간의 '안식년'은 외롭지만 자유로운 시간이다. 고독하나 창조적이고, 고통스러우나 회복의 시간이다. 내 인생에서 다시 오지 않을 이 시간은 결코 낭비와 헛됨의 시간이 아니다.

바닥을 치고 다시 회복될 내 모습을 상상하며 외로움과 친구되어 한 단계 더 나은 스텝을 그려 본다. 그런 기대와 자신감으로 이 프로젝트를 시작한다. 이것은 실패로 끝날 수도 있고 무의미한 도전이 될지도 모른다. *하지만 실패 또한 값진 '삶의 지혜'가 될 것임을 분명히 알기에 아무것도 보이지 않지만 한발을 내딛는다.* 이런 프로젝트를 시작할 수 있게 옆에서 도와준 많은 분들 덕분에 나는 변화되는 내 모습을 기록으로 남기려고 한다.

| <안식년 프로젝트>란 무엇인가? |

나는 이번 갭이어 gap year 를 〈안식년 프로젝트〉로 부르기로 했다.

<안식년 프로젝트> 사용 설명서	
목표	• '나' 자신으로 바로 서기 위해 단단해지는 시간
슬로건	• '내가 가진 것이 나다'(Je suis ce que j'ai) 장 폴 사르트르
키워드	• 나만의 삶의 방식과 취향으로 life style 확립하기 • 잠시 멈춤 & 막연한 미래보다 '지금 이 순간'의 평범한 행복 찾기 • 내면아이 달래 주기 & 삶의 중심 잡기 • 자율성의 회복(스스로 선택, 결정, 책임지기) • 자립하기(의존을 줄이고 스스로 하기)
기대효과	• **셀프 안식년 컨설팅** 라이프 사이클에서 '나만의 안식년'을 통해 잠시 멈추고 이후의 삶을 능동적으로 계획할 수 있는 〈안식년 프로젝트〉 설계 & 진행 • **경단생(경력 단절 준비생) 코칭 & 컨설팅** 부득이한 '경력 단절'을 미리 준비하고 이후의 삶을 능동적으로 계획할 수 있는 코칭 & 컨설팅

1) 뒤돌아보지 말고 계획대로 직진하기

후회도, 걱정도 하지 않고 오직 버킷리스트를 실행하며 느낀 경험을 기록한다.

2) 자기 확신을 가지기

사람들은 이런 나를 보며 다양한 감정을 느낄 것이다. 누군가는 용기 있다고 부러워하겠고 어떤 이는 정신 나간 행동이라며 비난할지도 모른다. 630만 원, 부자들에게는 흔한 돈일 수 있고 어떤 이에게는 등록금과 생활비가 될 수도 있다. *나 또한 이렇게 소중하고 귀한 자본을 오롯이 '나'에게 '투자'하려고 한다.*

이 상태에서 또 다른 어딘가로 '이동'하듯 취업할 수도 있고, 내면 아이를 직면하지 않고 현실에 집중할 수도 있지만, 시간이 흐른 뒤 '다른 장소', '다른 사건'에 불쑥불쑥 찾아와 나를 괴롭힐 그 녀석을 일생에 한 번쯤은 달래 줄 필요가 있기에 이 프로젝트를 시작한다.

3) 정해진 시간에만 진행하기(9시~2시 30분/ 저녁 9시 이후~)

'아이'와 있는 시간은 온전히 아이에게 집중해 이 프로젝트로 인해 피해 주는 일 없게 하기. 내면아이를 달래 주고 아이와의 애착 형성을 위해 시작한 프로젝트가 오히려 아이와의 애착 형성을 방해한다면 도로아미타불이다.

4) 구체적인 목표(버킷리스트)를 정하고 이에 맞게 진행하기

사람마다 기질과 성향이 다르다. 나는 '성취' 동기가 크기에, 이것을 활용해 적절한 계획수립과 목표 결과치를 치열하게 세팅한 뒤, 그것에 맞게 꾸준히 실행한다.

5) 에너지를 유지하며 고독의 시간 즐기기

인간은 '에너지'에 많은 영향을 받는다. 이 프로젝트를 하면서 가장 중요한 것은 '에너지 보존'에 있다. 최대한 사람 만나는 것을 자제하고, 만나더라도 긍정적인 플러스 기운을 주는 사람들을 만나자.

6) 집중 & 감사하기

더는 물러설 곳도 새롭게 나아갈 곳도 없다. 이 모든 일을 가능케 도와준 모든 분께 감사하고 온전한 집중만이 필요하다.

7) 의존 줄이고 직접하기

이것은 '자립 프로젝트'이기에 하고자 하는 것을 대행하지 않고 오롯이 '직접'한다.

| 프로젝트의 첫걸음 8가지 '버킷리스트' 만들기 |

〈안식년 프로젝트〉를 기획하고, 실행하는데 있어 가장 중점을 둔 것이
바로 이 '버킷리스트'다. '정해진 기간과 한정된 예산' 대비 가장 필요
하고 효과적인 것들로 여덟 가지 버킷리스트를 생각해 냈다.

<버킷리스트(bucket list)>	
의미	〈안식년 프로젝트〉에서는 안식년 기간 동안 '달성할 리스트'를 의미한다.
작성 TIP	• 어떤 일을 하면, 가장 행복할 것 같은가? • 가 보고 싶고 끌리는 장소는 어디였나? • 어떤 것을 가졌을 때 가장 행복함을 느끼는가? • 해 보고 싶은데 하지 못했던 것들은 무엇인가? • TV, 영화, 책 등 가장 매력적으로 끌렸던 인물은 누구였나? 등의 자문자답을 통해 '자신을 돌아보는 시간'을 먼저 갖는다.

〈안식년 프로젝트〉의 버킷리스트는 아래의 세 가지 범주 하에 선
정했다.

1) 과거에 하고 싶었으나 외부 환경(부모님의 반대, 현실적 여건 등)으로

   하지 못했던 것들

   (예: 대학원 진학, 나 홀로 여행, 클럽 가기 등)

2) 스스로의 편견으로 '나는 할 수 없다'고 생각하나 해 보고 싶은 것들

   (예: 나는 시력이 안 좋아서 운전은 위험해/그림에는 소질이 없어서

   못 그려 등)

3) 평상시 관심 분야라서 해 보고 싶었던 것들

   (예: 작가 되기, 미술관 투어, 해외 여행 등)

‖　‖　‖　‖　‖　‖　‖　‖　‖　‖　‖　‖　‖　‖

〈 나의 버킷리스트 〉

버킷리스트 ❶ 필라테스(운동)

버킷리스트 ❷ 1박 2일 책 여행(북스테이)

버킷리스트 ❸ 장롱면허 탈출하기(운전 연수)

버킷리스트 ❹ 나 홀로 4박 5일 여행(제주 여행)

버킷리스트 ❺ 내면 치료(상담)

버킷리스트 ❻ 그림, 전시 관람(미술관 투어)

버킷리스트 ❼ 서재에서 꺼내 보는 책(독서)

버킷리스트 ❽ 엄마와 함께하는 호텔 데이트(호캉스)

*기타 버킷리스트: 남편 P.T(Personal Training) 끊어주기/작가 되기

도전이유 & 기대사항

버킷리스트 ❶ 필라테스(운동)

이유 | 모든 것의 기본인 건강한 몸 만들기로 체력 보강 & 다이어트

기대사항 | 자신감 회복 & 건강한 체력 유지

목표예산 | 96만 원(필라테스 160,000원 * 6달 = 96만 원)

기간 | 4~9월(6개월)

버킷리스트 ❷ 1박 2일 책 여행(북스테이)

이유 | 가장 편안한 장소에서 쉼과 영감 얻기

기대사항 | 인사이트 얻음

목표예산 | 26만 원(숙박비+식비)

기간 | 7월

버킷리스트 ❸ 장롱면허 탈출하기(운전 연수)

이유 | 시력이 나쁘다는 이유로 장롱면허로 9년을 살아왔다. 나의 '제약'과 '스스로에 대한 편견'에 마침표를 찍고 싶다. 눈(나쁜 시력) 때문에 운전 못한다고 하면 남편이 하는 말. "더 눈 나쁜 할머니 할아 버지들도 다 하셔."

기대사항 | 기동력 획득 & 가능성 확대 & 편견 극복

목표예산 | 25만 원(운전 연수비)

기간 | 5월

버킷리스트 ④ 나 홀로 4박 5일 여행(제주 여행)

이유 | 나 홀로 여행을 통한 고독한 성찰과 스스로 결정, 실행할 수 있다는 자신감 회복, 자립, 나는 내 삶의 주인이라는 자율성, 성취감, 자존감 회복

기대사항 | 자립심 강화 & 책 쓰기 실행

목표예산 | 110만 원(비행기, 숙박, 액티비티 등 포함)

기간 | 7월

버킷리스트 ⑤ 내면 치료(상담)

이유 | 외면의 겉치레가 아닌, 고요한 내면에 집중해 내 안의 소리를 들어 볼 필요가 있다. 내면의 어린아이를 치유하는 시간을 통해 문제의 근원을 발견하고 새로운 관점으로 바로 보기

기대사항 | 나 자신을 돌보고 이해하는 시간 갖기

목표예산 | 100만 원

기간 | 7~9월 중

버킷리스트 ⑥ 그림, 전시 관람(미술관 투어)

이유 | 내 안에 잠든 예술가를 깨워라! 혼자만의 창의 여행을 통한 인사이트 느끼기

기대사항 | 지적 자극 & 내면 성찰, 성장

목표예산 | 60만 원(1회 50,000원 * 12회) * 월 2회, 총 12회

기간 | 4월~9월(6개월)

버킷리스트 ❼ 서재에서 꺼내 보는 책(독서)

이유 | 내면의 공허함과 우울감이 몰려올 때마다 알라딘 지름신이 강림, 꽂아놓은 책만 수백 권…. 이제 이 책들을 정독할 때다. 책은 그 시점에 끌리는 것으로 무작위로 선정하고 1주일에 1권을 최소 목표로 한다.

기대사항 | 지적 자극 & 내면 성찰, 성장

목표예산 | 無

기간 | 4월~9월(6개월)

버킷리스트 ❽ 엄마랑 함께하는 호텔 데이트(호캉스)

이유 | 어려서부터 무언가에 대한 '로망'이 있었다. 특히 따뜻하고 딸에게 관대한 엄마들에게 특별한 환상을 갖고 있었다. 엄마와 1박 2일 여행을 가거나, 엄마가 명품 가방, 귀금속 등을 선물해 줬다더라, 엄마랑 데이트를 했다더라, '엄마랑 OO했다더라'는 말에 유독 민감하게 반응했다. 왜 우리집, 우리 엄마는 못해 주나 원망하기도 했다.
나는 이제 내가 받고 싶었던 것을 스스로 줄 수 있는 성인이다. 먹고 사느라 바빴던 우리 엄마에게 이제는 내가 원했던 로망을 선물할 때다.

기대사항 | 자신감 회복 & 결핍 치유 & 엄마와의 우정 강화

목표예산 | 50만 원(숙박비, 식비, 기타 등)

기간 | 10월 중

기타 버킷리스트

남편 P.T(Personal Training) 끊어주기

이유 | 지금까지 나를 지지하고 응원해 준 남편을 위해 개인 건강을
돌아볼 수 있는 기회를 제공

기대사항 | 남편 체력 증진

목표예산 | 100만 원(P.T비용)

기간 | 7월 중

작가 되기

이유 | 지금까지의 5년여의 경험을 정리 & 결과물 창작

1) '유럽여행기' 기획안 완성 & 이메일로 기획안 보내기

2) '워킹맘 생존기' e북 원고 쓰기 & 출판사 보내기

3) '엄마의 〈안식년 프로젝트〉' 브런치에 글 연재하기 & 위클리매거진 신
   청하기

기대사항 | 작가 & 콘텐츠 크리에이터 & 개인 프로젝트 정리

목표예산 | 63만 원(커피 비용 6,000원 * 105회(월15회) = 63만 원)

기간 | 4월~10월(7개월)

* 이 책에서 소개하는 〈안식년 프로젝트〉는 2018년도를 기준으로 기록하였습니다.

목표와 실행을 중시하는 나로서는, 이 프로젝트가 또 하나의 '억압'과 '고립'이 되지 않기 위해 버킷리스트를 만들었지만 중도 변경을 허용한다. 버킷리스트의 성취 유무를 떠나 그 과정에서 내가 느낀 것, 경험한 것, 생각한 것들을 기록하고자 한다.

이 프로젝트는 뭔가 대단한 것을 바라며 시작한 게 아니다. '나 자신'이 진정으로 경험하고 가슴 깊이 새기기 위해 시작함을 다시 밝힌다. 안식년이 끝날 무렵 '돈, 시간, 열정 낭비'였다고 말하거나 또 다른 무언가를 기획하며 새 출발을 다짐할 수도 있겠다.

자, 이제 시작이다. 마음 단단하게 먹고 출발하자.

삶은 사람의 용기에 비례하여
넓어지거나 줄어든다.

아나이스 닌

3

필라테스와 발레로
'우아함' 훈련하기

#운동

굳어진 근육들의
깨어남의 시작,
필라테스

퇴사하고 3주는 분주하게 지냈다. 첫 번째 일주일은 삼시 세끼 차리고, 치우고, 아들 뒷바라지하는 것에 정신없이 시간을 보냈다. 둘째 주부터 2주 간 아들을 유치원에 몇 시간을 보낸 뒤 15년 전 24부작 드라마를 3일 안에 몰아 보는 것으로 시간을 보냈다.

너무 움직임이 없어서일까, 길었던 출퇴근 시간 동안 쓴 에너지들을 못 써서일까, 한 달 안에 체중이 2~3kg이나 훅 불었다. 역시나, 빠지는 건 힘든데 찌는 건 순식간이다. 이러다 작년에 5kg 감량한 것이 무의미해질까 싶어 월, 수, 금 오전 10시에 '줌바'를 등록해 3주 정도 경험했다. 일단 1시간 정도 신나는 음악에 열정적으로 몸을 흔드니 땀이 비 오듯 났다. 집 근처 줄넘기 학원에서 하는 거라 비교적 저렴한 가격이었지만 회원수가 많다 보니 관리가 잘 안됐다. 4월부터는 다른 운동을 찾았고 그렇게 다시 찾은 것이 바로 '필라테스'였다.

필라테스는 퇴사 전, 집 근처에서 회사 교육비로 몇 번 경험했지만 주말 부부 일정으로 빠진 날이 더 많았다. 기구 수업은 너무 비싸 오전 소도구 그룹 수업을 체험한 뒤 과감하게 16만 원을 결제했다. 나에게는 부담스러운 가격이었지만, 수년간 굳어진 내 뼈를 바로잡는다는 마음으로 〈안식년 프로젝트〉 계정에서 결제했다.

8명이 정원인데 매번 3~4명이 수업할 때가 많았다. 보수라는 동글동글한 기구 위에서 할 때도 있고, 짐볼이나 폼롤러 등을 활용해서 하는데 생각보다 어려워 땀이 몽골몽골 났다. 주 2회, 1시간씩 수업을 하는데 아들 유치원 보내놓고 집 정리 후 후다닥 뛰어가 수업을 받았다.

살이 더 빠진 상태에서 필라테스 운동복을 사고 싶은 마음에 집에 있던 요가복을 입고 했다. 그간 출산과 일 등으로 많이 망가진 몸을 대할 때마다 짠한 마음이 몰려왔다. 거북 목, 틀어진 어깨, 울퉁불퉁한 셀룰라이트 등을 정직하게 마주하자니 부담스럽다. 과연 식이요법과 함께 6개월에 목표 체중에 도달할 수 있을까. 확실히 규칙적으로 출근하지 않고 끼니를 잘 챙겨먹지 않아 체중은 증가하고 있다. 조급한 마음을 뒤로 하고, 굳어진 뼈라도 펼 생각으로 빠지지 않고 운동을 간다는 것에 초점을 두려 한다.

『우아함의 기술』 책에서 우아함은 노력에 기반을 두며 연습하고 자제해야 한다고 말했다. 성급함으로 일과 관계를 그르친 적이 그동 안 얼마나 많았던가.

발레 필라테스를 경험하다

주 2회 필라테스를 시작한 지 어언 두 달째 접어들었다. 보통 오전 수업에 가서 소도구 레슨을 받았다. 밴드 운동도 하고, 짐볼과 반구 형태 보수 위에서도 했다. 수요일은 11시에 수업이 있는데 얼마전부터 '발레' 수업을 한다고 했다. 별 생각 없이 수요일 예약을 하고 필라테스 학원으로 향했다. 이때까지만 해도 오늘 수업 뒤 내 다리가 이렇게 아플 거라고는 전혀 예상하지 못했다.

우아한 외모의 누군가가 상냥하게 인사를 건넸고 수업이 시작되자 발레 선생님인 것을 알게 됐다. 오늘은 강사 선생님을 제외하고 나 포함 세 명이 함께 수업을 했다. 발레 바를 가운데로 가지고 온 뒤 스트레칭부터 시작했는데 발레 필라테스는 처음이라 눈치껏 따라 했다. 우선 나를 제외한 두 명의 회원님들은 늘씬늘씬 발레리나 느낌이 묻어났다. 나는 여전히 아줌마 느낌이 났지만, 뭔가 신이 났다.

요즘 읽고 있는 『우아함의 기술』에서 발레리나에 대한 내용이 문득 떠올랐다. *우아함의 절정은 정말 힘든데 힘들지 않게 수월히 해내는 데 있다고 한다.* 한 시간 수업이 끝날 즈음, 나는 책 속 그 문장이 얼마나 어려운지 깨달았다.

스트레칭이 끝나고 바를 잡고 다리 동작이 시작됐다. 배에 힘을 주라고 하는데 도통 느낌을 모르겠다. 절정은 다가오는데 무릎을 접었다, 발끝을 세웠다, 다시 내렸다를 반복하다 보니 어느덧 등줄기에는 땀이 줄줄 흘렀다.

평소 발레리나들은 그저 숙련됐기에 수월하게 이런 동작들을 해내는 줄 알았다. 그런데, 그들도 매번 힘겹게 연습에 연습을 거듭하고, 힘들지만 힘들지 않은 연기를 하며 무대에 선다고 생각하니 감탄이 절로 나온다.

이 정도로 힘들 줄이야… 발레 필라테스를 직접 경험하기 전에는 전혀 몰랐다. 우아함은 쉽게 되는 게 아니구나…

한 템포 느리게 슬로우 슬로우

발레 스트레칭 첫날 가장 어려웠던 건 '스피드'였다. 기질적으로 빠른 나는 오늘 수업에서 각 동작을 천천히 따라 하는 것이 가장 어려웠다. 우아함은 느긋느긋하게 여유있는 것이라고 했는데 이 또한 연습이 필요하겠구나. 기질상 급한 것을 보완하기 위해 발레 수업을 배우는 것도 나쁘지 않겠다. *건강, 다이어트를 떠나 한 템포 느리게*

음악에 맞춰 포인, 포인, 손, 발, 배, 등 온몸 구석구석 세포를 느끼며 동작 하나하나를 하는 것이 일종의 수행이자 훈련이 되겠다. 『우아함의 기술』 책에서 밖으로 나가기 전 최고의 모습을 만들어야 한다는 내용과 우아함의 공백기에 살고 있는 우리들은 사람들에게 어떤 인상을 주는지 모른다고 한 말이 계속해서 기억이 났다.

두 번째 발레 필라테스 수업에 갔다. 너무 무리했는지 한 주 동안 왼쪽 엉치뼈와 골반이 쑤셔서 다리를 절뚝거리며 걸었더니 아들이 아프냐고 묻는다. 오늘도 발레로 단련된 우아한 몸매의 강사 선생님이 수업을 지도했다. 발레에 맞는 느린 노래가 흘러나오고, 스트레칭부터 시작했다. 나까지 두 명이 함께 수업을 했고 중간중간 개인 레슨처럼 자세도 교정해 주고 수업을 진행했다. 개개인에 따라 선생님의 피드백도 다른데, 어떤 회원의 경우 몸이 유연한데 근력이 없으니 근력만 키우면 베스트라고 한다.

나는 몸에 힘이 너무 많이 들어가 있어서, 한 동작을 하더라도 천천히 제대로 하는 게 좋겠다는 피드백을 준다. 암, 그래야지. 뭐든 빨리빨리 하려는 행동이 여기서도 나오는 걸 보니 습관이 정말 무섭다.

그간 많은 일을 빠르게 처리하다 보니 차분히 무언가를 하는 게 쉽지 않다. 우아한 손 동작, 그리고 호흡, 매끄럽게 이어지는 동작까지…. 집중하면 할수록 시선이 흐려지고 초점이 흔들린다. 두 번째 하는 수업인데 이 정도로 힘든지 전혀 몰랐다. 발레리나들은 어떻게 무대에서 사뿐사뿐하게 뛰면서 웃을 수 있을까, 그 내공이 실로 대단하다.

오늘도 필라테스와 운동, 발레와 우아함, 훈련과 연습을 머리에 새겨본다.

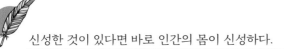 신성한 것이 있다면 바로 인간의 몸이 신성하다.

월트 위트먼

4

나만의 케렌시아에서
1박 2일 북스테이

#북스테이

나의 케렌시아,
모티프원으로 가다

'나'를 찾는 여정인 〈안식년 프로젝트〉를 하면서 정작 '나' 자신이 누구인지도 모르고 성공을 꿈꾸었던 지난날의 나를 발견한다. 때론 방황이라는 이름으로 함부로 다루고, 쉽게 좌절하고, 나에게 독설로 상처를 주던 내 모습을 잔잔히 들여다본다.

그동안 저 너머의 성공, 성취, 유명하고 거대한 것, 화려하고 반짝이는 것에 시선이 가 있어 내가 멀리한 '내 안의 나'. 씩씩하고 거친 말로 방어하고 있었지만 실제론 여린 나약함으로 나를 감싸고 있던 '나'. 용감하고 강하게 나를 포장해 왔지만 실제로 내면의 나는 '여린 소녀'였다.

나는 '작가'가 되고 싶었다. 정확한 시점은 기억나지 않지만 늘 무언가를 쓰고 싶었고, 써 왔다. 첫 사회생활을 웹진 에디터로 시작해 업종과 직무가 바뀌어도 어느 순간 쓰는 일을 기획해서 실행하고 있었다. 업무 외적으로 주말을 할애해 커피 잡지 객원 에디터로 활동하기도 했다. '영감'이 떠오르는 장소에서 집중해서 글을 쓰고자 빛의 속도로 '모티프원'을 예약했다.

7, 8년 전 텔레비전에서 파주에 있는 어느 게스트하우스를 소개해 줬다. 외모도 도사님처럼 생긴 그 분은 잡지사 기자로 일하다 뒤늦게 나 홀로 유학을 떠난 뒤 한국에 와서 파주에 집을 지었다고 했다. 집 자체도 예뻤지만 무엇보다 책이 가득한 그곳에서, 텔레비전 속 주인공을 꼭 한 번 만나고 싶었다. 그렇게 알게 된 모티프원은 스물아홉 때 처음 방문해 임신 중, 출산 후에도 방문했다. 이번이 네 번째 예약이다. 세월은 흘렀지만 파주 헤이리에 있는 그곳과 주인장 이안수 선생님도 그대로였다. 나는 종이와 나무 냄새를 좋아한다. 오래된 듯한 그 냄새를 맡고 있으면 마음이 편안해진다. 이곳은 나의 케렌시아 Querencia(쉼과 안식을 얻는 재충전의 장소)다. 좋은 것은 나 혼자만 독점하고 싶은 욕심 때문일까, '나만의' 케렌시아가 아닌 것이 아쉽다가도 이렇게 좋은 곳을 널리 알리고 싶다는 양가 감정이 찾아온다.

1박 2일간 책과의 데이트

남편이 아들을 돌보느라 아주 오래간만에 대중교통을 타고 헤이리로 이동했다. 아직은 장롱면허라 합정역까지 지하철을 타고 간 뒤 2200번 버스를 타고 두 시간 정도 걸려 파주에 도착했다. 노트북과 책이 든 무거운 책가방을 매고 높은 굽을 신고 터벅터벅 목적지로 걸어갔다. '모티프원', 오늘의 케렌시아에 도착해 짐을 풀었다. 영혼의 안식처 같은 이곳에서 가장 먼저 눈에 들어오는 것은 바로 '책'이다. 내가 묵을 방과 서재, 그리고 아직 사람이 오지 않은 다른 방을 둘러보며 마음에 드는 책들을 무작위로 골랐다. 그렇게 충분히 책과의 데이트를 하며 몇 권의 책을 들고 내 방으로 왔다.

방 안 가득 채워진 수백 권의 책들 중 1박 2일 동안 내 눈에 들어온 책들은 아주 소중한 보물들이다. 어떤 영감과 사연이 있길래 그 많은 책들 중 나랑 눈이 마주쳤을까, 인연은 참으로 소중하다.

『이주향의 치유하는 책 읽기』에서 내 공간을 사랑하는 것이 자기 존중의 기본이며, 추억이 깃든 물건도 과거를 짊어지고 사는 것이기에 버려야 한다는 내용을 보니 그간 내가 얼마나 오랜 시간을 과거 속에서 살았는지 알 수 있었다.

종이 쪼가리 하나 추억이라는 이름으로 버리지 못하는 나를 남편은 일종의 '호더'라고 부른다. 쌓여 있는 신문 더미 속에서 신문을 보며 오려 붙일 내용을 가위로 자른다. 포스트잇에 쓴 내용들도 중요 키워드라 버리지 못하고 쌓아 놓고, 영수증을 버리지 못해 가계부 속에 쌓아둔다. 그렇게 쌓이고 쌓인 종이, 메모, 노트, 책 등이 서재방을 점령했다. 의미 있는 중요한 누군가와의 추억이 깃든 일기, 편지,

메모 수첩, 다이어리 등 보관해야 할 추억이 박스째 늘어간다. 시간이 날 때면 그 추억을 꺼내 읽고 또 읽는다. 마치 되새김질하는 소처럼 비슷한 패턴의 반복이다.

이 흐름을 끊는 방법은 버리는 수밖에 없다. '추억'은 '돈 주고도 살 수 없다'는 셀프 합리화로 나에게 '의미'를 가져다주었다. 변화의 시작은 그 '추억'부터 리모델링하는 것. 방 구석구석을 한 번 들여다보고 '추억'일지라도 불필요한 것들은 서서히 버려야겠다.

『배드걸 가이드』 책에서는 내가 원하는 것이 끊임없이 변하기에 스스로에게 질문하며 기쁨과 재미로부터 눈을 떼지 말라는 말이 특히나 인상적이었다. 내가 알아야 할 것이 바로 '이 순간 무엇을 원하는가'라는 그 말, 정말 잊지 말아야겠다.

한 남자의 아내가 되었고, 한 아이의 엄마가 되었다. 자식으로서 도리가 점점 무게를 더해가지만 중심에 둬야 할 것은 바로 '나'. *과거에 무엇을 원했던 나이거나, 미래에 무엇을 원할 나가 아닌 '지금' 이 순간 무엇을 원하는 '나'가 앞으로의 모토다.*

돌아갈 집이 있어 더 의미 있는 여행

모티프원에서 1박 2일을 보내고 돌아오는 길, 비가 내리는 파주 헤이리의 길을 장우산을 들고 홀로 걸으니 문득 쓸쓸함이 몰려왔다. *나는 지금 뒤늦게 '자아 찾기'에 매달리느라 분주한데 나에게는 '가족'이 있었던 것이다.*

나의 이런 시간을 지켜 주느라 평일에도 바쁜 남편은 주말 동안 좋은 아빠 역할을 하느라 쉴 새 없이 바쁘다. 2200번 버스를 타고 가는 길에 오랜만에 창밖 풍경을 바라봤다. 일요일 저녁에 대중교통을 탄 건 정말 몇 년 만의 일이다. 느낌이 새로웠다. 집으로 가는 길, 오늘따라 집이 참 그립다.

집에 도착해 문을 여니 반가운 목소리가 들려온다. 문득 이곳이 나의 케렌시아였음을 깨닫는다. 당연하다고 생각한 나의 일상과 장소가 소중하고 고마웠다.

돌아갈 곳이 있기에 '여행'이 의미 있고 즐거운 법이다. 나는 누군가의 '여행'을 위해 어떤 일상을 묵묵히 지키고 있는 건지 잠시 고민해 본다.

독서는 단지 지식의 재료만 줄 뿐, 우리가 읽는 내용을
자신의 것으로 만들어 주는 것은 사색이다.

존 로크

5

장롱면허 탈출하고
새로운 인생 시작

#운전연수

9년 만에 장롱면허
탈출하는 날

오늘은 9년 전 해외취업에 필수 조건이라 따둔 2종 오토 장롱면허에 청신호가 들어온 역사적인 날이다. 첫 운전 연수가 시작된 날이기 때문이다. 어릴 때부터 시력이 좋지 않아 운전에는 욕심이 없었다. 도전과 성취지향의 캐릭터인 내가 운전을 하지 않는다는 것에 물음표를 던진 사람들이 많았다. 위험과 사고라는 막연한 불안과 두려움이 지금까지 운전을 해야겠다는 생각을 차단해 왔다.

나는 여섯 살 때부터 돋보기 같이 두꺼운 안경을 썼다고 한다. 어렸을 때 아파트 2층에 살았는데 지나가는 남자를 볼 때마다 아빠라고 불러 처음에는 바보인 줄 알았단다. 그러다 주위에서 혹시 눈이 나빠서 그러는 게 아니냐며 안과 검진을 권유해 서울대학교 병원 안과에 가서 나쁜 시력을 확인했고 그 후로 얼굴의 반 이상을 가리는 잠자리 안경을 쓰고 유치원에 다녔다.

이런 나를 해방시켜 준 건 고등학교에 올라가서 끼게 된 렌즈다. 딱딱한 하드렌즈는 빼기가 어려웠고 가끔 먼지라도 들어가면 아프고 눈물이 났다. 그럼에도 내 작은 얼굴에서 어마어마한 자리를 차지한 두꺼운 안경에서 구해 줬기 때문에 나는 행복했다.

그렇게 10여 년을 렌즈와 함께하는 생활을 했다. 텔레비전 드라마에 나오는 여주인공처럼 변신 전, 후가 180도 다른 캐릭터가 나였다. 안경 자체가 워낙 두꺼워서 대학 시절 M.T가서 안경 쓴 모습을 보여 주면 다들 경악을 금치 못했다. 세상에서 가장 싫은 게 안경 쓰기일 정도로 렌즈는 나에게 밝은 세상과 자신감을 가져다 줬다.

취업 후 10시간 이상 컴퓨터를 보는 업무에 한 달도 안돼 나는 백기를 들었다. 눈이 점차 건조해져 출퇴근 시간에만 렌즈를 끼고 모니터를 응시하는 대부분의 시간에는 안경을 썼다. 다시 태어나면 시력 좋게 태어나고 싶다고 말하며 눈이 나쁘더라도 조금이라도 덜 나쁜 사람을 부러워했다. '눈'이 좋아진다면 간도, 쓸개도 빼 줄 수 있었다.

그러던 어느 날, 시력 교정을 받은 뒤 새 인생을 산다는 회사 동료에게 소개받은 안과에서 검사를 받고 시력교정 수술을 받았다. 신입사원 당시에 거액의 수술비를 들였던 이유에는 '안경을 벗는다'는 목표가 있었기 때문이다.

혈기 왕성한 나의 가장 큰 제약은 바로 시력이었다. 어떤 선택을 하려다가도 혹시나 눈이 나빠서 못할지도 모른다는 염려에 시도조차 하지 않았다. 도전적인 내가 지금까지 운전에 대한 욕구가 없던 건 바로 이런 이유에서다. 운전은 위험하고 시력이 좋지 않다는 사실 하나로 내 인생에 운전은 절대로 불가능할 것이라 생각했었다.

운전 연수 첫날, 감각은 살아있었던지 9년 만에 만진 차의 핸들이었지만 선생님의 친절한 설명과 연습으로 깨어나기 시작했다. 출발 전에는 핸들은 꺾어서 돌리는 게 아니라고 주의를 받았지만, 돌아올 때쯤에는 무의식적으로 위험 상황에서 빛의 속도로 핸들을 휘감는 나를 보며 선생님은 연신 감탄했다.

과연 잘할 수 있을까 하는 걱정 근심은 성수 이마트를 찍고 돌아오는 길에 눈 녹듯 사라졌다. 아, 이렇게 재미있는 걸 왜 지금에서야 했을까. SUV 차에 타서 높은 곳에서 세상을 바라보니 사방이 뻥 뚫린 기분이다. "운전 잘하시는데 일찍 시작하셨으면 지금쯤 정말 잘하셨겠어요." 오늘 처음 만난 운전 연수 선생님의 말에 왠지 모를 자신감이 생겼다. 이틀 뒤 두 번째 시간이 기다려진다. '나'는 없어진 게 아니라 다만 잠들어 있었을 뿐이었다.

내가 달리는 이 도로가 자유로라니

오늘은 두 번째 운전 연수 날로 자유로를 타고 일산을 다녀왔다. 2018년 4월 27일은 남북정상회담으로 세계가 주목한 하루지만, 나에겐 일산 자유로 연수가 더 기념비적인 날이다.

일산, 그곳은 어디던가. 2011년, 불 같은 짧은 11개월의 연애 기간 동안 수시로 들락날락하던 곳 아니던가. 남편이 일산에서 직장 생활을 할 때, 퇴근 후 숙대입구까지 주 5, 6일 정도를 차를 타고 달려왔었다. 한 달 평균 70~80 만원의 기름값을 들여가며 오고 간 그곳, 바로 일산이다. 파주 헤이리마을을 좋아해 종종 갔기에 익숙한 길이었다. *차이가 있다면 내 자리가 고정석이던 오른쪽 조수석이 아닌, 왼쪽 운전석이라는 사실 하나뿐.*

두 번째 연수길에 자유로를 타고 달리니 긴장으로 온몸이 굳어졌다. 베테랑 강사님의 지도 하에 점점 긴장을 풀고 농담도 하며 쭉 앞만 보고 달렸다. '한 놈만 잡겠다'는 말처럼 내 앞 차선만 뚫어져라 바라보며 직진, 또 직진. 운전을 하고 있으면서도 운전을 하는 게 나인지, 내가 아닌지 분간이 안 갔다. 신기하다. 자주 오가던 이 길을 내가 직접 운전 하고 가다니.

때마침 오늘은 역사적인 남북정상회담 시간이라 방송사들의 중계 경쟁이 치열하다. 들려오는 동일한 멘트는 북한은 협상을 할 때

'주도권'을 본인들이 쥔다는 점이었다. 운전을 하면서 문득 그런 생각이 들었다. 지금까지 조수석에 타면서 나는 '운전'에는 전혀 관심도 없고 알지도 못하는 사람이었다. 운전석에 탄 사람에게 내 몸을 맡기면 목적지도, 가는 방법도, 운전 스타일도 운전자에 따라 좌지우지됐다. 한마디로 '수동적'이라는 말이었다. *어제까지만 해도 당연했던 그 사실에 오늘은 '의문'이 들기 시작했다.*

주도권, 누가 쥐고 있는가

"그동안 왜 내가 주도권을 가질 생각을 안 했지?" 운전을 더 일찍 시작했더라면 목적지, 가는 길, 운전 스타일, 배경음악 등 내가 모든 것을 세팅하고 선택할 수 있었을 것이다. 지금껏 운전은 나랑은 전혀 상관없는 일이라 치부하고 그저 몸을 실었다. 아는 게 없으니 길이 막혀도, 운전자가 예민해도, 뺑뺑이를 돌아도 할 말이 없었다. *상황 파악이 전혀 안 되니 내 목소리를 낼 수도 없었다.*

역시 '그 자리'에 직접 앉아 봐야 그 사람의 마음을 알 수 있다는 말이 정답이다. 단지 자리만 바뀌었을 뿐인데도 바라보는 시야, 사고방식, 자신감 등 나는 많은 것이 달라져 있었다.

보행자 모드일 때는 내 앞에 차가 지나가면 노려보며 속으로 이렇게 생각했다. "저 차는 왜 저래? 사람 지나가는 거 안 보이나?" 그러나, 오늘 운전자 모드로 전환하고 나니 이런 생각이 들었다. "아니 저 사람은, 차 가는 거 안 보이나 정말…." 화장실 들어가고 나올 때 달라진다더니 입장이 바뀌니까 관점 자체가 달라진다. 재미있다. 인생 사는데도 그렇고 사회생활에도 그렇고 '주도권을 내가 쥐고 있는가'가 중요하다는데 운전도 비슷하다.

운전 중 강사님이 자주 말한 단어는 '통제'다. *주도권을 스스로 쥐고 있으며 상황을 컨트롤하는 게 우아함의 기본인데 운전 또한 그러하다.* 운전대를 잡고 있는 '나'라는 존재가 상황을 판단하고 통제하는 것은 수동적인 반응이 아닌 '주도적' 행위다. 그래서 운전을 하는 자체가 자신감과 동기부여를 준다. 내 차선을 집중해서 바라보며 목적지, 교통 상황 등을 스스로 판단한다. 괜히 어줍잖게 옆의 차선 보고, 뒷차 배려한다고 한눈팔다간 골로 간다. 운전을 하면서 인생 교훈을 얻는다. 좀 더 빨리 운전을 했어야 하나? 아니다. 늦었다고 생각할 때가 가장 빠른 법.

운전을 스스로 할 수 있으면 내 맘대로 선택하고 결정할 수 있다는 사실이 신기하다. 나는 앞으로 되도록이면 '운전석'에 앉고 싶다.

비 오는 날, 북악스카이웨이로!

오늘은 세 번째 운전 연수가 있는 날이다. 분주히 아들의 유치원 등원을 준비하고 아침 먹고 연수길에 나섰다. 오늘의 목적지는 구불구불 길의 대명사로 핸들 연습이 잘 된다는 북악스카이웨이다. 이 길은 시댁이 있는 삼선교 근처라 비교적 자주 다닌 길이다. 아들이 태어나기 전 내 자리는 앞쪽 조수석, 아들이 태어난 뒤는 아들 카시트 옆 뒷 자석이 고정석이었다. 그런데 지금 나는 운전석에 앉아 있다. 지난주에 일산을 자유로 타고 다녀온 것도 사실 실감나지 않는다. 옆 자리에 강사 선생님이 앉아 있으면 기운이 나는데, 연수 이후 혼자서 할 수 있을까 상상해 보면 답이 잘 안 나온다.

남편이 세팅해 놓은 자리에서 의자를 최대한 앞으로 당기고, 높이도 최대한 위로 조절한다. 내 사이즈에 맞게 자리 세팅을 한 뒤 시동을 걸었다. 계기판이 켜지고 음악도 잘 나오는데 D(드라이브 모드)로 맞춰서 엑셀을 밟는데도 차가 앞으로 안 나간다. 어, 뭐지? 강사 선생님이 보더니 "시동을 세게 걸으셔야죠, 지금은 시동이 안 걸린 거예요."라고 한마디 하신다. 기계치라 생각한 나는 잠시 작아졌지만 이내 기운을 차린다.

비가 와서 그런지 컨디션이 조금 안 좋은 느낌이다. '비 오는 날 첫 운전'이라는 생각이 미리 작용한 걸지도 모른다. 떨리는 마음을 뒤로 하고 출발! 시내 운전은 확실히 일산 자유로보단 어려웠다. 기껏해야 세 번째 운전이지만 코스가 다르니 매번 새롭다.

운전할 때 흔히 성격이 보인다고들 한다. 내가 강사님께 들었던 피드백은 '핸들을 급격히 꺾거나, 갑자기 엑셀을 밟지 않기'였다. 위기상황이 올 때 핸들 꺾는 모습을 보고 한 소리다. 발레 필라테스를 할 때 들었던 피드백과 크게 다르지 않다. *역시 습관은 잘 안 변하나 싶다가도 앞으로 변화의 포인트가 뭔지 알 것 같다.* 운전하는 나를 보고 운동신경이 좋은 것 같다는 강사님의 말에 슬며시 웃었다.

오르막을 운전할 때는 마치 내가 미끄러질 것 같은 기분이다. 이렇게 높은 곳을 차가 올라갈 수 있다는 사실이 신기하면서도, 지금 그 길을 가고 있는 게 나인 게 놀라울 따름이다. 날씨가 흐려 차량이 많지 않아 구불구불 핸들링을 신경 쓰며 북악스카이웨이로 향했다. 높아질수록 구름이 보이고, 비가 살짝 오면서 경치가 보였다. 운전하느라 신경이 곤두서 있는데 아름다운 경치를 보니 조금 위안을 얻었다. 울적하거나 스트레스 받을 때 혼자 차를 몰고 한 바퀴 돌고 오면, 참 좋을 것임을 이제서야 알 것 같다.

이번 〈안식년 프로젝트〉를 진행하지 않았더라면, 여전히 내가 만든 편견의 감옥에 갇혀서 운전은 엄두도 못 냈을 것이다. 나는 원래 그런 사람이라고 생각하면서. 약간의 두려움과 조급함도 가끔씩 몰려오지만 이 변화가 참 좋다. 뭔가 다른 방향의 인생을 살 것 같은 느낌이 든다.

그 방향이 옳고 그른지는 크게 중요하지 않다. 이전에 가지 않던 방향을 경험했다는 사실 자체가 인생의 자산이 될 수 있기에 의심하지 않고 쭉 가 보려고 한다.

운전 연수가 끝난 뒤 스스로 운전을 하다 보면 수많은 난관에 봉착하겠지. 때론 사고가 날 수도 있으며 다른 운전자와 시비가 붙을 수도 있을 것이다. 그럴 때마다 오늘 바라본 풍경을 마음속으로 떠올려 보겠다고 다짐했다.

하남가기 딱 좋은 날

네 번째 운전 연수 시간, 오늘의 목적지는 하남스타필드다. 늘 남편의 옆자리에서 대충 잠실을 지나 미사리 쪽으로 빠진 뒤, 남양주까지 간 것 같다. *'같다'라는 단어는 '내 관심 밖'의 일이라 크게 개의치 않았다는 뜻이다.*

세 번째 운전 연수는 비를 뚫고 북악스카이웨이를 다녀왔는데 오늘은 여름 휴가를 가야 할 것 같은 따가운 햇살, 쾌청한 바람, 운전하기 딱 좋은 날씨다. 이거 날 잘 잡았다. 친절한 옆자리 강사님과 함께 하남을 향해 출발했다.

첫 번째 연수 때는 성수 이마트 한 번 갔다 오는 것도 부들부들

떨었는데, 오늘은 그쪽 길을 지나 올림픽대로를 탔다. 나는 수다스럽기도 하지만, 호기심도 많다. 오늘도 하남 가는 길에 강사님께 이것저것 물어본다. 이 도로가 강변도로냐, 올림픽대로는 김포 가는 쪽 아니냐, 신호등은 바로 앞의 것을 봐야 하냐, 더 멀리 봐야 하냐, 초보 운전자일 때 가장 사고 많이 나는 케이스는 뭐냐 등. 한 번에 100분 가량 같은 차 안에 있다 보니, 강사님께 미주알 고주알 이런저런 이야기를 하게 된다.

마지막 운전 연수는 주차 연습이었다. 지금 사는 아파트 단지 지하 주차장에서 연습을 했다. 가뜩이나 주차난으로 좁은 지하 주차장인데 이곳에서 뭔가 100분 동안 배우긴 했는데 전혀 감이 오지 않았다. 아, 이거 큰일났네. 차를 끌고는 나가겠는데 세우질 못하겠으니 어찌하리. 다섯 번의 운전 연수가 모두 끝난 가운데 우쭐했던 자만심은 작아진 가슴으로 돌아왔다. 방심하면 큰일이라는 교훈을 주는 건가? 운전 연수는 끝났지만 아직 부족한 주차 연습을 계속해 운전에 대한 자신감을 키워야겠다.

오랜 시간 축적된 세월 속 날선 감각이 아직 살아있다는 게 참으로 반가웠다. 나 또한 나뒹굴고 찌질함에 넘어졌을 때도 있지만, 회복탄력성을 발휘해 다시금 조금씩 제자리를 찾는 느낌이다. 주행은 감이 좀 오고 이제 주차까지 정복하면 신경 써야 할 것은 늘어나겠지만 삶의 질이 많이 나아질 것 같다.

삶에도 희로애락이 있다. 잘 풀리는 구간, 질질거리고 바짝 엎드리는 구간, 그러다 다시 상승하는 구간 등 굴곡이 끊임없이 반복된다. 어떤 결과가 나올지 예상할 수 없지만 어떤 '방향'으로는 가고 있기에 변화는 그래서 좋다.

때로는 가장 터무니없고 무모한 목표가
놀라운 성공을 이끈다.

보브나르그

6

혼자 떠나는
4박 5일 제주 여행

#제주여행

나 홀로
제주행 비행기에
오르다

    8년 전, 첫 번째 이직을 앞두고 홀로 올레길을 걸었던 제주도. 그 제주도에 나 홀로 두 번째 방문이다. 8년 전과 비교해 달라진 건, 남편과 아이가 생기고, 무직이라는 정도다. 그때도 이직을 앞두고 해방감과 두려움 사이의 답답함을 해소하기 위해 태풍이 오는 저녁 날 무작정 비행기 표를 끊고 왔다. 올레길을 걸으면 답답함이 해소될까 하는 기대감과, 새로운 직장 출근을 앞두고 재충전을 위해서 찾은 제주도. 그때 여정을 회상하니, '산방산 게스트하우스'에 썼던 글귀가 생각난다.

    "새 출발을 위해."

    홀가분할 줄 알았다. 그토록 벗어나고 싶던 일상의 굴레를 벗어나 자유롭게 훨훨 날 줄 알았다. 그러나 김포공항으로 가는 첫 시외버스를 타면서부터 마음속이 허전하다. 제주도에 도착한 후 서귀포 시내 아파트 에어비앤비에 짐을 풀고, 폭염 속을 계속 걸었다. 서귀포 홈플러스를 지나, 천지연 폭포와 이중섭거리를 걷고 또 걸었다. 지나가는 사람들 속 우리 아들이 보이고, 남편이 스쳐 지나간다.

이번 여행을 위해 친정 부모님이 일주일간 아들을 봐주기로 했다. 아들이 잘 있는지 궁금해 영상통화를 하니 샤워 중이다. 휴대폰 화면 속 "엄마, 네 밤 자면 오는 거죠?"라는 아들의 말에 잠시 눈시울이 붉어진다.

서울과 제주, 이렇게 떨어져 나 혼자 있어 보니 일상 속 소중한 것들이 하나둘 떠오른다. *내 꿈을 빼앗아가고 '나'로서 존재하는 걸 방해한다고 생각했던 나의 아들.* 오늘따라 그 아들이 무척 그립다. 아직도 '미해결 과제'를 안고서 끙끙거리는 내 자신이 답답하다가도, 이번 여행을 통해 지난 찌꺼기들을 훌훌 털고 가기로 다짐한다.

아름다운 풍경 속 자유로움은 약간의 쓸쓸함으로 자리잡았다. 독립하고 싶다고 외쳤지만, 사람들은 어느 정도 다들 '의존'하고 도움을 주고받으며 살아갈 수밖에 없는 존재인가 보다. 독립적인 삶을 추구하되, 인간으로서 어느 정도의 상호 의존성도 인정하고 조화롭게 살아야 함을 멀리 제주에 와서 느꼈다.

시작은 두려움의 연속

나 홀로 제주 여행 3일차에 접어들었다. 오늘은 그린카를 빌려서 자동차 여행을 하는 날이다. 전날까지 예약 취소를 고민했지만 그래도 이왕 예약했으니 운전을 해 보라는 남편의 격려에 용기를 내기로 했다. 그린카 픽업 장소로 택시를 타고 이동해 하얀색 모닝을 찾았다. 운전면허 갱신 시점에 초보 운전자로서 시작을 하는 것이 신기할 따름이다.

지난 주 예행연습을 한 기억을 더듬어 차를 살피고 시동을 켰다. 내비게이션에 '본태박물관' 목적지를 입력하고 달리는데 자꾸만 '띵띵띵' 소리가 나는 거다. "뭐지, 다 괜찮은 거 같은데….." 잠깐 차를 세워 남편에게 전화를 걸었다. 남편이 사이드를 풀었는지 물어봐서 확인해 보니, 역시나 그대로였다. 사이드를 풀고 다시 달렸다. 조금 찜찜한 게, 계기판에는 기름이 가득 차 있는데 내비게이션에서는 자꾸만 '기름이 0%니 주유를 해라'는 메시지가 계속 나왔다. 가뜩이나 기계 앞에서 작아지는데 당황스러운 상황이라 땀이 줄줄 흘러내렸다.

심호흡 한 번 크게 하고 도로를 달렸다. 내 눈앞에 보이는 탁 트인 시야, 파란 하늘, 구름, 야자수까지. 제주에서의 드라이브는 언제나 좋다. 어제까지 땡볕에 걸어 다녔던 것도 재미있었지만, 오늘은 정말 최고다. 자동차로 30분 정도 달려 목적지에 도착했다. 나는 8년 전에 이직을 앞두고 제주 올레길을 걸었었다. 8년이 지난 지금, 나는 운전을 하고 있다.

〈안식년 프로젝트〉를 안 했더라면, 내 안의 편견으로 죽기 전까지 절대 운전을 못했을 거다. 그 편견을 이겨내고 5월에 운전 연수한 게, 오늘 이 여행에 이렇게 큰 도움이 되는구나. 쓸데없는 것으로 보여도 언젠가 쓸모 있을 때가 있다. 일상을 충실히 살아야겠다.

아는 만큼 보인다, 본태박물관

본태박물관에 도착하니 주변의 자연환경과 어우러진 건축물이 인상적이다. 인터넷 후기에서 건축은 볼만한데 작품은 볼 게 없다고 해 큰 기대를 안 했었다. 간혹 좋다고 한 리뷰도 있었는데 '아는 만큼 보인다'인가, 최근 미술에 많은 관심을 가지고 공부를 한 게 시야를 넓혀 줬나 보다.

심플함, 회색빛 노출 콘크리트의 부드러운 질감, 하늘, 햇살, 통유리, 음악까지…. 정말 이런 집에서 살고 싶다는 생각밖에 안 든다. '행복한 부자'가 되고 싶은데 어떻게 하면 될 수 있을까. 멋진 건축물을 보니 '힘이 되는 공간'에서 살고 싶은 소망이 더욱 강해진다.

5관부터 역순으로 관람을 했다. 5관은 불교미술 작품들이 전시돼 있었다. 작품 속 열반에 이른 사람들의 평화롭고 여유로운 표정이 좋다. 이번 나 홀로 여행도 나에게 도전과 자극, 내면의 단단함을 선물해 주겠지? 두려움 속 전진해 보자고 다짐하며 다음 관으로 향했다. 4관에는 「피안으로 가는 길의 동반자」가 전시되어 있었다. 삶과 죽음에 관련된 물건들을 전시한 작은 규모의 전시였지만 많은 생각을 하게 했다. 조선시대는 신분제 사회였기에 의복이나 가마 등에 이르기까지도 모든 것이 신분에 따른 차이가 있었지만, 신분에 따른 차등을 두지 않는 유일한 경우는 '죽음'에 임해서였다고 한다. 신분에 따른 상여의 크기나 모양은 달랐겠지만, 저승길만은 잘 가게 하자는 마음만은 같았다고 한다. 잠시 숙연해지며 나의 삶과 죽음에 대해서도 생각해 보았다. 나 홀로 여행의 장점은 일행을 의식하지 않고 나만의 속도로 걷고, 보고, 느낄 수 있는 점이다. 넓은 공간을 걷다가, 쉬다가, 여유롭게 작품을 관찰했다.

여행지에서도 여전한 나

두 번째 목적지는 '카멜리아 힐(Camellia Hill)'이다. 제주도에 있는 웬만한 수목원은 이미 다녀왔기에 가까우면서 안 가 본 곳을 가 보고 싶었다. 이곳은 이번 제주 여행에서 처음 알게 됐는데 푸른빛

수국이 아직도 생생하다.

이번 나 홀로 여행에서는 사진 찍는 것보다 그 순간 눈에 담고 경험하자는 목표를 세웠다. 이곳에 혼자 온 사람은 나밖에 없었다. 커플, 가족, 친구들끼리 온 대다수의 사람들은 아름다운 뷰포인트에서 멈춰서서 사진을 찍었다. 나 또한 여행을 다녀오면 정리하지도 못한 수많은 사진이 쌓이는데도 여행을 온 건지, 사진을 찍으러 온 건지 모를 때가 많았다. 그랬기에 지금 이 순간에 집중하자고 다짐했지만 '기록은 기억을 지배한다'는 좌우명 때문인지 그러질 못했다. 혼자 왔지만 찍은 사진을 개인 SNS에 바로 업데이트를 했다. 나는 여전히 누군가와 연결되려는 강한 욕구를 가졌다는 걸 깨닫는다. 그리고 스스로에게 질문을 던진다.

"나는 여행을 온 것인가, 또 다른 일과를 하러 온 것인가?"

주위를 둘러보니 행복한 순간을 카메라 속 작은 화면에 담으려는 사람들이 대다수다. '남는 건 사진밖에 없다'는 말이 맞긴 한데, '그 순간에 느낀 경험'은 사진 속 프레임을 훨씬 뛰어넘는다. 청명한 하늘, 새하얀 구름, 가만히 들려오는 새소리까지…. 이곳이 지상낙원이 아닐까 착각이 들 정도였다. 홀로 오니 그리워지는 남편, 아들, 부모님. 다 같이 꼭 한번 다시 오고 싶다.

숙소로 돌아와 샤워를 하고 다시 나갈 채비를 했다. 한치 물회를 먹고 예약한 마사지숍에 갔다. 경로를 이탈해 몇 번을 다시 유턴, 좌회전해서 겨우 근처에 주차하고 들어갔다. 아로마 전신 90분 마사지를 받는데 받고 나서 느낀 건 그동안 내 몸이 참 많이 망가져 있었다는 것이다.

뭘 그렇게 해 보겠다고 연골들이 닳아서 뚝뚝 소리가 나고, 뭘 그렇게 써 보겠다고 일자 목에, 일자 어깨, 터널증후군인지 건초염까지 온 건지….

저녁 9시 30분이 지나서 숙소로 돌아오는 길, 밤 운전과 소형차는 또 처음이라 전조등을 켜야 하는데 어떻게 키는지 몰라 어둠 속에서 한참을 고민했다. 큰 대로변은 괜찮았는데 또 다시 경로를 이탈해 유턴한 이후 갑자기 내비게이션이 컴컴한 사잇길을 안내해 줬다. 너무 무서워 양쪽 깜박이 비상등을 켜고 잠시 멈춰 경로를 재탐색했다. 무사히 숙소로 돌아와 절친에게 도착했다고 문자를 보냈다. 친구에게서 온 한 줄의 메시지가 오늘 하루를 요약해 줬다.

"뭐든 해 보면 자신감이지."

나 혼자 사는 것은 그렇게 쉬운 일이 아니다

에어비앤비에서 4박 5일을 지냈다. '자유'를 그렇게 갈구했는데,

막상 25평 가량의 깨끗한 숙소에서 혼자 있으니 도둑들지 모른다는 걱정에 4박 5일간 새벽 4~6시 사이에 잠들었다. 새벽 3시까지는 케이블 티비를 틀어놓고 있다가, 방에 누워서는 이어폰으로 CCM을 들었다. 모태신앙인 나는 이럴 때만 신실해지며 마음속으로 안전하게 지켜달라는 기도를 계속했다. 남편과 아들을 두고 홀가분하게 왔는데, 나는 숙소에서 '나 혼자 산다'를 보고 있다.

사실, 만 서른넷 동안 온전히 혼자 살아본 적이 없다. 일생일대 1년 자취를 했을 때도 처음 보는 하우스 메이트가 있었고, 주말에는 부모님 집으로 갔다. 거의 부모님과 살거나 지금의 남편과 살아왔다. 그간 자유를 갈망했으나 여행에서 느낀 두려움과 허전함은 '나 혼자 산다'가 로망이 아닌 현실임을 알게 해 줬다.

혼자 자유롭게 먹고, 자고, 티비 보고 하면서도 분리수거, 청소를 했다. 친정 부모님이 아들을 봐주셔서 이 시간에 제주도에 올 수 있었고, 2년여 간 고군분투하며 일했기에, '자금'을 확보해서 올 수 있었다. 보통 분리수거 담당은 남편이었는데 여기에서는 혼자 퇴실 전 분리수거를 하고, 그린카 픽업과 반납 등 직접 찾아가서 빌리고 해결했다. *동전의 양면처럼 우리는 갖고 있는 것보다는 '갖지 않은 면'을 지나치게 크게 보는 경향이 있다.* 평소 당연하게 여기며 누군가 대행해 준 것들을 혼자해 보니, '당연한 건 없다'가 와 닿았다.

에너지 넘치는 아들이 이렇게 보고 싶을지는 몰랐다. 제주에 오기 전, 홀가분함에 비명을 지를 줄 알았는데 웬걸, 오자마자 가장 먼저 생각난 게 '아들'이었다.

내가 부인하고 버거워했지만 뼛속까지 난 이미 '엄마'였구나. 그랬구나. 스스로가 '부족한 엄마'라는 틀을 씌우고 자기평가를 끊임없이 했지만, 이미 난 '충분한 엄마'였다.

출산 이후 많은 갈등과 싸움 속 포기와 짜증 사이를 오가던 부부 사이. 그런데 이곳에 오니 참 허전했다. 싸울 수 있는 '대상'이 있다는 것 자체가 이미 내가 '가지고 있는 것'이었구나. 독설을 퍼부을 누군가가 옆에 있고, 그 대상과 오랜 시간 함께한다는 건 무의미한 게 아니라는 것을 깨달았다.

여행 내내 문득문득 아들이 생각나고, 남편이 생각났다. '나'를 찾기 위해 나 홀로 여행을 왔는데, 여행을 하면 할수록 명확해진다. '내 가족'이 정말 소중하고, 그 안에서의 최선의 삶이 '의미'가 있다는 것을.

최근 엄마의 친한 친구분 남편이 지병으로 돌아가셨다고 한다. 평소 사이가 크게 좋지도 않은 건조한 관계였기에 홀가분할 줄 알았는데, 옆에 없으니 허전했다라는 말이 생각났다. '악처'가 소크라테스를 만들었지만, '악처' 덕분에 소크라테스가 만들어질 수 있었겠다. 그래, 후회하지 않게 옆에 있을 때 잘하자.

제주국제공항에서

서울로 돌아가는 교통편은 오후 5시 45분 비행기인데 공항에 1시 30분에 도착했다.

짐이 많아 택시를 타고 공항으로 이동했다. 30~40년간 제주에서 택시 운전을 하셨다는 기사 아저씨가 이런저런 이야기를 하신다. 요즘 여자 혼자 오는 경우도 많던데 무섭지도 않냐고…. 5시 45분 비행긴데 어디 들렀다 가지 왜 이렇게 일찍 왔냐고.

그러게 말이다. 밤새 잠을 설치고 비도 오고 손목 컨디션도 안 좋다 보니, 그냥 빨리 집에 가고 싶었다. 아들도 보고 싶고, 내 집도 그립고…. 작은 캐리어를 택시 트렁크에 넣던 아저씨가 깜짝 놀라며, 작은 게 왜 이리 무겁냐고 한다. '여행 짐 싸는 것'을 보면 그 사람의 '성격'과 '습관'이 보인다고 한다. 뭘 또 입겠다고 바리바리 싸 온 옷들, 내면 여행을 해 보겠다고 가져온 무거운 책 서너 권에, 일기장 노트 등. 그 짐들이 나를 옭아맨다. 짐이 가벼웠다면 버스타고 공항에 왔을 텐데. 3만원 가량의 추가 지출이 발생했다.

쌓아 두고, 가져오고, 그것으로 고통받는데 버리지도 못하는 나.

이래저래 미니멀리즘, 가벼운 삶이 필요하긴 하다.

이번 여행의 목표였던 'e북 쓰기'를 공항 커피숍에서라도 하겠다는 마음으로 일찍 왔지만 분주하고 복잡한 공항에서 커피숍 자리는 찾기도 힘들다.

우여곡절이 많았지만 새로운 도전과 위기 극복, 편안함과 자유의 감정을 느꼈다. 뭐든 처음이 어렵다는 것, 돌아갈 집과 일상이 있음이 감사한 조건이라는 것을 가슴속 깊이 새겨본다.

지금까지 당연하고 귀찮아한 것들이 이번 여행을 통해 얼마나 소중한지 알 수 있었다.

너무 멀리 갈 위험을 감수하는 자만이
얼마나 멀리 갈 수 있는지 알 수 있다.

T.S. 엘리엇

7

상대만 거지 같은 게 아니라

나도 거지 같았다

코칭,
리더십에 빠져
결국 '상담'까지 받다

    지난 7월부터 9월까지 두어 달 상담을 받았다. 코칭, 리더십 쪽에 관심을 뒀기에 서른 이후 그쪽 분야로 업을 삼기도 했고, 코칭은 직접 하기도, 받기도 했었다. 그런데 '상담'은 처음이었다. 사실 문제는 한 부분에서만 발생하는 게 아니기에 통합적으로 '부부상담'과 '개인상담'을 병행했다. 코칭이 미래지향적인 것에 초점이 맞춰져 있다면 '상담'은 과거의 문제를 발견하고 그 원인을 스스로 발견해 내면을 성찰할 수 있다. '내 경우'는 코칭만으로는 한계가 있었다.

    어떤 사건, 어떤 일들 앞에서 비슷한 패턴이 빈번히 발생했기 때문이다. 아무리 긍정적으로 미래를 계획하고 실행 계획을 세워도, 결정적 순간에 반복적으로 무너졌다.

    상담의 효과에 대해선 개인차가 크지만, 나는 '버킷리스트'로 꼭 받아보고 싶었다. 특히, 개인상담 뿐만 아니라 부부상담을 꼭 받고 싶었다. '안식년'이라는 주제에 벗어날 수도 있겠지만 그 과정을 통해 나를 발견하고 나의 내면아이를 발견할 수 있으니 같은 범주에 놓았다.

사실, 부부상담을 받게 된 건 순전히 내 계획과 엄포에 의해서였다. 상담을 권유한 내 의도는 "그래, 당신이 얼마나 이상한 사람인지 상담을 통해 뼈저리게 느껴 봐라."였다. 아무리 수백 번 내 입으로 말해도 소용이 없으니, 객관적인 삼자를 통해 스스로 깨닫기를 바래서였다. 출산 이후 맞벌이를 유지하며 이사, 가사, 육아 등에 치이다 보니 부부 갈등과 불화가 계속됐다. 거기다 뒤늦게 찾아온 나의 사춘기까지, 전쟁터나 다름없던 지난 세월들…. 아이만 없었다면 진작에 서초동으로 갔을 거라고 농담을 하기도 했다. 결혼 선배 중 한 명은, 본인도 서초동에 가려고 했는데 그 절차가 너무 복잡하고 서류가 많아 그냥 살고 있다고 우스갯소리로 말하기도 했다. 결혼한 부부라면 이 말이 어떤 의미인지 알 수 있을 것이다.

사랑으로 시작한 연애 감정이 결혼을 통해 가정을 이루고 핑크빛을 꿈꿨으나 핏빛으로 물들어가는 건 시간문제였을 뿐. 그러나 '아이'가 있고 '책임'져야 할 일들이 많기에 남편에게 엄포를 놨다.

"이런 패턴으로는 도저히 못 살겠다. 올해까지 나는 충분히 노력해 볼 거고 그리고도 해결이 안 된다면 각자 행복하게 살자."

그래서 남편은 어쩔 수 없이, 내키지 않았지만 상담을 받았다.

무더운 여름, 첫 번째 상담을 받다

아는 분의 소개로 정신분석학 쪽으로 상담을 공부한 상담 선생님을 소개받았다. 무더위가 가시지 않아 땀이 줄줄 흐르던 7월에 하루 건너 싸우는 패턴의 반복 속 첫 상담을 시작했다. 약간 어색한 관계의 세 사람이 밀폐된 공간에 앉아 상담 선생님은 '부부상담'을 받게 된 계기와 이런저런 이야기를 해 보라고 했다. 어떤 말이라도 잘하는 편인 나는 주저 없이 현 상황에 대해 침 튀기도록 설명했고 타인에게 안 좋은 것들을 드러내는 걸 싫어하는 남편은 그런 분위기 자체를 불편해했다.

한 회기당 1시간 30분 동안 진행되는데 첫날은 이런저런 이야기를 하다가 시간이 1시간이나 오버해 2시간 30분이나 상담을 받았다. 마치, '사랑과 전쟁'을 방불케 하는 서로를 향한 디스와 폭로전, 비난과 불만들이 사정없이 뱉어져 나왔다. 상담 선생님은 유연하고 객관적으로 그 이야기들을 잘 경청하고 서로에게 정리해 이해시켜 주는 역할을 해 줬다. 욕받이처럼 그 시간 동안 냉정함을 잃지 않은 상담 선생님이 그저 신기할 따름이고, 이런 상담을 하는 것 자체가 쉽지 않겠다는 생각을 했다.

첫 상담 때 들은 이야기는 약간 의외였다. 우리의 이야기를 쭉 들은 상담 선생님은 남편과 나 둘 다 '불안'을 느끼는 유사점이 있고 불안을 장기적으로 느끼면 스스로 불안을 느낀다는 사실조차 모른다고 말했다. 차이가 있다면 남편은 '성취'로 존재감을 느끼고, 나는 '인정과 사랑'으로 존재감을 느낀다고 했다. 아마 지금 일도 하지 않고 육아를 하고 있기에 더 그런 것 같다.

불안이라⋯. 지금껏 살면서 내가 '불안'하다고 생각해 본 적이 단한 번도 없었다. 스스로 외로움을 잘 탄다고 생각해 본 적은 더더욱없었다. 나는 혼자서도 잘 놀았으며, 혼자 있는 게 어색하거나 두렵지도 않았다. 내가 나를 잘못 알고 있는 것인가, 아니면 방어기제로인해 그렇지 않은 척을 하고 있는 것인가.

혼란스러움이 가득한 채 첫 번째 상담이 마무리됐다. 첫 상담의 끝은 그다지 유쾌하지 않았다. 마치 뭔가 성토의 장이 된 느낌으로 무척이나 공허했다. 나는 누구이고, 왜 이 결혼을 했을까. 행복하지 않은 장기간의 삶, 일도, 사랑도 다 잃고 다만 아들만 남아 있다고 생각했다. 지금의 내 인생을 누가 보상해 주는지 원망스러웠고 리셋하고 싶었다.

부부상담을 마치고 돌아오는 차 안에는 냉기가 가득했다. 조금만 건드리면 더 큰 화산이 폭발할 것 같아 우리는 침묵한 채 그저 집으로 향했다.

엄마와의 관계가 타인과의 관계에도 영향을 미친다고 하는데…

두 번째 상담시간에도 가는 길에 약간의 다툼이 있었다. 이상하게 상담을 받으러 가는 날이면 묘한 기류가 부부 사이에 흐른다. 어색한 인사 뒤 상담을 받았다. 상담 선생님은 지난번 시간 초과로 인해 이번에는 시간을 칼같이 지키셨다. 이런저런 이야기를 했는데 가장 기억나는 질문은 아래 두 개였다.

> 질문 1 : 엄마와의 관계를 형용사로 표현한다면 떠오르는 단어 5개는?
>
>   그 단어가 떠오르는 구체적인 에피소드는?
>
> 질문 2 : 엄마를 동물에 비유한다면?

내가 엄마와의 관계를 말할 때 쓴 단어가 친밀함, 불편함, 피해주지 않는, 부딪히는 이었다. 엄마와의 관계가 타인과의 관계에도 영향을 끼친다고 한 상담 선생님의 말이 가슴 깊이 남았다. 사실 충격적이었다. 지금까지 나는 사람과 관계 맺을 때 친밀하고 편한지, 부딪히는지 아닌지로 관계를 맺어온 것 같다.

내가 엄마와의 관계에서 느끼는 그 단어들로 사람들과 잘 결합하고 그들과 친밀감을 유지하며 관계를 맺어 왔다. 나에게 큰 도움을 주는 것 보다, 나를 편안하고 따뜻하게 해 주고 날 위해 희생하느냐의 유무로 관계의 질을 파악했던 것 같다. 어떤 사람이 엄마에게 기대했지만 받지 못했다고 생각하는 '따뜻한 그 무언가'를 가지고 있다고 생각하면 나에게 이득이 안돼도 엮여서 얽히고 설켜왔다.

나의 지난 인간관계 패턴이 파노라마처럼 떠올려지며 '아….'하는 탄성이 절로 나왔다. 그랬구나, 내게 그런 면이 있었구나. 이상하게 그런 비슷한 종류의 사람들과 친해지며 안정감을 느꼈었는데 다 이유가 있었구나. *사람들은 '좋은 것'보다 '익숙한 것'을 선택한다고 하는 말이 맞겠다.*

서로 다른 생각과 표현방식의 차이

상담을 통해 남편과 나의 성향 차이에 대해서도 알 수 있었다. 기본적으로 외향적인 나는 주말이면 어딘가 가고 사람을 만나야 에너지를 얻는데, 내향성인 남편은 주말에는 집에서 좀 쉬어야 에너지를 얻는다고 한다. 결혼 이후 줄곧 내 스케줄에 따라서 주말이면 아침, 점심, 저녁 일정을 다 달렸는데 남편은 나를 맞춰 주려 노력했지만 좋아했던 건 아니었던 것 같다.

또 하나 기억나는 사건이 있었다. 예전에 마트에 장보러 갈 때 남편이 15년도 더 된 캘빈클라인 통바지를 입고 가기에, 촌스러우니 벗으라고 했다가 싸운 적이 있었다. 나는 남편이 깔끔하게 비춰지길 바래서 그런 이야기를 했는데 남편은 그 행위를 '자율성 침해, 무시'라고 생각했다고 한다. 그건 정말이지 의외였다. 지금까지 스스로 잘 살아왔는데 이제는 내가 본인을 통제한다고 느낀다는 말이 새로웠다. 나는 단지 좀 더 멋지게 보였으면 하는 마음에 다른 바지를 권한 것 뿐인데 말이다. 이렇게 서로가 말하고, 생각하고, 느끼고, 표현하는 방식이 다르니, 인간이란 참 오묘한 존재다.

계속된 상담 속 '같은 사건'도 '다르게 해석'하는 우리를 발견했다. 그리고 잘 보이려고 하는 마음이 오해를 불러일으키기도 한다는 것도 알아차렸다. 예를 들면, 남편은 집안의 금융, 경제 상황 등 본인 스스로 알아서 처리하고 해결하며 나는 잘 몰랐으면 하는 마음에 자세히 공유를 안 한 부분들이 있었다. 그런데 나는 그것을 '나를 속였다'거나 '제대로 이해시키지 않았다'는 신뢰의 문제로 인식해 서운해했다.

그런데 그의 '의도'는 내가 꿈꾸는 삶을 본인이 만들어 주고 싶고, 현실적 제약을 뛰어넘어서 하고 싶은 것을 하길 바라는 마음이었다. 왜 남편이 그런 행동들을 했는지 오해하고 서운했던 부분들이 부부상담을 통해 상대의 '의도'를 알게 되니 조금은 이해할 수 있었다.

사실, 상담을 통해서 우리 사이의 많은 문제가 '남편'에게 있음을 스스로 깨닫게 해 주고 싶었으나, 상담이 진행되면 될수록 '상대'에게도 미해결 과제가 있지만 나에게도 미해결 과제가 많이 있음을 깨달았다.

싸움의 원인은 나에게도 반은 있는 것이었다. 굳이 자극에 반응하지 않아도 되는 상황에 과잉 반응을 한다거나, 내 심리적, 유아적, 과거적 경험으로 인한 '재해석'으로 인해 싸움이 생기기도 한다는 걸 알게 됐다. 상대는 그냥 어떤 단어를 말한 건데 나는 그것을 비난의 신호로 받아들이기도 했다. 내 안의 근원이 해결되어야 가정이 평화로울 수 있겠다는 생각에 조금은 겸손해지고 나 또한 허점투성이에 연약하고 도움이 필요한 존재라는 게 느껴졌다.

개인상담을 통해 내 안의 죄책감, 수치심을 발견하다

부부상담 때 하지 못했던 이야기 등을 자유롭게 할 수 있다고 해 개인상담도 2회 받았다. 두서 없이 이런저런 많은 이야기를 하던 중 상담 선생님의 날카로운 질문이 이어졌다.

> 나 : 백화점에 가서 물건을 사는데 죄책감이 들어요. 예를 들어 화장품을 살 때 남편이 어울리는지 안 어울리는지 봐주면 좋겠는데, 그냥 가만히 있어요.
>
> 선생님 : 그럴 때 불편하세요?
> 남편이 예쁘다, 어울린다고 할 때는 어떤 감정이 느껴지시는

데요?

나 : 글쎄요, 존재감? 중요한 사람? 등….

선생님 : 상대가 골라 주고 하는 게 맘에 안 들 수도 있잖아요.? 뭔가 살

때 죄책감이 느껴져서 상대가 반응을 보이면 안심이 되나 봐

요. 돈 쓰는 거에 죄책감이 있으신 것 같고 특히 상대의 동의

나 관심, 인정을 받아야 심리적으로 편한가 봐요.

나 : 글쎄요….

여러 사례를 언급한 대화 속 내 머리를 스쳐간 감정들, 그것은 바
로 '죄책감'과 '수치심'이었다. 이 죄책감은 어떤 상황 속 스스로 '나
때문인가'라는 인식을 불러 일으키고 그 감정은 여러 상황에서 나를
자극한다.

길거리에서 아들이나 남편이 갑자기 큰 소리로 이야기를 해서 부
정적으로 주목을 받는다고 느껴질 때 얼굴이 화끈거릴 때가 있다. 물
건을 사거나 돈을 쓸 때, 불편한 상황을 직면할 때도 비슷한 감정이
올라온다.

여러 사건들의 '공통점'을 찾지 못했었는데 오늘 상담을 통해 원인을 발견했다. *내면에서 들려오는 동일한 메시지는 "나 때문인가?"였다.* 내면의 울림은 강렬한 '방어기제'로 다음과 같은 상황에서 자주 표출됐다.

〈 죄책감과 수치심이 자주 표출되는 상황 〉

☐ 별거 아닌 질문에 과민반응해 불같이 화를 낼 때

☐ 상황을 모면하거나 해결하기 위해 인위적으로 노력할 때

☐ 사건이 끝난 이후에도 "내가 기분 나빴지만, 분명 내가 원인 제공을 했을 거야."라는 자아비판을 할 때

☐ 나에게 상처를 준 사람들을 끝끝내 걱정하며, "그 사람들도 분명 이유가 있을 거야, 원래 저렇진 않을 거야."라는 자기합리화를 할 때

☐ 부부싸움 후 감정적으로는 화가 해소되지 않았지만 항상 먼저 말 걸고 괜히 상황을 종결시킬 때

☐ 원가족에서 엄마 아빠가 싸울 경우 분위기 메이커를 자청하며 상황 전환을 위해 노력할 때

☐ 회사 회의에서 아무도 말을 안 하는 안건에서 정의의 사도처럼 의견을 낼 때

☐ 아들이 다치거나, 아들의 위험한 행동에 극도로 과민반응을 보일 때

☐ 남편이 잘 안 꾸미거나 힘들거나 불쌍해 보이는 모습을 볼 때

□ 물건을 사고 수시로 바꾸고, 사면서도 상대방에게 의견이나 동의를
  계속해서 구할 때

이 모든 행동들의 발단이 '내면의 죄책감'이었다는 생각이 들자 한
숨이 절로 나왔다. 지난 36년 간 이 감정으로 인해 내 몸과 감정이 많
이 상했겠다는 생각에 눈물이 고였다.

나를 먼저 챙기지 않고 순간의 상황 모면, 해결, 상대방 위하기
등 외부적으로 많은 에너지를 써 왔다는 사실이 아쉬웠다. 그러나 남
은 인생이 더 많기에 앞으로는 나를 먼저 챙기고 아껴 주는 노력을
해야겠다. 지금이라도 발견할 수 있어 정말 다행이다.

〈 지금부터 변화할 것 〉

□ 지난 일을 곱씹으며 생각하거나 미안해하지 않고 적시에 감정 표현
  하기

□ 부부싸움 후 내 감정이 해소되지 않은 상황에서 상대에게 먼저 말을
  걸거나 상황을 반전시키려 애쓰지 않고 불편함 감수하기

□ 사람들의 긴장, 갈등상태 속에서도 평정심 유지하며 불편한 상황 견
  디기

□ 물건을 살 때 타인에게 물어보거나 동의를 구하지 않고 내 취향을
   직관적으로 느끼면 그대로 구매하기

□ 타인의 감정이나 표정에 직접 개입하지 않고 관찰하기
   (짜증을 내거나, 인상을 써도 나 때문이라는 생각에 화내거나 풀어
   주려고 하지 말고 해소할 시간을 주며 기다려 주기)

나는 왜 특별하려고 하는 것인가

두 번째 개인상담을 받았다. 이런저런 이야기를 하다가 상담 선생님이 한 말이 마음에 와 닿았다.

선생님 : "나는 특별해야 한다는 마음이 있으신가 봐요?"

그렇다. 며칠 전 엄마와의 통화에서도, 어떤 사람들은 하루 삼시 세끼 먹는 걸로도 만족하는 사람이 있는데 넌 항상 뭔가를 해야 하는 성격이라고 말했다.

모든 사람들은 충만하고, 즐겁고, 행복하고, 의미 있게 살아야 한다. 특히 가까운 지인이나 가족은 더욱 그랬으면 좋겠다. 이것이 나의 기본 프레임이다. *그런데 상담을 통해 알게 된 건, 이런 프레임을 나 자신뿐만 아니라 타인에게도 그대로 접목한다는 것이다.* 이런 눈으로 아들을 바라보고, 남편을 해석하기에 관계의 갈등이 생기는 것 같다.

주말에 쉬고 싶은 남편이 텔레비전을 보고 있으면, 나는 속으로 왜 저렇게 평범하게 집에서 텔레비전만 보고 있냐고 생각했다. 주말에도 새로운 것을 배우거나 좋은 사람들과 어울려서 자기계발을 좀 더 했으면 싶었다. 아들 또한 서포터의 역할보다는 리더십 있는 주인공으로 돋보였으면 하는 바람도 이런 이유에서일 거다.

언제부턴가 나는 특별해지고 싶었다. 인테리어 소품 등도 남들 다 사는 것보단, 아직 알려지지 않은 나만의 소품들을 수집했다. 뭔가 새로운 걸 발견하면 뛸 듯이 기뻐했다. 그러한 것들도 '특별해지고 싶다'는 키워드가 작동한 건가?

어쩌면, 지금 하고 있는 〈안식년 프로젝트〉 또한 여러 가지 이유로 포장된 '특별함'의 욕구 해소일지도 모르겠다. 아직도 갈 길은 멀지만, 중요한 키워드 하나를 발견했다.

이 키워드의 역사를 거슬러 올라가다 보면, '평범함'을 추구할 수 있을까? 그렇게 된다면 남은 인생 동안 시간, 돈, 열정 낭비를 덜할지도 모르겠다.

부부상담과 개인상담을 통해 환경이 180도 변했다거나, 관계가 드라마틱하게 좋아졌다거나, 스스로가 엄청난 변화를 얻었다고는 말할 수 없다. 다만 지금까지 살아온 인생 드라마에서 나는 왜 그런 관계 속에서 편안함을 느꼈고, 그런 사람들과 관계를 맺어 왔고, 어떤 상황들을 불편해했는지 돌아볼 수 있었다.

그것은 '타인'의 문제가 아닌 '나 스스로' 알아차리고 해결해야 할 나의 '과업'이라는 사실도 깨달았다.

더 좋은 관계, 더 나다운 삶을 위해서 이번 상담은 정말 유익했다. 지속되는 갈등 속 '여행'이라도 떠나야겠다는 마음을 갖고 있는 당신이라면, 선입견을 내려놓고 상담을 받아 보기를 강력히 추천한다.

관용이란 무엇인가. 그것은 인간애의 소유이다. 우리는 모두 약함과 과오로 만들어져 있다. 우리는 어리석음을 서로 용서한다. 이것이 자연의 제일 법칙이다.

볼테르

8

흔들리는 나를 바로 세우는
그림 속 주인공들

#미술관투어

4월

[예술의 전당]
자코메티전, 압도당하다

〈안식년 프로젝트〉의 첫 번째 미술관 데이트는 예술의 전당에서 전시중인 '알베르토 자코메티 한국 특별전'이었다. 예전부터 보고 싶었던 전시인데 마감이 얼마 안 남아 쌀쌀한 날씨지만 아들 등원 후 일단 집을 나섰다. 아이스라떼 한 잔을 테이크아웃한 뒤, 오전 11시 30분에 김찬용 도슨트의 해설을 기다리며 입장권을 끊었다. 차분하면서도 유머 감각이 돋보이는 도슨트의 설명으로 일단 사전 지식을 쌓은 뒤 천천히 재감상을 했다. 사실 얼마 전까지 알베르토 자코메티가 누군지도 몰랐다. 결혼 이후 미술, 예술 등에도 관심이 생겨 하나하나 배워가고 있는데 알베르토 자코메티도 누군가의 소개로 알게 되었다. 요즘은 어떻게 알게 된지도 모르게 새롭게 알게 되는 것들이 많다.

작년에 '르 코르뷔지에 서울 특별전'을 본 예술의 전당에 거의 일 년 만에 다시 와 본다. 아들을 유치원 보내고, 남편 출근시키고 첫 자유를 누리러 왔다. 이미 예술의 전당에는 많은 인파가 몰렸다. 도슨트에 의하면 작품 막바지에 이르러서 그렇다고 한다.

영어 유치원인지 초등학교 저학년인지 모를 아이들도 줄지어 보이고, 40대 이상 중, 고등학교 학부형으로 보이는 우아한 사모님들도 보인다. 양복 입은 남성 몇 명, 학생 몇 명, 나처럼 혼자 온 여성 몇 명도 있다. 해설을 들으며 작품을 보는데 여러 가지 생각이 떠올랐다.

▶ 지금의 나 또한 누군가의 헌신에 의한 것

도슨트의 설명에 의하면 알베르토 자코메티의 동생 디에고는 평생 헌신한 조력자라고 한다. 누군가의 헌신이 위대함을 만드는데, 이 자리에서 작품을 보고 있는 나 또한 '누군가의 헌신'으로 이 자리에 왔다는 생각에 마음이 잔잔해졌다. 거저 받고 스스로 됐다고 여겨왔지만, 실상은 많은 이들의 헌신과 배려로 내가 존재하리라. 지금 나의 안식년도 남편의 숨은 노력이 있기에 가능한 것처럼.

▶ 예술가의 여자들

예술가에게 있어서 '영감'은 중요한 요소다. 미술 작품이나 조각 등에 영감을 준 뮤즈들이 자주 등장하는 걸 보면 예술 세계랑 평범한 일상과는 조금 반대 개념이 아닐까. 뭔가를 창작한다는 게 쉽지 않고, 매번 다르게 해야 한다는 강박 속에서 새로움을 추구하는 건 어쩌면 당연한지도 모른다.

나 또한, 마음속으로 예술가를 꿈꾸며 뭔가 한 건이라도 해 보려고 안달난 '자극 추구자', '도전 중독자'일지도 모른다. 나의 뮤즈는 새로운 경험, 신선한 자극 등이 아닐까?

▶ 상처로 얼룩진 사람들

알베르토 자코메티는 상처받은 20세기를 버텨낸 시선에 매료됐다고 한다. 마지막으로 「로타르Ⅲ」의 모델이 된, 잘 나가는 사진작가였으나 곤두박질 한 남자의 이야기를 듣고 작품을 보는데 뭔가 훅 올라온다. 그의 눈빛 속에서 절망과 비애가 너무 선명하게 드러났기 때문이다.

그 눈 속에서 본 것은 그 남자일까 나일까. 미술의 힘이 이런 걸까. 나 같은 초보자도 순간적으로 내면에서 뭔가 올라오는 걸 보니 말이다.

▶ 걷어낼수록 본질을 볼 수 있다

보자마자 빠져드는 사람이 있는데 알베르토 자코메티 또한 그런 사람이다. 조각이나 예술성 등에 대한 평론을 비전문가인 내가 할 순 없지만 그의 사상과 철학이 마음에 들었다. 요즘 내가 추구하고자 하는 것과 유사한, 동시성이 느껴졌다고 할까. 미술가라면 사물을 타인들이 보는 대로가 아니라 '자신이 보는 대로' 표현해야 한다고 그가 선언했다.

나는 어려서부터 '다르게 살고 싶다'는 무의식적 욕망이 있었다. 나만의 세계관과 소신으로 휩쓸리지 않고 내 '기준'으로 살고 싶다는 처절한 몸부림. 너무나 평범해 잘 드러나지 않는 존재감으로도, 나의 내면에는 그러한 울림이 가득했다.

'자기다움'과 '특별함'을 추구하는 나였기에 알베르토 자코메티의 생각에 젖어들 수밖에 없었다. 분명 내 안에 나도 모르는 '예술가성'이 잠들어 있을 것이라 여기며, '내가 보는 것'을 잘 느끼고 표현해야겠다는 확신을 다시 한번 얻었다.

▶ 생명이란 외로운 것

그의 작품을 보고 있으면 떠오르는 감정은 숙연함, 초월, 한계, 인간, 고독, 애쓴다, 처절함, 응시, 바로 서기, 찬란함, 서글픔, 외로움 등이다. 그 외로움에 대해 알베르토 자코메티는 살아있는 것이라 말했다. 생명이란 본래 외로운 것. 그게 유한한 인간인가 보다.

▶ 날마다 자란다

알베르토 자코메티는 매일매일 진전을 이룬다고 믿었다고 한다. 그 성실함으로 후대에도 이렇게 큰 영향을 미치는 거겠지. 나이가 들수록 타인과의 비교, 경쟁보다는 '자기와의 약속', '매일의 작은 진보'가 더 큰 힘을 준다. 하루하루 작은 성취가 중요한 때이다.

▶ 형태가 아닌 기운을 그리는 예술가

인물 자체의 형태를 표현하기보다는 그 인물을 둘러싼 특별한 분위기나 기운을 묘사하는 작업이었다고 작품에서 나와 있는데 내가 꽂힌 단어는 '분위기'와 '기운'이다.

나는 어떤 '분위기', '기운'을 가지고 있는가, 그리고 나는 타인으로부터 어떤 분위기와 기운을 느낄 것인가.

▶ 내면의 힘

알베르토 자코메티는 피카소에게 압도당하지 않는 몇 안 되는 사람 중 하나였고 '성공'과 그 사람의 '인격' 자체는 별개라고 생각했다고 한다. 20대는 야망의 화신으로 성공을 추구했으나 30대 중반을 넘어서니 추구해야 할 것이 '인격'이라고 생각된다. 고매한 인격을 가진 사람들을 보면 그렇게 대단해 보일 수 없다.

누구도 침범할 수 없는 자기만의 내면의 공간을 갖고 있는 사람들을 마주하자면 압도당하는 건 사실이다. 가벼운 내면을 가리기 위해 외면에 많은 투자를 하는 사람들 속 반짝반짝 빛이 나는 그들, 참으로 탐나고 닮고 싶은 존재다.

아직도 내 안에 가득한 열정과 욕망을 이제는 성찰과 반성으로 비워야 함을 절실히 깨달았다. 비울수록 커진다는데, 나는 아직도 무슨 욕심이 그리 많은지 이것저것 움켜쥐고 놓지 않으려 발버둥친다.

▶「걸어가는 사람」보는 내내 압도당하다

마지막 부스 쪽 유명한 작품인 「걸어가는 사람」을 봤는데 장치 효과의 힘이 느껴졌다. 어두운 공간 속 거대한 조각상, 눈과 시선을 먼저 보라고 친절히 쓰여 있는 글귀를 따라 나도 조각과 시선을 맞춘다. 위 아래, 좌우를 보며 앞, 뒤, 옆을 전체적으로 보고 느낀다. 배경 음악 또한 예술인데 어둠 속에서 울려 대는 징소리와 조각상의 삼박자가 고루 어우러져 순간적으로 눈물이 핑 돌았다. 내 인생 최초로 느껴지는 묘한 감정이었다.

누구에게나 삶은 살아갈수록 벅차고 견뎌야 할 그런 것임을 이제서야 실감한다. 이상적으로 추구하던 행복과 즐거움이 아닌 그럼에도 불구하고 살아내야 하는 것이 바로 '삶'이라는 것을.

때론 감당할 수 없는 큰 슬픔에 극심한 고통이 찾아오겠지만, 그럼에도 어깨의 많은 짐들을 묵묵히 지고 시선을 마주하고 걸어나가야 함을 느낀다. 또한 작품을 보면서 동시대를 살면서 이런 감정을 나만 느끼는 것이 아니라는 묘한 연대감을 경험했다. 아, 이런 것이 미술의 힘인가?

[리움 미술관]
오늘은 내가 한남동 사모님

아들을 등원시킨 후 옷을 갈아입고 혼수로 받은 유일한 명품백을 들고 무작정 나왔다. 오늘 갈 곳은 '리움 미술관'이다. 한남동이 가까워 노선을 찾아본 뒤 버스를 타고 한강진역 블루스퀘어 정거장에서 내렸다. 표지판을 따라서 올라가니 목적지가 보인다. 14년 전 대학생 시절 겨울에 절친과 이곳에 온 기억이 난다. 그때 유행했던 어그 부츠에 갈색 코듀로이 치마를 입었던 모습이 희미하게 그려졌다.

그 시절 꿈 많던 싱그러운 소녀는 이제 억척스러움이 절로 생긴 다섯 살 아들의 엄마가 되었다. 내 마음속 '소녀'는 그대로인데 말이다.

선글라스를 끼고 우아하게 걷고 싶었으나 다리가 아팠다. 미술관 도슨트 시간이 10시 30분이라 허겁지겁 달려왔는데 다행히 아직 시작 전이다. 고 미술관부터 시작해 현대미술을 쭉 둘러봤다. 조선시대의 백자부터 시작해 김홍도 등 화가의 작품, 불교미술을 거쳐 현대미술로 이동했다. 백자를 보며 느낀 건 우아하고 절제미의 균형이 대단히 아름답다는 점이다. 오늘 챙겨온 책이 『우아함의 기술』이라는 책인데 잘 맞아 떨어진다.

현대미술을 설명하는 도슨트의 이야기를 들어 보니, 미술은 현실 부정 때 정신에 파고드는 경향이 있다고 하는데 맞는 것 같다. 현실이 고통스럽고 원치 않는 상황에서 각자 자기만의 동굴로 들어가 탐닉하기 시작한다. 때론 예술이 되기도 하고, 심리치유 명상과 같은 내면에 집중하기도 한다. 나는 요즘 둘 다.

빛이 있으면 어둠이 있는 법. 이런 시간들은 성장의 방향으로 꾸준히 나아가는 힘이 있기에 그저 묵묵히 이 시간을 견디면 된다. 이런 고요한 내적 성장의 시간을 충분히 즐기자.

사람 없는 미술관의 도슨트 투어는 만 원의 행복을 주기에 충분했다. 금강산도 식후경이라고 도슨트 투어를 마치니 12시 30분경이 되었다. 나는 아들을 하원시켜야 하는 2시 50분의 신데렐라이기에, 이 한남동 사모님 놀이를 마칠 시간이 얼마 남지 않았다. 리움 미술관 바로 앞 카페에 들어갔다.

햇살이 눈부실 정도로 강렬한 이 날은 테라스에 앉기 딱 좋은 날이다. 혼자 오기도 했고 햇빛도 좋아 테라스에 자리를 잡았다. 유명하다는 오렌지 라떼와 오픈 샌드위치를 주문한 뒤 음식이 나오기 전까지 독서를 했다. 우아한 척 책을 보고 있는데 뒷목이 후끈거렸다. 강렬한 태양이 목덜미를 태우고 있었는데 타들어 가는 느낌이었다.

보통 나의 아침은 아들과 등원 전쟁을 벌이며 물세수만 하고 겨우 유치원에 데려다 준다. 오늘은 출근하는 것도 아닌데 블랙 정장 원피스를 입고 풀 메이크업에 힐을 신고 나왔다. 라떼를 마시고 있는데 이 상황이 너무 웃겨서 혼자서 피식피식 웃었다. *목적지도, 약속도 없지만 나를 위해 이렇게 아름답게 치장하고 나오니 왠지 대접받는 느낌이다.*

외출하지 않는 이상 허름한 옷차림에 대충 머리를 묶고 있기에 이런 기분은 거의 두 달 만이다. 아직 내가 '여성'으로서 존재한다는 안도감과, 뿌듯한 기분이 드는 걸 보니 책 속 이야기가 맞다.

우아함의 팁으로 아침 일찍 일어나 샤워와 화장 및 단장을 하고 하루를 시작하면 달라진다는 그 말. 세상에는 못생긴 여자는 없다, 다만 게으른 여자만 있다는 말이 실감나는 순간이다.

유치원 등, 하원 외에 나갈 일이 없어도 좀 더 부지런히 나를 가꿔야겠다는 생각이 든다. 시계를 보니 오후 2시가 넘었다. 서둘러 일어나 총총 걸음으로 버스를 타러 간다. 나는 이제 에코 백을 들고 반팔 셔츠와 편한 바지의 하원 룩으로 변신하러 간다.

5월

[국립현대미술관 덕수궁관]

내가 사랑한 미술관 : 근대의 걸작

오늘의 장소는 국립현대미술관 덕수궁관으로 정했다. 미술관 주간이어서 덕수궁 입장료 천원을 내면 미술관 입장료는 무료였다. 이번 전시에는 요즘 관심 있는 근대미술 작품들도 전시됐다고 들어 기대가 컸다. 오늘은 미술관 도슨트 투어보다는 작품 앞에 서서 직관적으로 떠오르는 느낌을 마음속으로 담고자 홀로 감상을 했다.

서양 미술이나 현대미술 등에만 관심을 가졌는데 우리나라 근대미술도 눈여겨봐야겠다. 작품들을 보면서 여러 가지 생각을 하게 됐는데 인상적이었던 것은 비슷한 년도에 그려진 서로 다른 두 개의 그림이었다.

1934년도에 그려진 작품은 양옥집 거실 쇼파에 엄마와 딸이 앉아 있다. 레코드 판과 개량 한복을 입고 부채를 들고 구두를 신고 있는 여성들의 모습에서 부유함이 엿보인다. 1935년도에 그려진 작품은 들판에서 소를 몰고 있는 소년의 모습이다. 소년은 하얀색 상, 하의를 입었고 상의는 단추가 풀어진 채 열려 있다. 나막신으로 보이는 허름한 신발을 신고 등에 맨 항아리에는 소를 먹일 풀이 있다.

1년 차이로 그려진 이 작품들을 멀리서 보며 동시대를 살아도 '어떻게' 사는가는 그들이 살아가는 환경에 따라 다르다는 것이 느껴졌다. 빈부격차에 따라, 배움과 경험의 정도에 따라 동시대를 다른 환경에서 산 그들은 서로의 삶을 일반화하며 각각의 '우주'로 삼겠지. 이 그림을 통해서도 많은 생각이 든다.

우물 안 개구리를 벗어나 앞뒤 좌우를 돌아보고 다름을 받아들일 것, '한계'를 뛰어넘고 '편견'을 극복할 것.

7월

[환기미술관]
추상적인 시각으로 세상을 바라보는, 김환기

'환기미술관'은 언젠가 꼭 가 보고 싶은 위시리스트에 있던 곳이다. 날을 고르다 선택된 7월 4일, 유난히 햇살 좋은 여름날 무작정 버스를 타고 목적지로 향했다. 김환기 작가의 작품도 인상적이지만 사실 더 끌리는 건 그의 배우자였던 김향안과의 스토리다. 이상과 김환기를 함께한 여자, 나는 그 여자가 궁금했다.

내가 간 날은 전시 작품이 많지 않아 김환기 작가의 작품은 기본 작품 정도만 전시돼 있었다. 전시가 없을 때 가면 조금 부족할 수 있어 특별전 등 전시가 많을 때 가기를 개인적으로 추천한다. '사람은 꿈을 가진 채 무덤으로 들어간다'는 김환기 작가의 말이 가장 기억에 남는다.

[예술의 전당]
위로의 니키 드 생팔展 마즈다 컬렉션

유독 세대를 뛰어넘어, 여성 관람객이 많았던 〈니키 드생팔展 마즈다 컬렉션〉. 작가가 경험한 신경쇠약까지는 아니더라도 내면의 침체와 하강이 반복되고 있는 요즘인데 여성의 불안정한 내면과 양면성이 잘 표현된 전시였다. 아내와 엄마로서의 역할 갈등과 부적응을 나만 겪는 게 아니라는 사실에 큰 위로를 받았다.

'억압'과 '분노'는 어떻게 표출되는가. 작가는 작품을 통해 표출했는데 나는, 그리고 우리는 어떤 방식으로 해소하고 있는가. 각자만의 방법으로 정기적으로 내면에 쌓이는 억압과 분노를 해소해야 한다. 그래야만 한다. 그래야 우리의 분노가 외부로 표출되지 않고 내부에서 사라질 수 있다.

시대와 사회가 요구하는 여성의 역할은 마녀가 됐다가 요부가 됐다가 성모마리아가 됐다가 엄마와 아내가 된다. 미혼일 때는 몰랐다. 「영혼의 자화상」이라는 작품 속 작가의 부정적 자기인식이 남 같지 않았다. 싸워야 할 대상은 과연 '외부의 적'인가, '내부의 적'인가. 그럼에도 관계와 우정 속 치유와 회복해 나가는 모습에 대리만족했다.

종교에 의한 속박은 그 자체가 가부장적인 것이었으며, 강한 정신적 억압과 연결지어져 있다는 「대성당」의 작품 설명이 나를 강타했다. 지금까지 평등하고 가정적인 아빠 밑에서 자랐다고 생각했으나 늘 내면 갈등이 있었던 건 다름 아닌 '종교적 속박' 때문이었구나. 두 가치가 충돌하면서 생기는 치열한 싸움이었다는 것을 뒤늦게 깨달았다.

〈니키 드 생팔展 마즈다 컬렉션〉이 특히나 인상적이었던 것은 내 상황과 마음을 대변해 줬기 때문이다. 세상에는 다양한 '엄마'와 '모성'이 존재하는데 그것에 대해 얼마나 유연한지가 만족도를 좌우한다. 육아가 어려운 가장 큰 이유는 스스로가 '엄마'에 대한 완벽한 이미지를 가지고 있어서다. 본인이 그리는 엄마라는 역할의 모습에 부합하지 못하면 자신을 끊임없이 판단하고 평가한다. 그것의 고리를 끊으면 자유로워질 수 있는데도, 스스로 자동 회로처럼 반복되는 이 내면의 고리가 바로 문제의 핵심이다. *한 개인으로서는 자유롭게 선택을 했지만 엄마라는 이름이 생긴 뒤에는 내 선택이 아이의 희생과 맞바꿔야 한다는 압박감을 느끼기도 한다. 그럴 때면 괜한 죄책감과 무력감이 생긴다.*

아이를 낳았다고 바로 엄마가 되는 것이 아니고 아이를 키우면서 애착이 형성될 때 진정한 엄마가 되어 간다. 아이를 사랑하는 방식과 내 마음이 보편적인 엄마의 기준에 미치지 못할지라도 좌절하거나 죄책감을 느끼지 않아도 괜찮다.

모성은 타고나는 것이 아니라 경험을 통해 만들어지는 것이다. 내 아이를 있는 그대로 사랑하고 수많은 시행착오를 경험하며 서서히 엄마가 되어가는 것이다. 일과 양육 사이에서 갈등하면서도 하나씩 조율하며 눈물과 한숨의 나날들을 이기고, 그렇게 한 발자국씩 걸어가는 거다.

예전에 회사 대표님이 일하느라 늦게 집에 갈 때마다 아이들이 텔레비전 보면서 안 자고 기다릴 때 가슴이 짠하다고 말했던 적이 있었다. 그 당시는 대표님의 아픔에 공감하기보다는 그런 시간이 있었기에 지금의 대표님이 있을 수 있지 않겠냐고 말했다. 나는 안식년을 가지며 이제서야 그 말의 진정한 의미를 알 것만 같다. 전문가가 되고, 커리어를 지키기 위해 대표님이 어떤 마음으로 그 시간을 견디며 한 발자국씩 걸어온 것인지를.

이 전시를 보고 『검은 반점』과 『엄마는 페미니스트』라는 두 권의 책이 떠올랐다.

『검은 반점』이 책은 우리가 우리 안의 검은 반점을 알게 되고, 엄마에게도 있음을 알려 준다. 같은 반점을 가진 사람에게 끌려서 결혼을 하고, 이유 없이 싫어지기도 한다. 그 반점은 나의 일부이기도 전부이기도 하다. 그러다 우연히 다른 사람들에게도 고유한 '반점'이 있다는 걸 발견하게 된다는 이야기다. *나의 검은 반점은 스스로 생각*

했던 '열등감'이었다. 나 자신을 아끼고 사랑한다 생각해 왔다. 계급장 떼고 붙으면 내가 이긴다 자부해 왔다. 하지만, 나의 내면에는 무수히 많은 열등감이 자리 잡고 있으며 그것들은 때로는 우월감으로, 때로는 열등감으로 표출되며 나를 괴롭힌 것 같다.

지금까지 내 삶에서 경험한 결핍을 '나만의 반점'이라 생각해 억울한 마음을 갖고 있었다. 나를 제외한 다른 사람들은 내가 경험한 결핍이 없기에 더 나은 삶을 살았다고 생각했다. 그러나 이제서야 모두에게는 '저마다의 반점'이 있다는 걸 알게 됐다. 그러면서 생각난 또 다른 책은 『엄마는 페미니스트』라는 책이다.

자신의 기준이나 경험을 일반화하지 말라는 저자의 말에 오랜 세월 '나만의 기준과 경험'을 잣대로 행동해 온 내 모습이 스쳐 지나갔다. 내가 물려받은 수치심을 대물림하지 않는 유일한 길이 '해방'이라는 말이 반가웠다.

모두에게 '저마다의 반점'이 있다는 사실을 지각한 순간 나는 열등감에서 조금은 해방될 수 있었다.

미술관 데이트를 경험하며

〈안식년 프로젝트〉를 하면서 매달 두 번의 미술관 데이트를 계획했다. 이 기간 동안에는 '직관의 힘'을 따르기로 했다. 언제, 어디를 갈지 정하기보다는 끌리는 날에, 생체리듬에 따라 가고 싶은 곳을 정해 무턱대고 찾아갔다. 어떤 날은 기분이 우울해서, 어떤 날은 기분이 좋아서, 또 어떤 날은 날씨가 너무 좋아서…. 그날 그날 제각각의 이유들로 거기에 어울리는 장소와 작품을 찾아 다녔다.

그때그때의 상황에 맞는 힌트, 느낌, 아이디어를 얻고 작가와의 동일시되는 경험을 통해 감정이 해소되고 정화되는 느낌을 많이 받았다.

때론 작가의 말에 감동받기도 했고, 압도하는 느낌의 작품을 통해 내면의 위로를 받았다. 마음에 드는 작가의 도록을 구입해 집에 와서도 그 작가에 대해 지식을 넓혀갔고, 강렬한 느낌을 준 작품의 포스터나 엽서 등을 구입해 내 공간으로 작가를 데리고 오기도 했다.

혼자여서 즐거웠고, 충만했고, 고독했다.

내면의 강한 울림과 목마름을 채워 준 나의 버킷리스트 6번, 미술관 투어는 앞으로도 계속될 것이다.

예술의 목적은 사물의 외관이 아닌
내적인 의미를 보여 주는 것이다.

아리스토텔레스

9

—

'나'를 만나기 위한
책과의 만남

#독서

일주일에 한 권,
책장 속 보물찾기

　스무 살 이전에는 책을 많이 보지 않았다. 중, 고교 시절 다들 읽어 봤다는 세계문학전집도 읽지 않았다. 그 시절 신문을 정독하며 신문 스크랩을 하고, 잡지나 만화책을 보며 키득키득 웃었다. 고등학교 때는 친구 집에서 만화방에서 빌린 열 댓 권의 만화책을 보고 떡볶이를 먹으면 행복이 가득했다.

　대학 때에도 꾸준히 책을 읽었지만 많은 양은 아니었다. 서점 가는 것, 책 구경하는 것을 좋아했지만 많은 외부 활동에 시간이 많지 않았다. 중간, 기말고사 기간이면 도서관에서 공부하다 머리를 식힐 겸 김진명 작가의 소설책에 탐닉했다. 성공스토리나 자기계발서를 많이 읽었고 이런 책들은 나에게 많은 자극을 줬다. 한 지인은 그 내용이 모두 사실이겠냐, 안 좋은 이야기를 쓴 자서전은 없을 거라고 말했다.

사람마다 스트레스를 받으면 푸는 방식이 있다. 나는 걷거나 커피를 마시거나 서점에 가서 사람 구경, 책 구경을 하면 기분이 풀린다. 사회인이 된 후에도 조금씩 책을 읽었다. 특히 '독서'에 관심이 증폭된 건 출산 이후 '육아휴직'에 들어서면서부터다. 1년이라는 긴 시간 동안 밖에 제대로 나가지도 못하니, 할 수 있는 건 휴대폰으로 인터넷 검색을 하는 게 전부였다.

나의 굳어진 뇌를 '지식'으로 채우고자 하는 욕구가 최고조였던 이때 매월 10만 원 씩 책을 주문했다. 어느새 나는 인터넷 서점의 플래티넘 회원이 되어 있었고, 그렇게 내 책장은 읽지 못한 다양한 책들로 가득했다.

이때 산 책들은 육아서, 내가 못 읽으면 아들에게 주려고 구매한 세계문학전집, 코칭과 심리치유분야, 정신분석, 융, 자존감, 마음챙김 등으로 다양했다. 워킹맘으로 재취업한 뒤에도 매월 꾸준히 책을 구매했다. 이 또한 지름신의 강림이었으나 일반적 충동구매보단 심리적 만족도가 매우 컸다.

'안식년' 기간 동안 생산성을 강조하는 평소 스타일대로 3일 1개, 6개월 동안 100권의 책 읽기 등을 계획할까 하다 내려놓았다. 백수 과로사라고, 안식년 가지려다 일할 때보다 더 스트레스를 받을까 욕심을 덜어냈다.

주 1회, 책장에 있는 책 중 그때그때 기분 내키는 대로 무작위로 골라잡는 책이 바로 그 주인공. 내가 고른 책들의 '제목'만 봐도 내가 어떤 '방향'으로 바뀌어 가는지 알 수 있다.

〈 4월에 읽은 책 〉

☐ 『삶으로 다시 떠오르기』
에크하르트 톨레(작가) 저 / 류시화(시인) 역 / 연금술사

☐ 『수치심의 치유』
존 브래드쇼 저 / 김홍찬 역 / 한국기독교상담연구원

☐ 『나혜석, 글 쓰는 여자의 탄생』
나혜석(시인) 저 / 장영은 역 / 민음사

☐ 『우아함의 기술』
사라 카우프먼 저 / 노상미 역 / 뮤진트리

▶ 『삶으로 다시 떠오르기』

4월, 아무래도 〈안식년 프로젝트〉를 시작하는 달이라 뭔가 '내면'에 집중한 책들을 골랐다. 이 책은 나의 생각, 가치관, 의식의 전환을 가져다 준 엄청난 책이다. 생각을 Stop하고 Space가지기, 거짓 에고(Ego)에게 휘둘리지 않기. 특히 가장 중요한 건 '현재'로, 순

간순간 깨어있기에 힘써야겠다. 그동안 나를 지배해 온 자의식, 에고 (Ego), 생각 등과 쉽지 않겠지만 결별해야겠다.

▶『수치심의 치유』

작년과 올해 이런저런 일들을 겪으면서, 나 스스로 그간 '감정을 통제하고 억압'했음을 발견했다. 그러던 중 이 책을 발견했는데, 정말 내용 하나하나가 와 닿았다. 나의 내면의 어떤 부분이 고장이 났고, 어떤 면들이 내면에 있는지 알게 된 귀한 책이다. 수치심에 대한 다양한 내용이 나와 있고, 부모와 자녀, 육아 등에 있어서 많은 도움이 된 책이다.

역기능 가정과(대부분의 90% 가정이 역기능 가정이라고 한다) 부모들 또한 그 어떤 것들에 대한 자극이 전혀 없었기에, 그들의 자녀들에게도 줄 수 없다는 게 충격이었다. '결핍'이라고 느낀 그것들은 부모들이 의도적으로 안 준 것이 아니라, 그들 또한 그런 것들이 있는지도 모르고 자랐기 때문이라는 게 가슴이 아팠다.

내면아이의 발견, 무의식적 이상행동, 관계의 어려움 등이 있는 분들에게 추천하고 싶은 책이다. 친한 친구, 가족, 배우자 등 많은 이들과 같이 읽고 나눠 봐도 좋은 책, 베스트 오브 베스트!

▶ 『나혜석, 글 쓰는 여자의 탄생』

이 책을 만난 건 운명일까 우연일까. 지금 이 시기에 나에게 큰 위로와 도전을 준 책이다. 100여 년 전에 태어난 이 분의 생각이 너무 신선하며, 지금 보기에도 전혀 이상하지 않을 그 진보적인 사고방식에 반했다. 다만, 시대를 너무 앞서 태어났기에 그 당시에 받아들여지지 않고 내면으로 고통받았을 작가를 생각하니 마음이 아팠다.

특히 모성과 관련해서 큰 위로를 받았는데, 임신과 출산 등에 대한 생각을 잘 표현해 준 저자에 감사할 따름이다. 그녀의 존재를 알게 된 것 자체가 올해의 가장 큰 행운이다.

▶ 『우아함의 기술』

평소 잘 인식하지 못했던 '우아함'이라는 것이 얼마나 큰 영향력을 미치는지 이 책을 보고 깨달았다. 그간 무심했던 이 영역을 훈련과 노력으로 완성시키고자 다짐했다. 타인에게 나는 어떤 인상을 주는지 한번 돌이켜봤다. 앞으로의 연습 포인트는 '어떤 인상을 주고 싶은가'일 것이다. 이 책 역시, 올해 읽은 책들 중 가장 기억에 남는 책이다. 읽고 또 읽어야지.

〈 5월에 읽은 책 〉

☐ 『프리다 칼로와 나혜석, 그리고 까미유 끌로델』
　　정금희(대학교수) 저 / 재원

☐ 『파리지엔은 남자를 위해 미니스커트를 입지 않는다』
　　캐롤린 드 메그레, 안 베레, 소피 마스 외 1명 저 / 허봉금 역 / 민음인

☐ 『낭만적 연애와 그 후의 일상』
　　알랭 드 보통(소설가) 저 / 김한영 역 / 은행나무

☐ 『어른이 되어 더 큰 혼란이 시작되었다』
　　이다혜(기자) 저 / 현암사

▶ 『프리다 칼로와 나혜석, 그리고 까미유 끌로델』

　우연히 알게 된 이 세 명의 여성 작가들의 공통점이 가슴 속으로 들어왔다. 너무 외로워 자화상을 그릴 수 밖에 없었다는 프리다 칼로와 사랑 앞에서 배신당하며 재능을 썩혀야 했던 까미유 끌로델. 태어난 시대를 앞선 진보적인 나혜석까지…. 이들과의 공통점을 무의식적으로 찾고 있는 나를 발견했다. 예술은 보는 사람은 아름답고 영감을 받지만 예술을 하는 사람들은 고통 속에서 영감과 예술이 탄생하니 참으로 아이러니하다.

▶『파리지엔은 남자를 위해 미니스커트를 입지 않는다』

가볍게 읽기 좋은 이 책은 문장이 식상하다는 평도 있으나 긴 텍스트에 지치고 파리지엔에 관심 있는 사람, 엄마나 아내로서 생각의 전환이 필요한 사람에게 추천할 만한 책이다. 햇살 좋은 날, 카페 테라스에 앉아 커피를 마시며 가볍게 머리 식히기 좋은 책이다.

▶『낭만적 연애와 그 후의 일상』

결혼을 원하는 사람에게는 막연하게, 결혼을 한 사람에게는 선명하게, 아이가 있는 사람에게는 절절하게 와 닿는다. 역시 믿고 보는 알랭 드 보통이다.

▶『어른이 되어 더 큰 혼란이 시작되었다』

지금 '나'를 이루게 된 데에 영향을 미친 많은 것들이 떠오른다. 한때는 커리어우먼을 꿈꾸다 잠시 후퇴해 좋은 엄마가 되는 꿈을 꾸기도 했다. 삶의 단계마다 나의 정체성에 영향을 미치고 동기부여한 많은 것들이 떠오른 책이었다.

책에서 '가스등 이펙트'가 소개되었는데 네이버 지식백과에 의하면 상대방을 위한다는 명목으로 자신이 원하는 목적을 이루기 위해 상대방의 행동을 통제하고 조종하는 현상을 일컫는 심리학 용어이다. 나를 둘러싼 관계에서 이러한 일이 종종 발생했을지도 모르겠다.

생각의 점검이 필요하다.

책을 본 후 상대에게는 높은 기대치를 가지고, 스스로는 무임승차하려 했던 모습들도 떠올라 잠시 반성했다. 그러나 시행착오는 '성장'의 증거이며, 그런 과정을 겪었기에 지금의 '내'가 있을 수 있는 것이다. 앞으로는 여러 패러다임을 벗어나 스스로를 그저 보편적인 인간으로 바라보며 온전히 책임지는 삶을 살겠다고 다짐했다.

〈 6월에 읽은 책 〉

□ 『오직 땅고만을 추었다』
오디세우스 다다 저 / 난다

□ 『채식주의자』
한강(소설가) 저 / 창비

□ 『5년 만에 신혼여행』
장강명(소설가) 저 / 한겨레출판사

▶ 『오직 땅고만을 추었다』

탱고 책인줄 알았는데 이 안에 인생과 철학이 있었다. 좋은 내용이 많아서 문장 하나하나를 노트에 받아 적었다. 함께 걷는다는 것,

해석이 다른 동일한 사물에 대해 갈등을 조절해가며 하나가 되는 것. 그 하나는 온전한 일치가 아닌 각자의 발목으로 버티며 조화를 이뤄 간다는 내용을 꼭 기억해야겠다.

▶『채식주의자』

이 책은 세 번째 만나는 한강 작가의 작품이다. 『검은 사슴』도 강렬하게 읽었는데 이 또한 빨려 들어간다. 우리는 누구와 살고 있는 것일까. 우리와 살고 있는 그들을 우리는 제대로 알고 있을까.

산다는 것은 시간이 지남에 따라 '살아내는 것' 또는 '살아가는 것'으로 바뀌기도 한다. 가장 멀쩡해 보이는 사람이 어쩌면 내면 속에서는 가장 고통받고 있을지도 모르겠다.

▶『5년 만에 신혼여행』

나는 역시 지적인 남자를 좋아한다. 조금 시니컬해 보이는 그의 글을 읽으며 현실 속 그의 HJ가 궁금해졌다.

예전에는 글쓴이의 글과 삶을 동일시하는 착각을 했었다. 지금은 글 쓰는 이의 글과 개개인을 분리해야 함을 깨달았다. *나는 '다정하고 일상을 공유할 수 있고 담백하고 자기 철학을 가진 사람'을 좋아한다는 걸 뒤늦게 깨달았다.* 늘 본전 생각, 가성비가 앞서는 걸 보니 가

난했던 집 딸의 자세를 아직 떨쳐내지 못한 건 나 역시도 마찬가지다.

결론, 이 작가 매력 있다. 내 스타일의 글이라 다른 저서도 봐야
겠다.

〈 7월에 읽은 책 〉

□ 『헨리와 준』
　　아나이스 닌(소설가) 저 / 홍성영 역 / 펭귄클래식코리아

□ 『작은 소리로 아들을 위대하게 키우는 법』
　　마츠나가 노부후미(작가) 글 / 박영미 그림 / 이수경 역 / 21세기북스

□ 『우리는 모두 페미니스트가 되어야 합니다』
　　치마만다 응고지 아디치에(소설가) 저 / 창비

▶ 『헨리와 준』

이 책은 지금껏 본 책 중 가장 독특하다. 독자평을 보니 호불호가
극명한 책이다. 결혼한 여인이 다른 남정네와 그의 아내를 사랑한다
는 자체가 황당하긴 하나, 심리적인 내용이나 자신에 대한 성찰은 돋
보이는 책이다.

누구와 있느냐에 따라 나의 역할과 행동이 달라지며 상대방의 기대와 시선도 달라진다는 것을 우리는 경험을 통해 알 수 있다. 등장인물들 사이에서 벌어지는 그러한 심리적인 묘사가 좋았다. 특히 몇몇 문장은 노란 줄을 죽죽 그었다. 어쩌면 우리는 너무 재미없는 시대에 살고 있는지도 모르겠다.

▶『작은 소리로 아들을 위대하게 키우는 법』

이 책은 아들 엄마라서 읽었는데 몇 가지 참신한 포인트가 있었다. 국어와 계산력은 미리미리, 나머지는 잘 놀고 공부는 중1부터 라는 말, 아이가 다른 방식으로 노는 거 참견하지 않기, 남자아이 야단치는 방법은 논리에 맞게 말하고 이성적으로 행동하며 설득력 있게 하기. 이 내용들은 꼭 기억해야겠다.

저자는 아들 스스로 알아서 하게끔 만드는 작전을 하고 우선순위를 정해서 한 번 주의 준 일은 반드시 끝내게 하라고 한다. 밥 먹기, 양치하기, 샤워하기 등 기본 생활 습관에서 끝없는 잔소리를 하고 있는 나에게 유용하게 적용할 부분이다.

"안돼"라는 말 줄이기, 실패의 경험 통해 스스로 익히게 하기와 친구와 싸우거나 할 때도 개입 줄이고 지켜보기도 적용해야 할 포인트다. 남에게 폐 끼치지 않게 하겠다는 마음에 중간 개입을 종종 하는 편인데 이 부분도 주의해야겠다.

외아들에 지나치게 간섭하고 본능을 금지하면, 아이는 엄마 허락 없이는 스스로 해결하지 못하는 아이가 된다는 말이 인상적이다. 나도 외아들을 키우고 있고 통제가 많은 스타일이기에 스스로 할 수 있게 테두리 안에서의 자율성을 허락해 줘야겠다.

엄마 감정대로 마음대로 행동하지 않기라는 부분에서는 조금 찔리기도 했다. '안식년' 기간 동안에도 감정의 활화산으로 인해 가끔 이유 없이 혼내고 뒤늦게 사과하기도 했다. '여자애들은 안 그러는데'라는 말을 한 경험이 있는 것처럼, 까불거리고 산만한 게 남자아이라는 사실을 이제는 인정해야겠다.

▶『우리는 모두 페미니스트가 되어야 합니다』

이 책은, 『엄마는 페미니스트』를 지은 치마만다 응고지 아디치에가 쓴 책으로 얇지만 가슴에 들어오는 묵직함이 가득하다.

자연스러움을 의심하기, 호감 가는 사람이 되려고 억지로 노력하지 않기, 아이를 키울 때 '젠더'가 아닌 '능력'에 초점을 맞추고, '관심사'에 초점 맞추라는 부분이 인상적이었다.

'페미니스트'의 사전적 정의란 모든 성별이 사회적, 정치적, 경제적으로 평등하다고 믿는 사람이라는 저자의 정의가 마음에 들었다. 나 또한 사회생활 이후 스스로 고정관념화된 여성성에 갇혀 많은 시행착오를 겪었다. being으로서 존재하기, 그것이 앞으로 나의 인생과제다.

〈 8월에 읽은 책 〉

☐ 『딸에게 주는 레시피』
　　공지영(소설가) 저 / 한겨레출판

☐ 『엄마는 페미니스트』
　　치마만다 응고지 아디치에(소설가) 저 / 황가한 역 / 민음사

☐ 『당신에게, 파리』
　　목수정(작가) 저 / 꿈의지도

☐ 『아무것도 하지 않을 권리』
　　정희재(작가) 저 / 갤리온

▶『딸에게 주는 레시피』

이 책은 2015년에 처음 읽고 이번에 두 번째 읽는 책으로 내면이 섬세한 여성이 읽기 좋은 책이다. 친구나 후배에게도 많이 선물한 책으로 흔들리는 2030 여성, 특히 미혼 여성에게 추천하고 싶은 책이다. 누군가 미워지거나 울적하고 무기력하거나, 스스로가 못마땅할 때 보면 좋은 책이자 요리를 해 봐야겠다는 의욕을 불러일으키는 책이다.

'지금 여기, 나 자신부터 소중히, 타인 존중, 세상을 심각하게 보지 않기, 받아들이기, 일상을 우아하게 하기'가 가장 기억에 남는다.

▶ 『엄마는 페미니스트』

결혼을 앞두거나 출산을 앞둔 지인에게 선물해 주고 싶은 책이다. 나 스스로 여성숭배나 배려심을 기대하진 않는지, 자기검열이 필요하다. 우리 모두가 소중하다고 말하는 이 책. '나'만 소중하다는 유사 페미니즘을 경계하자.

'여자'로선 맹렬했으나, '엄마'가 된 뒤 스스로 갖는 편견과 굴레 속에 퇴행하는 경향이 있다는 말이 내 이야기 같았다. 모성에 휘둘리지 말고 그 또한 '존재'의 일부로서 자연스럽게 받아들이자는 말이 너무 고마웠다. 결혼은 업적이 아니라는 말에 깊은 울림이 있었다. *지나치게 이상화된 기준이나 환상을 깨고 현상을 객관적으로 바라보는 연습이 나에겐 가장 필요하겠다.*

▶ 『당신에게, 파리』

여행지에서 만나는 책은 더욱 의미 있다. 저자인 목수정은 파리 좌파 정도로만 알고 있었고 예전에도 이 저자의 책을 본 적이 있었다. 이 책은 파리에 최소 1주일 이상 머물거나 여행하는 사람이 참고하면 좋은 책이다. 여행 서적이긴 한데 스토리텔링성 여행 서적이라

고나 할까. 작가의 문장이 너무 섹시해서 벤치마킹이라도 하려고 수
첩에 적어놨다.

▶ 『아무것도 하지 않을 권리』

'생산성'이라는 단어가 늘 내 인생의 화두였기에, 멈춰 선다는 건
뒤쳐진다는 의미로 들려 왔고 아무것도 하지 않는다는 건 게으름과
나태의 비효율적인 인간이라는 무의식을 심어 줬다.

나 또한 아무것도 하지 않을 권리를 곱씹고 있으나, 여전히 무언
가를 끊임없이 하고 있다. 아직도 나는 성과 사회에서 긍정 과잉에
시달리고 있나 보다.

〈안식년 프로젝트〉가 끝나면, 정말 아무것도 하지 않고 유유자
적 먹고, 자고, 걷고, 노는 것만으로 채워보고 싶다. 지금까지의 나와
180도 다른 나로 말이다. 〈안식년 프로젝트〉를 수행하는 나는, 그전
과는 다른 '나'이지만, 약간 다른 스타일의 옷만 바꿔 입었지 내용물
은 거의 그대로인 듯 하다.

〈 9월에 읽은 책 〉

□ 『댓글부대』
　　장강명(소설가) 저 / 은행나무

□ 『꼴』
　　허영만(만화가) 저 / 위즈덤하우스

□ 『침착』
　　데일 카네기(작가) 저 / 미리내공방 역 / 정민미디어

□ 『피로사회』
　　한병철(대학교수) 저 / 김태환(대학교수) 역 / 문학과지성사

□ 『셀프 혁명』
　　글로리아 스타이넘(사회기관단체인) 저 / 최종희 역 / 국민출판

▶ 『댓글부대』

　일단 단숨에 읽히는 점이 높이 살 만하다. 상상과 창작은 경험을 토대로 만들어지기도 하기에 픽션과 팩트의 경계선 같은 느낌이다. 가짜뉴스, 선동뉴스를 진짜 조심해야 한다. 양쪽 입장 확인, 팩트체크 하기. 책을 읽으며 그의 HJ가 궁금해진다. 여전히.

▶ 『꼴』

　'인간 사회는 얼굴이 지배한다.' 이 한 문장이 이 책을 요약해 주

는 듯하다. 너무 재미있게 읽었다. 사주와 관상을 잘 믿진 않지만 적용할 부분이 많다. 그간 살아온 삶이 훗날 얼굴 인상으로 남는다는 말에 웃고 지내야겠다는 동기부여를 해 줬고, 살은 돈이라는 말에 마음에 여유가 생겼다.

▶『침착』

불안과 원망이 많아지고 내가 왜 이렇게 찌질해졌나 하는 생각이 들 때 꺼내 보면 좋은 심플한 지침서다. *불안은 예고 없이 찾아온 불청객이 아니라 '불러 들인 감정'이라는 내용이 신선했다.* 외부에서 행복을 찾는 게 아닌 '내면'에서 스스로 행복 찾기, 지금부터 시작해야 하는 이유다.

▶『피로사회』

책의 두께는 얇지만 쉽게 읽히지 않는 심오한 책이다. 긍정성의 과잉 사회에서 우울증에 대한 그의 제시가 신선했다. 하긴 안 되는 건 누군가는 안 된다고 말해야 하는데 자꾸만 '된다, 된다'고 하면 못 하는 자신이 이상해진다. 사색적이고 단순하게 살고 싶다.

▶『셀프 혁명』

"그 진실은 내가 나 자신을 포함해 여성과 관련된 건 뭐든지 진지하게 바라보지 않으려는 사회적 시각을 그대로 받아들여 내면화했기 때문이다. 자긍심이 낮아서였을 뿐이지 결코 논리적인 시각은 아니었다."라는 본문의 문장이 가장 기억에 남고 자긍심이란 단어가 가슴속으로 들어왔다.

또한 "우리 내부에 있는 우주적 자아를 깨닫는다면 누가 무엇을 언제 두려워하거나 숭배할 일이 있을까?"라는 본문의 내용처럼 앞으로 양자간 균형잡기, 두려움 몰아내기, 명상, 기도, 창작 활동에 힘써야겠다.

〈 10월에 읽은 책 〉

☐ 『시크:하다』
　　조승연(작가) 저 / 와이즈베리

☐ 『코뿔소의 성공 II』
　　스코트 알렉산더 저 / 도서출판 나라

☐ 『엄마의 골목』
　　김탁환(소설가) 저 / 난다

☐ 『수능대신 세계일주』
　　박웅 저 / 상상출판

☐ 『혼자서 완전하게』
　　이숙명(칼럼니스트) 저 / 북라이프

▶『시크:하다』

조승연 작가의 강연을 들어 본 적 있는데 역시 매력이 넘치는 사람이다. 이 책 또한 복잡하지 않고 가볍게, 프랑스식 사고방식 등을 알고 싶어서 선택했다. '다른 것'에 대해 인풋이라도 얻고자 한다면 읽기 좋은 책이다. 우리 아들도 취향이 뚜렷하고 섹시하게 키우고 싶다. 서로 다른 의견을 존중하면서도 자신의 생각을 잘 표현하는 주체적인 사람이 되면 좋겠다.

▶『코뿔소의 성공 II 』

이 책은 동묘 구제시장에 놀러 갔을 때 헌책방에서 고른 책이다. 몇십 년 전 유행했던 자기계발서 같은데, 지금 나의 상황에서는 절묘하게 어울리는 책이다. 소가 되지 말고 코뿔소가 되어야 함을 강조하는 책으로 창업 등 새로운 일을 하는데 있어서 '동기부여'와 '도전정신'을 갖게 해 준다.

▶『엄마의 골목』

유독 좋아하는 작가들이 있다. 이유는 제각각이지만 그중 하나가 '김탁환' 작가이다. 언제부터 좋아하게 됐는지는 모르겠지만, 예전에 우연히 본 문화잡지 「1/n」을 창간해 주간을 맡았던 그를 안 뒤부터다. 김탁환 작가의 문장이 좋다.

이 책은 우연히 발견했던 책이다. 몇몇 문장들이 좋아 사진을 찍고 메모를 해 놓았는데 이번에 구매해서 읽었다. 기회가 된다면 나도 우리 '엄마'에 대한 이야기를 써 보고 싶다.

▶『수능대신 세계일주』

나는 저 나이 때 무슨 생각을 했던가. 저자는 지금 이 책을 보고 무슨 생각을 할 것인가. '그땐 그런 생각을 했었구나'라고 생각할지도 모르겠다. 어린 나이에 경험을 통한 인사이트가 훌륭하다.

▶『혼자서 완전하게』

미혼뿐만 아니라 기혼, 그리고 애 엄마에게도 유용한 책이다. 고로 선택은 신중히, 진정한 욕구를 발견했으면 한다. 선택에는 책임을 지는 게 어른의 자세겠지. 중간중간 킥킥거리고 웃었다. 작가가 본 영화들을 하나씩 봐야겠다.

나는 언제나 나의 바깥에서 힘과 자신감을 찾았지만,
그것들은 항상 나의 내부에 있었다.

안나 프로이트

10

엄마가 된 뒤,
친정 엄마와 함께하는 '호캉스'

#호캉스

비슷한 캐릭터로
상처를 주고 받다

안식년의 마지막 버킷리스트는 바로 친정 엄마와 함께하는 호캉스다. 57년 닭띠인 엄마와 나는 어찌 보면 비슷해서 싸우고 캐릭터가 겹친다. 아빠는 받아 주는 스타일이고 엄마와 나는 자기주장이 있는 스타일이라 서로의 요구가 충돌될 때는 쉽게 양보되지 않는다.

예전부터 나는 엄마에게 "진짜 엄마, 딸 관계 아니고 우리가 회사에서 만났으면 나는 벌써 사표 냈을 거야."라는 말을 자주 했고 엄마도 마찬가지라고 말했다. 나와 엄마는 바로 이런 사이였다.

서로 책임감이 강하고 상대를 생각하며 많은 것을 해 주지만 엄마는 본인을 받아 줄 '따뜻한 딸'을 원해 왔고, 나 또한 혈기 많고 피곤한 나를 푸근하게 받아 줄 '따뜻한 엄마'를 원해 왔다. 그런 이유들로 인해 우리는 본의 아니게 상처를 주고 받았다. 나는 세 자매 중 둘째인 엄마를 첫째 이모와 막내 이모와 비교하며 정말 독특하다고 말해 왔다. 엄마 또한 '엄마 친구 딸'들과 나를 비교하며 별종 취급하기도 했다. 내가 아들을 낳고 지금까지 키우는 과정을 겪지 않았더라면, 나는 아직도 엄마를 이해하지 못했을지도 모른다.

모든 집마다 각자의 스토리가 있고 희로애락이 있겠다. 우리집은 청소년기 시절 아빠의 업종 변경으로 인해 한동안 어려움을 겪었다. 그 시절 엄마와의 추억은 좋은 기억보다는 안 좋은 기억이 더 많이 남아 있다.

비교적 말 잘 듣고 알아서 척척척 착한 딸이었던 나는 엄마의 감정의 쓰레받기가 되는 일도 많았다. 어떤 날은 이유를 알 듯도, 어떤 날은 엄마가 화가 나서, 어떤 날은 그냥 얻어걸려서 그랬다고 나름 추측했다. 그런저런 이유로 나는 마음속으로 엄마를 미워했는지도 모르겠다. 나는 엄마에게 큰 걸 바라지 않았다. 그저 진취적으로 노력하는 나에게 '따뜻한 지지와 응원'을 바랐던 것이 다인데 그 당시엔 그러지 못했다. 중학교 때부터 대학 입학 전까지는 엄마와 사이가 좋지도 나쁘지도 않은 적절한 거리를 유지했다. 대학에 들어간 뒤 엄마는 "네가, 대학 가더니 완전히 변했다."는 말을 자주 했다.

사실, 내가 변했다기보다는 그전에는 집안 분위기상 할말을 직접 하지 않고 일기에 적었고 대학생이 된 이후에는 하고 싶은 말을 표현했을 뿐인데 엄마는 그렇게 느꼈나 보다. 대학 시절은, 엄마와 가장 사이가 안 좋은 시기였던 것 같다. 이때는 아마 엄마의 인생에서 가장

힘든 시기였을 것이다. 집안의 대소사를 잘 공유해 주지 않았기에 우리집이 얼마나 어려운 상황이었는지 가늠할 수 없었다. 그냥 좀 어렵겠거니 생각만 하고 있었다. 엄마는 이때가 내가 제일 필요한 시기였을 텐데, 나는 나만의 세계를 창조하느라 너무 바쁘고 즐겁게 보낸 시기다.

엄마가 조금 더 표현을 잘했다면 내가 약간이라도 눈치챌 수 있었겠지만, 나 또한 그런 감이 없어 그저 엄마가 툭하면 나에게 짜증을 내고 비난하고, 부딪힌다고만 생각했다. 마음속으로 엄마를 원망하고 짜증내며, 빨리 독립하겠다고 결심했다.

취업 후 엄마와 절친되다

그런데 엄마와 인사조차 나눌 시간 없이 바쁘게 지내던 나는, 취업 이후 상황이 역전됐다. 어학연수로 뉴질랜드에 6개월 다녀온 뒤, 마지막 4학년을 부적응의 시기로 보내고 길게 방황했다.

높은 이상과 불만족스러운 현실의 차이 속에서 나는 더 방황했다. 그러다 힘들게 취업한 첫 회사를 다니면서부터 나는 엄마와 서서히 사이가 좋아졌고 절친이 되어 갔다. 당시 내 기대치보다는 낮은 회사에 첫 취업을 했다. 나는 그 회사를 다닐 동안 내 일에는 누구보다 최선을 다했다. 하지만 나는 이곳을 빨리 떠날 사람이라는 생각에 함께하는 동료들에게는 마음을 주지 않았다. 그곳에 온전히 뿌리내리지 못한 것이다. 열정만으로도 충분했던 대학 시절과는 달리 회사에서는 열정을 낼수록 지적을 받고 상의 부족이라는 말을 듣기도 했다. 처음에는 친한 친구들에게 회사 생활의 고충과 상사의 뒷담화를 했으나 한계가 있었다. 어느 시점 이후부터 이러한 힘겨움을 말할 사람이 '엄마'밖에 없었다.

엄마가 가장 힘들었던 시절에 나는 엄마에게 나의 관심과 시간을 전혀 내어 주지 않았지만, 엄마는 내가 SOS를 칠 때마다 열일을 마다하고 내게 달려와 줬다.

그렇게 수원역에서 영화도 보고, 커피도 마시고, 대화하다 또 싸우기도 했지만 함께 시간을 많이 보냈다. 앞에서 밝혔듯이, 캐릭터가 겹치다 보니 가끔씩 갈등의 상황들도 있었지만 그전과 비교해 보면 모녀 관계가 날이 갈수록 좋아졌다. 그 당시 애인도 없던 나는 건어물녀처럼 집에 머물며 엄마랑 많은 대화를 했다. 그 후 이직과 연애, 결혼의 인생 중대사를 경험하며 나는 잠시 독립했었다. 애 낳기 전까지 말이다.

신혼살림은 길음역 근처에서 시작했으나 임신 후 수원인 친정과 가까운 사당으로 이사를 갔다. 출산 후 1년 정도는 주 1회 엄마가 집으로 와서 아들을 봐주고 살림을 도와줬다. 그때 나는 육아휴직 중이었고 집에 갇혀 있느라 극심한 산후우울증에 시달렸었다. 그때마다 왕복 3시간 이상의 거리에도 불구하고 항상 양손 무겁게 음식을 싸오고 집에 오면 청소와 설거지, 요리해 주고 손주까지 봐준 게 바로 나의 '엄마'다. 엄마가 오면 나는 다시 예전처럼 신문을 보며 커피를 마셨다.

그러다 아들의 돌 이후 나는 재취업을 위해 친정 근처로 이사를 갔고, 엄마는 2년여 동안 아들의 등원과 하원을 담당하며 나를 도와줬다. *그런데, 놀라운 건 엄마는 일을 하고 있었다는 것이다. 본인의 일도 무척이나 많은데 강인한 책임감으로 나의 경력 단절을 막기 위해, 나를 사랑하는 마음으로 손주까지 봐주신 거다.* 친정집 근처에 산 그 시절에는 엄마로부터 큰 도움을 받았으나, 겹치는 캐릭터와 엄마의 강한 말투, 다른 육아 방식 등으로 인해 서로 상처를 주기도 했다. 매우 고마웠지만, 그만큼 힘들기도 한 시절이었다.

『몸에 밴 어린시절』이라는 책에서 W.휴 미실다인이 말한 내용이 아들을 낳고서야 이해되기 시작했다.

"어쨌든 간에 이제 우리는 성장했으며, 우리의 부모를 어렸을 때 생각했던 것처럼 그렇게 전지전능한 존재가 아니라 있는 모습 그대로 파악할 수 있게 되었다. 이제 우리는 우리의 부모들 역시 여느 사람들과 다를 바 없이 그들 나름의 문제를 지니고 사는 평범한 인간으로 보게 되었다. 물론 그들은 우리를 키우면서 어느 면에서는 실수도 하였지만, 그러나 그들의 입장에서는 자기들이 이해한 바에 따라서 최선을 다한 것이다. 휘트먼이 지적한 대로, 부모들은 "이 아이에게 출산보다도 더 값진 그들 자신을 주었다." 곧, "그들은 이후로도 날마다 주었으며, 아이의 한 부분이 되었다."

-『몸에 밴 어린 시절』, 가톨릭출판사

한 아이의 엄마가 되어 보니, 그럼에도 불구하고 우리 엄마도 온몸과 마음을 바쳐 최선을 다해 나를 키웠겠다는 생각이 들었다. 비록 환경과 양육방식이 내가 원하는 스타일이 아닐지라도 엄마는 내게 최선이 아닌 적이 단 한 번도 없었다.

〈안식년 프로젝트〉를 하려고 했을 때 생각났던 버킷리스트 중 엄마와 호캉스는 그런 이유들로 생각이 났다. 나는 이제 어렸을 때 꿈꾸던 엄마와의 데이트를 직접 계획할 수 있을 만큼 컸다. 결혼도 했고 한 아이의 엄마도 됐다. 가족 뒷바라지로 헌신하느라 어느새 환갑이 넘어 버린 엄마에게 작은 선물을 주고 싶었다. 그동안 모녀끼리 다정히 여행을 간 경험도 전무하기에 이번 '호캉스'를 통해 돈독한 모녀 데이트를 꿈꿔 봤다.

'아들'이 딸린, 모녀 호캉스

계획은 야심차게 세웠으나 현실은 '현실'이었다. 아들의 등, 하원을 담당하는 나와 일하는 엄마의 휴일을 맞추기가 쉽지 않았다. 개천절이 낀 10월 2~3일(화, 수) 조선호텔로 숙박을 예약했고 아들도 함께하기로 했다. 체크인 날인 화요일에는 다같이 수영하고 놀다가, 근처에서 일하는 남편이 퇴근 후 개천절 휴일까지 아들을 돌보기로 했다. 계획했던 단독 모녀 1박 2일 호캉스는 아니었지만, 변경된 일정으로 버킷리스트를 진행했다.

가끔은 우리 아들이 부러울 때가 있다. 아직 다섯 살 밖에 안 됐는데 호텔도 몇 번이나 가 보고 뷔페나 호텔 수영장도 이용해 보니 말이다. 택시를 불러서 조선호텔 앞에서 내리는데 가장 신난 건 '아들'이었다. 딸인 나와, 손자인 아들, 그리고 할머니인 엄마까지 삼대가 함께 체크인을 하러 갔다.

체크인 뒤 저녁식사 전까지 수영을 하기 위해 수영장으로 갔다. 제일 신이 난 아들은 환호성을 지르며 한껏 흥분했고 엄마도 좋아하는 눈치라 안심이 됐다. 수영장에서 즐거운 시간을 보내고 5시가 좀 넘어 숙소로 돌아온 뒤 샤워를 하고 남편에게 아들을 바톤터치 할 준비를 했다.

저녁 6시 30분경 호텔 로비에서 남편에게 아들을 인계한 후 대

성통곡하는 아들이 내심 마음에 걸렸지만 엄마와 저녁을 먹으러 뷔페로 갔다. 엄마랑 단둘이 뷔페에 온 건 처음이라 신기했다. 엄마는 분위기와 음식 모두 마음에 들어 하는 눈치였다.

저녁을 먹고 배가 불러 산책을 나왔다. 원래 계획은 사우나 및 피트니스였으나 밖으로 나온 우리는 명동을 배회하며 아이쇼핑만 하다가 10시가 넘어서 다시 숙소로 갔다. 엄마랑 나의 공통점을 발견했는데, 은근히 물건 사는데 우유부단하다는 거다. 물건을 산 뒤 바꾸기도 잘하고 누군가에게 물어야 안심하고 사는 것도 똑같았다.

그날 새벽 4시까지 잠 안자고 이런저런 이야기를 했다. 옛날 이야기에서부터 아빠와 연애하고 결혼한 이야기, 그간 몰랐던 집안의 히스토리 등…. 수다 떨고 먹고 놀다 잠이 들었다.

전날 저녁을 많이 먹어 아침인데도 여전히 배가 너무 불러 소화라도 시킬 겸 엄마와 피트니스에서 한 시간 정도 운동을 했다. 엄마랑 둘이 헬스장에서 운동한 것도 처음이었다.

엄마랑은 처음인 것들이 왜 이렇게 많을까. 우린 가까이 살았지만 이런 사소한 것들조차 그간 함께하지 못했었다.

나의 버킷리스트를 위해 엄마 또한 일하다 시간을 낸 거라 마음이 많이 분주했을 것이다. 엄마가 행복해하는 모습에 기분이 좋으면서도, 앞으로 얼마나 더 이런 시간들을 함께할 수 있을지 모른다는 생각이 들었다. 여전히 서로를 사랑하면서도 표현하는 방식의 차이로 부딪히는 모녀지간. 친밀하면서도 부딪히는 게 모녀관계겠지.

'엄마'라는 이름은 참으로 위대하다. 엄마가 된 뒤 예전의 엄마 모습을 그려 본다. 그 당시 불만과 섭섭함이었던 어떤 사건을 엄마 입장에서 생각해 보니 다르게 다가온다. 가끔 엄마가 소리지르거나 혼낼 때 일기장에 적으며 곱씹었는데, 아들을 키워 보니 엄마가 나를 버리지 않은 것에도 감사해야 함을 느낀다. 화내고 난 뒤 더 늦게까지 자책하며 후회할 사람은 '엄마'라는 사실도 아이를 키우면서 알게 됐다.

수만 번 화내고, 수만 번 미안해하는 게 바로 '엄마'들 아니겠는가.

엄마는 나와의 호캉스를 어떻게 기억할까? 부디 나의 진심이 잘 전달된 좋은 기억이길 바라며, 나의 마지막 버킷리스트를 마무리한다.

*호캉스 : 휴가를 국내 호텔에서 즐기는 것으로 호텔(hotel)과 바캉스(vacance)의 합성어이다.

내가 견디며 기다리는 동안, 엄마는 그런 나를
'혼자' 바라보며 견디고 기다렸던 것이다.

김탁환 『엄마의 골목』, 난다

3장

내 삶에 어떤 변화가
일어났는가

야심차게 시작한 6개월 간의 〈안식년 프로젝트〉가 마무리 되었다. 극심한 번아웃 상태였기에 다른 선택의 여지가 없었던 건 사실이다. 여러 다른 고충도 있었지만 가장 크게 작용한 것은 바로 '내 마음 속 죄책감'이었다.

내가 일하는 것이 여러 사람에게 피해를 끼치는 건 아닐지, 그저 한낱 '욕심'으로 비춰지는 건 아닐까….

잠시 백수가 되어야 하는 그 상황에서 나를 지키고 한 단계 성장시키는 방법으로 선택한 것이 바로 〈안식년 프로젝트〉였다. *아이와의 애착도 쌓고, 유치원도 잘 보내는 시간. 내 안의 결핍과 내면 아이도 달래 주는 시간. 쉼과 재충전을 얻어 다음 스텝을 밟아가기 위한 시간.*

어느덧 시간이 흘러 퇴직금도 다 써 버리고, 버킷리스트도 다 이뤘다. 과연 이번 〈안식년 프로젝트〉는 나에게 어떤 의미가 있었던 걸까.

1
내 안의 욕구 해소 뒤
아이가 보이기 시작했다

아이와 함께 동반성장하다

〈안식년 프로젝트〉를 진행하면서 나의 욕구에 집중하고 충분히 흘려보냈다. *안식년을 보내면서 내면아이를 달래며 욕구가 많이 해소된 뒤, 그제서야 아이가 제대로 보이기 시작했다.*

그전에는 왠지 모를 억울함에 아이와 함께 있어도 온전히 집중하지 못했는데 안식년을 마친 뒤에는 아이의 욕구를 들여다보게 됐다. 그리고 그 욕구를 들어주기 위해 노력하며 충만한 시간을 보냈다.

이전에는 내 속에 내가 너무 많아서 아이가 보내는 신호를 눈치채지 못했는데 안식년 이후 비워진 나의 상태로 아이를 바라보니 아이가 보내는 신호가 제대로 느껴졌다. 아이와 웃고 울고 함께 놀고 지내다보니, 어느덧 아이와의 관계가 상당히 가까워졌다. 아이와 함께하는 시간 동안 집중해서 옆에 있어 주니 정서적으로도 전보다 많이 안정되었다.

가장 큰 변화는 아들의 손톱이 다시 자라기 시작한 것이다. 지난 몇 년간 아들은 손톱이 자라나기 무섭게 물어뜯어 잘라 줄 손톱이 없었다. 이제는 일, 이 주일에 한 번씩 하얗게 올라온 아들의 손톱을 정기적으로 잘라 준다. 오랜만에 아이의 손톱을 잘라 줄 때 정말 뭉클했다.

아빠를 더 좋아했던 아들이 가장 사랑하는 건 엄마고, 나중에 엄마랑 결혼한다고 말하니 이만하면 많이 친밀해졌다. 물론 아직도 삐치기도 하고 눈치보기도 하지만 '엄마'를 좋아하는 마음이 커진 것을 몸소 느낀다.

아이를 낳는다는 것은 굉장한 일이다. 어쩔 수 없이 단절된 시간과 공간 속에서 새로운 나, 낯선 나와 민낯으로 마주 볼 수 있는 성장의 시간이다. 그 시간은 너무 외롭고 파괴적이며 때론 피투성이가 될 만큼 고통스럽다. *그러나 그 과정 속, 나 자신과 만나며 치열하게 싸우며 분투하는 시간을 보낸 후에는 그동안 잘 알지 못했던 또 다른 나와 마주할 수 있다.*

아이가 생긴 뒤로 단기간으로 본다면 나의 커리어에는 마이너스임이 분명하다. 경력 단절된 기간 동안 수입이 없고 경력도 하향길에 접어들었다. 반면에 아이를 키우면서 생기는 새로운 장점 및 강점도 있다. 말도 통하지 않는 아이와 눈과 손발로 대화하면서 생기는 센스로 어떤 사람과도 소통할 수 있는 커뮤니케이션, 똥 기저귀 갈고 3시간 동안 정성껏 만든 이유식을 다 뱉어낼 때 생긴 인내심, 완벽하지 않고 취약점을 가진 아들을 동기부여하며 커진 상대를 보살피는 능력, 계획대로 되는 일이 없을 때가 더 많아 해탈의 경지에 이르러서 갖게 되는 '여유'까지.

비록 인생의 한 단면에서 아이를 낳고 키우는 것은 정지 상태일 수도 있겠지만, 성장의 밑거름으로 삼는다면 가치 있는 시간임에 분명하다.

이번 안식년을 통해 내면아이도 달래 주고, 내 안의 취약점도 들여다보며 내공을 키우는 시간으로 삼을 수 있었다. 포용심도 늘어나고 엄마의 마음으로 사람들을 좀 더 너그럽게 바라보게 되었다. 이전에는 나를 동력으로 삼으며 채찍질했던 나 자신에게도 조금씩 관대해졌다. 실수와 실패해도 세상 무너질 것 같이 조바심 내지 않고 그럴 수도 있다고 툭 털어 넘겨버리는 것, 이런 사소한 변화가 좋다.

나의 희생을 원하며 무언가를 자꾸만 포기해야 하는 존재로만 생각했던 우리 아들이 이토록 사랑스럽고 내 삶의 이유가 될 수 있음을 깨닫는 기간이었다.

완벽한 엄마가 아니어도 괜찮아

　사람마다 '엄마'로서 꿈꾸는 이상적인 모습이 다를 것이다. 잘 먹고, 잘 자고, 잘 싸는 아이의 기본적인 욕구를 수행하는 것도 벅찬 현실 속에서 나는 비현실적인 '완벽한 엄마'를 꿈꾸었다. 일찍 일어나 아침을 준비하고 아이의 의식주를 직접 잘 처리하는 엄마. 가족과 식사를 마치고 늦지 않게 아이를 유치원에 데려다 주는 엄마. 아이의 자존감을 살려 주며 취향을 존중해 주는 엄마. 정서적으로 안정되어 있어서 화내지 않고 평정심을 잃지 않는 엄마. 아이가 필요로 하는 순간에 언제나 달려갈 준비가 되어 있는 엄마. 자기계발을 게을리 하지 않고 발전하는 엄마. 이런 모습이 내가 꿈꾸던 '완벽한 엄마'의 모습이었다.

　그러나 현실 속 내 모습은 이랬다. 야행성이라 아침에 아들보다 늦게 일어날 때가 많은 엄마. 뒤늦게 아침 식사를 준비하느라 분주한 엄마. 먹일 반찬이 없어서 냉동실에 얼려놨던 떡을 전자레인지에 돌린 뒤 우유와 함께 주고 미안해하는 엄마. 99번 참다가 마지막 한 번에 폭발하는 엄마. 아침 먹기와 양치하기 실랑이를 벌이다 유치원 등원이 자꾸만 늦어지는 엄마. "엄마, 와 봐~"라는 아이의 요청에는 "응, 잠깐만 이거 끝내고~"라는 말로 대답할 때가 많은 엄마.

　이것이 내가 생각하는 '이상적인 엄마'와 '현실 엄마'의 차이였다. 일년에 한두 번 진행되는 소풍 같은 이벤트가 아니라 육아는 매일의 일상이기에 이러한 완벽주의 엄마상은 매일 조금씩 나를 지치게 만들었다.

나는 아들에게 괜찮다고 말해 주지 못하는 이유가 지금까지 나 자신에게도 그런 말을 해 준 적이 없기 때문이라는 걸 깨달았다. 실수를 허용하지 못하고 완벽히 해내야 한다는 고정된 생각은 내 육아에도 영향을 미치고 있었다. 내 육아가 그토록 어려웠던 이유, 바로 이 지긋지긋한 '완벽주의' 때문이었다.

그동안 비현실적인 '고정된 엄마'라는 틀에 갇혀 스스로를 억압해 왔다. *나는 현실에 존재하지 않는 동화 속 상상의 캐릭터와 스스로 경쟁했던 것이다.* 안식년을 가지면서 이러한 '완벽주의'를 조금씩 내려놨다. 완벽한 엄마가 되기 위해 즐겨 보던 육아 서적들을 잠시 덮어버렸다.

'엄마'라는 이름을 가볍게 하기 위해 현실 엄마로 사는 법을 연구했다. '나'라는 한정된 자원을 어떻게 쓰는 것이 가장 효율적인지 생각했다. 이전에는 모든 면에서 완벽하고 싶었으나 '육아 시스템'을 마련한 뒤 아웃소싱하기 시작했다. 반찬은 배달 또는 근처 반찬가게에서 아웃소싱을 했고 유치원 대소사나 하원은 가끔 아빠에게 위탁했다. 작업하느라 하원하기 어려울 것을 대비해 종일반 도중 태권도에서 픽업을 해 아이를 데리고 가게 만들었다. 일과 육아의 균형을 맞추기 위해 눈높이를 낮추고 엄마라는 단어와 친해졌다.

영국의 정신분석학자 도널드 위니캇의 '충분히 좋은 엄마'(good enough mother)라는 이론은 완벽주의를 추구하는 엄마에게 위안을 주기에 충분하다. 자식을 위해 애쓰지 않는 부모는 없겠지만 그가 말하는 '충분히 좋은 엄마'는 집에 있으면서 아이만을 위해 헌신하는 엄마가 아니다. 보통의 엄마들이 그러하듯 이번 생에 엄마가 처음이기에 양육을 하면서 실수도 하고 배우며 성장하는 엄마인 거다. 아이가 미워 보일 때 내 자식을 미워한다는 자괴감이 아닌, 사랑하면서도 때론 미워할 수도 있는 자연스러운 엄마라는 말이 왜 이리 고마울까?

그동안 시험 문제를 푸는 것처럼 정답이 있는 것도 아닌데 정답지에 나를 끼워 맞추려고 얼마나 많은 에너지를 소모했던가. 그 방법이 내 아이를 위하는 길인지도, 나를 살리는 길인지도 모르고 무턱대고 그래야 할 것 같은 마음에 지나치게 소진되었다.

이 프로젝트는 나에게 '완벽한 엄마'로서 해방을 가져다 주었다. 아이를 미워할 수도 있는 엄마, 엄마의 일이 있으면 한 끼 정도 굶겨도 큰일나지 않는 엄마로 만들어 줬다. 아들은 본인이 필요한 순간에 한걸음에 달려와서 원하는 것을 같이 해 주는 엄마가 최고일 뿐이다. 아이를 있는 그대로 바라볼 여유가 생겼고, 나 또한 완벽하지 않아도 나다운 엄마로서 아들에게 다가갈 수 있었다.

안식년 이후 나는 굉장히 자연스러워졌다. 아이와 놀면서 삐치기도 하고 아이에게 화를 내기도 하고 웃기도 하고 울기도 한다. 하지만 그런 뒤의 감정은 죄책감이 아니라 자연스러운 살아있는 느낌이다. 아들 또한 놀다가 화내고 토라지고 울고 웃는다. 그렇게 하루하루 아이와 교감하며 소통하고 살고 있다. 일 년 전 바가지 머리를 한 작고 귀여운 다섯 살 꼬마는 어느덧 어린이의 얼굴을 한 의젓한 여섯 살 형님이 되어 내 앞에서 웃고 있다.

아이의 다섯 살과 여섯 살은 출산 후 내가 가장 많이 기억하는 시간이 될 것이다. 지나간 아이의 시기는 아쉽지만 이제라도 있는 그대로 사랑스러운 아이의 모습을 똑바로 볼 수 있어서 참 좋다. 방어적으로 사랑해 오던 나에게 아가페 사랑을 알려 준 아들로 인해 나는 사랑을 배웠다. *앞으로도 완벽한 엄마는 아닐지라도 오롯이 아이와 함께하는 온전한 엄마이고 싶다.*

엄마라는 정체성이 명확해지다

나는 엄마라는 단어에 매우 민감하고 부자연스러웠다. 특히 전업주부, 전업맘이라는 단어는 넘보지 못할 산처럼 느껴졌다. 헌신적인 양육, 완벽한 살림꾼 등의 이미지를 나타내는 그 단어는 나 자신을 초라하게 만들었다.

아이를 낳고 가장 듣기 싫은 말은 '00엄마'였다. 내 이름 석자가 있는데 굳이 '00엄마'라고 불리는 건 마치 내 존재가 사라지는 느낌이었다. 강한 부정은 강한 긍정이라는 말처럼, '00엄마'라고 불리기 싫다고 생각하면 할수록 정체성이 혼란스러웠다.

그런데 안식년이 지나고 나니 나의 정체성이 뚜렷해졌다. '나'라는 존재에 확신이 생기니 '엄마'라는 이름은 자연스러워졌다. 가장 최근에 들으러 간 교육에서 나는 이렇게 말을 하고 있었다. "안녕하세요, 허성혜입니다. 저를 00엄마로 불러 주세요." 그것이 이 안식년의 큰 변화가 아닐까?

아이를 낳고 엄마가 된다는 것은, 아이 속에 함몰돼 내가 소멸되는 것이 아니라 새롭게 태어나고 아이와 함께 성장하는 것이라는 걸 깨달았다.

아들의 나이가 여섯 살이니 나 또한 지금 여섯 살이 된 셈이다. 이제는 '00엄마'라는 것에 대한 자부심과, 그것으로 인해 용기를 얻는다. 나에게 힘을 주는 소중한 존재, 그것이 바로 나의 아이다.

내가 뭔가를 줘야만 하는 존재인 줄 알았던 아들이 나에게 많은 것을 주고 있었다. 내가 아들을 키우는 줄 알았는데 아들도 나를 키우고 있었다.

엄마가 편안하고 행복한 육아를 향해

엄마가 된다는 것을, 나의 기질이나 본성이 바뀌어야 되는 걸로 생각했다. 나는 대부분의 '육아, 부모, 부부 교육' 등에 나오는 일반적인 여성에 해당되지 않는 15%의 남성성이 강한 여성이라는 것을 몰랐었다. 나를 '일반적인 여성'의 카테고리에 집어넣어 가며 수많은 선택을 했다. *교육을 들을 때 "대부분의 여성들은 이렇지만 15% 정도의 여성은 이런 게 맞지 않습니다"라는 말을 새겨들었어야 했다.*

나는 남편이 의사인 것보다 '내가' 의사여야 직성이 풀리는 유형이다. 아이를 낳았지만 아기 사진보다 '내 셀카'를 더 자주 찍는 사람이다. 나 자신이 주도권을 가지고 어떤 일을 할 때 큰 만족을 얻는 사람이다. 타인의 행복을 위한 희생과 헌신을 할 때 나는 무척 괴롭다. 이런 내가 '엄마'가 되었다고 확 바뀌진 않는 법이지만, *엄마가 된 이후 나는 내 본성을 인정하지 않고 헌신적이고 양육적인 엄마를 기준으로 많은 선택을 했다.*

헌신과 돌봄이 온몸으로 장착된 사람들의 조언을 듣고서 자아비판을 했다. 아이 똥 싸는 모습도 예쁘다는 엄마들도 있던데 나는 기저귀 가는 게 귀찮고 소아과 가는 시간이 아까웠다. 주 양육자가 3년은 아이를 키워야 한다, 아이의 어린 시절이 평생을 좌우한다, 배변 훈련 때 아이의 성격이 형성된다 등의 수많은 말들이 나를 힘들게 했다. *많은 육아 서적이나 이론들이 '엄마'의 중요성을 강조하며 엄마가 이러지 않으면 큰일 난다라는 식의 '부담'을 주고 있다.* 나 또한 이런 사회적 분위기에 휘둘려 서른 이후 직업 선택이나 아이 양육에서 많은 흔들림과 어려움이 있었다.

만약 내가 안정적인 직장을 오랫동안 다녔더라면 어땠을까? 육아휴직을 3개월 정도 짧게 하고 바로 일을 다시 시작했으면 어땠을까?, 친정 근처로 이사하지 않고 육아도우미를 처음부터 구했으면 어땠을까? 하는 생각을 해 보기도 했다.

〈안식년 프로젝트〉를 마치고 나서 또 달라진 것은, 내 아이가 특별하지 않아도 된다는 사실을 받아들였다는 데 있다. 물론, 모든 엄마의 바람이겠지만 아이가 공부도 잘하고, 리더십도 있고, 친구도 많고, 선생님 말도 잘 듣는다면 얼마나 좋을까. 알아서 제 앞가림하며 좋은 학교를 나와 대학도 잘 가고 취업도 잘해 사랑하는 사람을 만나 결혼해서 잘 살기를 바라지 않는 부모는 없을 것이다.

특히나 사건 사고가 많은 요즘은, 그저 건강하게만 자라도 다행이라는 생각을 한다. 아이가 내 도움이 필요할 때 충분히 도와주고 응원해 주고자 한다. 아이를 특별히 대하겠다는 의도로 아이 앞길에 소금을 끼얹는 행동은 하지 않을 것이다. 아이 인생의 주인공은 '아들' 본인이기에 나는 개성 있는 조연으로 서포터 해 줄 것이다.

나는 이제는 아들이 눈물을 자주 보여도, 친구들의 신발을 가지런히 가져다 놓아도, 그것을 '호구'라는 내 틀로 해석하지는 않으려고 한다. 가장 중요한 것은 아이는 나와는 다른 '분리된 존재'라는 사실을 인식했다는 점이다.

어쩌면, 그동안 아이와 나를 동일시하는 사고 패턴에서 이 프로젝트가 시작됐는지도 모른다. 아이의 눈물을 그냥 흘리는 눈물이라고 생각하지 않았고, 아이의 손가락 빠는 행동을 나 때문이라고 생각했기 때문이다. 하지만 이제는 조금 알 것 같다. 아이가 손가락을 빠는 것은 어떤 상황에서 아이가 불안하고 불편해하는 것이며 눈물을 흘리는 것은 아이의 섬세한 감수성이 밖으로 표출되는 세밀한 신호라는 것을. 내가 낳았지만 내 아이는 엄연히 나와는 다른 존재임을 인정하고 각자의 개성을 이해한다면, 우리 모자간에 더욱 행복한 일들이 많아지지 않을까. 인생에는 정답이 없고, 특히 육아에 있어서는 주변에서 옳다고 하는 것, 대다수의 전문가가 그렇다고 하는 방법일지라도 내 아이의 기질에 맞지 않고 아이가 원하지 않는다면 그것은 정답이 될 수 없을 것이다.

안식년을 경험하며 나는 '나'라는 사실을 확인했다. 엄마가 된다는 것은 나에게 새로운 분야에 진입했다는 의미이지 나 자신을 완전히 바꿔야 한다는 의미가 아니었다. 세상에는 다양한 엄마의 유형이 존재한다. 나 자신이 편안한 방법으로 형편에 맞게 하는 것이 가장 좋은 육아가 아닐까.

엄마인 내가 행복해야 아이도 행복할 수 있기에 어떤 선택의 기로에 놓였을 때 이 선택을 하는 것이 내가 진정으로 원하고 행복한지, 아이를 위한다고 하는 어떤 결정이 내가 부담을 느끼고 원하지 않는 것은 아닌지 자문자답할 것이다. 아이가 초등학교에 입학한 뒤부터는 수많은 선택지가 내 앞에 떡하니 버티고 있을 것이다. 그럼에도 내가 행복할 수 있는 수용 가능한 범위인지를 파악해서 결정하겠다고 나는 이 프로젝트를 마치며 스스로에게 다짐했다.

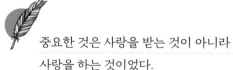

중요한 것은 사랑을 받는 것이 아니라
사랑을 하는 것이었다.

윌리엄 서머셋 모음

2

나 자신과 화해하고
온전히 수용하다

불안이 많은 맨 얼굴인 나를 인식하다

인생의 과업을 달성할 때마다 나는 또 다른 목표를 세우고 도전했었다. 마치 길을 가다 지쳐서 멈춰 있는 말에게 채찍질을 하며 한걸음 나아가게 하는 것처럼. 조련사는 가끔 당근이라도 주는데 나는 스스로에게 당근은 커녕 위로와 칭찬도 건네지 않았다. 저 멀리 앞서가는 뛰어난 누군가를 들먹이며 더욱 경쟁심을 자극할 뿐이었다.

그런 내가 안식년을 가지면서 호흡을 가다듬고 천천히 그날그날의 속도에 맞췄다. 늘 긴장 상태 속 채찍질에 익숙했던 나인데, 아무것도 하지 않아도 괜찮다고 불안한 나를 안아 줬다. 멈춰서도 괜찮다, 조금 늦어져도 괜찮다고 처음으로 말해 줬다.

'나'를 찾는다는 컨셉으로 〈안식년 프로젝트〉를 진행하면서도 '불안'은 항상 나와 함께했다. 어쩌면 퇴직금으로 내 불안을 없애 버릴 생각을 했다는 것 자체가 욕심이겠다.

죽을 때까지 인간은 불안할 수 밖에 없으며, 불안이 엄습해 올 때 그 불안을 어떻게 다스리고 대처하는지가 중요하다는 걸 배웠다. 안식년을 마치고 얻은 것도 있고 잃은 것도 있다. 다만, 나 스스로 무엇을 감당하고 책임지냐에 달렸다.

나는 지금껏 나의 '성취'를 자랑스러워한 것이지 '존재' 자체를 자랑스러워하진 않은 것 같다. 안식년은 나의 본질을 알게 해 준 시간이다. 스스로 되고자 했던 모습이 아닌, '본연의 내 모습'을 발견할 수 있었다. 내가 무엇을 좋아하고 싫어하며 어떤 상황을 불편해하는지, 어떤 순간에 웃으며 행복해하는지 알게 되었다.

내가 행복한 순간은 외부환경에 휘둘리거나 역할의 구속에서 벗어나 내가 원하는 것을 자유롭고 신나게 거리낌없이 할 때다.

나는 이제 내 안의 순한 녀석과, 심술궂은 녀석을 모두 인정하게 되었다. 나는 이제서야 무언가를 성취하지 않아도 존재 자체를 그대로 인정하게 되었다.

나에 대한 편견이 무너지는 새로운 시간

나에게는 두 가지 편견이 있었다. 육아 체질이 아니라는 것과 운전을 못할 것이라는 것. 그 편견은 실체가 있는 것이 아닌 어려서부터 들었던 누군가의 목소리, 의견, 생각일 수도 있고 성장하면서 경험을 통해 스스로 제한한 것일 수도 있겠다. *이번 〈안식년 프로젝트〉 기간 동안 나는 이러한 편견은 스스로 만든 '감옥'이라는 것을 깨달았다.*

그 감옥에 갇혀 있으면 앞으로 나아가지 못하며, 어느 한 면은 평생 못 보고 살 수도 있다. 감옥의 창살을 손으로 열고 한 발씩 밖으로 나가면 새로운 풍경과 가능성을 맞이할 수 있다. 나에 대해 비교적 잘 안다고 생각해 왔었다. 그림은 나와는 거리가 멀고, 나는 미술을 못하는 사람이라고 생각했었다. 어렸을 때, 한 살 터울의 오빠가 내가 그리는 사람 그림을 보고 우스갯소리로 "네 그림은 발전이 없으니 그만 그려"라고 한 말에 나는 그림과는 관련 없는 사람이라고 스스로 편견을 만들었다.

그랬던 내가 안식년 기간 동안 아들과 함께 미술 놀이를 하면서 처음으로 다람쥐와 올빼미를 그려 봤다. 그린다는 행위 자체를 나와는 상관 없는 일이라고 생각했었는데, 아들의 요청으로 용기를 내보니 아들은 너무 잘 그렸다고 말해 줬다. 스스로는 한 번도 안 그려 봤을 '다람쥐와 올빼미'를 그리고 나니 미술 수업을 받고 싶다는 욕심이 생긴

다. 사람은 누구나 스스로 만든 울타리와 편견 때문에 내면의 잠재력이 펴보지도 못한 채 꺾이고 있다. 그래서 조금 비틀어 낯설게 나를 바라보는 훈련이 필요하다.

나는 못할 것이라는 생각을 내려놓고 완벽하지 않더라도 용기를 내 시도해 보면 실패하더라도 두 번째 실행할 기회가 생긴다. 그렇게 한두 번 하다 보면 점점 수월해지며 원하는 목표에 도달할 수 있다. 내 안의 편견을 깨부수면 수많은 가능성이 나를 찾아온다는 사실을 이번 안식년을 통해 경험했다.

누군가의 딸, 아내, 엄마도 아닌 '나'로 홀로서기

비교적 호기심 많고 잔잔한 기쁨이 많던 내게 수심이 가득 찼던 이유. 알 수 없는 답답함과 초조함, 가슴 속 깊은 곳부터 끓어 오르는 내면의 분노와 부자연스러움의 이유. 36년을 살면서도 잘 몰랐던 그 이유를 안식년을 진행하며 깨닫게 되었다.

나는, 아주 오래 전부터 나의 이름 석자가 아닌 '내 옆의 누군가의 무엇'의 정체성으로 나를 바라았다. 엄마의 딸, 아빠의 딸, 오빠의 동생, 남편의 아내, 아들의 엄마….

부모님의 일이 잘 안 풀리는 것에 내가 왜 그토록 민감했었는지 나는 이제야 알 것 같다. 결혼 이후에는 그러한 대상이 남편으로 옮겨갔다. 남편과의 관계, 표정들이 내가 원하는 모습일 때에는 나의 이미지에 문제가 없었다. 그런데 남편과의 불화, 남편의 표정과 자세가 좋지 않거나 내가 싫어하는 행동을 하는 모습을 볼 때면 나는 유난히 그 모습을 못 견뎌 했다.

남편의 실패, 실망, 건강의 이상, 하소연, 무너진 자존감, 우울, 피로 등을 나는 온몸으로 받고 있었다. 남편과 나는 엄연히 다른 존재인데 분리되지 못하고 상대방의 상태와 감정에 따라 휘둘렸었다. 그랬기에 상대방의 표정, 인간관계, 말 한마디에 지나치게 예민했고 통제하고자 부단히 애썼다. 더 나아가 상대방을 바꾸기 위해 수많은 에너지와 노력을 기울였다. 아들은 또 어떤가. 아들의 짜증과 공격에 유달리 민감하게 반응하며 애처럼 싸우는 모습을 보였던 이유, 나는 아들의 엄마로서 나를 바라보았기 때문이다. *누구보다 독립적이라고 자신만만하던 나는 사실 내 주변의 누군가에 '종속'되어 살아왔던 것이다.*

대화를 할 때면 이런 말을 많이 했었다.

"아빠가 그러는데 0000", "엄마가 00라는데?", "남편은 000라던데요?", "아들이 00래요."

나를 명명할 수 있는 사람은 나인데, 그간 내 이름 석자가 아닌 주변 사람들의 입을 통해 나를 봐 왔었다는 사실을 뒤늦게 깨달았다. 지금까지 나는 내 옆에 있는 중요한 사람의 대상이 바뀔 때마다 다른 사람으로 존재했다.

나를 좋게 본 이들 옆에서는 매력이 넘치고 사랑이 가득한 사람, 생기발랄하며 여성스러운 사람, 마음이 약하고 정이 많고 도움이 필요한 사람, 비타민처럼 열정과 에너지가 가득한 사람이 되었다. 반면에 나의 반대의 면을 본 사람들에게는 이기적이고 자기중심적인 사람, 욕심이 많은 사람, 분노의 눈물만을 갖고 있는 사람으로 존재했다.

그러나 안식년을 마치며, 사람들은 자신이 갖고 있는 것을 타인에게 투시해 자기 목소리로 이야기 한다는 것을 깨달았다. 나는 이제 자신 있게 말할 수 있다. 나는 사랑이 충만하고 기쁨으로 가득 찬 싱그럽고 미소가 많은 사람이라는 것을. 생의 의지를 갖고 현재를 더 나은 삶으로 바꾸기 위해 부단히 노력하고 성장하는 사람이라는 것을. 문제의 원인을 밖에서 찾기보다는 안에서 찾아서 스스로를 성찰하고 변화시키는 능동적인 사람이라는 것을. 나는 내 주변 사람들의 눈에 비친 '나의 이미지'가 아닌 '나'라는 사실을.

우주의 중심으로 살고 싶었던 나, 이제 주변으로 내려오다

나는 그동안 얼마나 많이 '우주의 중심'에 서고자 노력해 왔는지 느낄 수 있었다. 나를 사로잡아 온 것은 '존재감', '중요한 사람 되기'였다. '특별하고 싶은' 내 욕구는 조직에서도, 결혼과 출산 후 가정에서도 계속되었다. 재취업 후 겪었던 여러 어려움들도 외부 요인도 있겠으나 나의 자기중심적 사고방식에서도 비롯됐겠다.

무엇 때문에 특별함을 추구하려고 하는지 발견하는데 오래 걸렸다. 안식년 전에는 내가 존재감을 드러내고 중요한 사람으로 인정받고 싶어 한다는 것까지는 인식했다. 안식년을 가지면서 상담을 받고 아들러 심리분석 교육 등을 들으면서 어린 시절의 어떠한 기억들이 무의식으로 잠든 후 그것들을 보상받기 위한 생존전략으로 '특별함'을 추구한다는 실마리를 발견했다.

문득 유년 시절의 좋지 않은 기억들이 떠올랐다. 어릴 적 명절에 한두 번 시골에 내려가면 항상 할아버지는 내가 첫째 손녀인지, 둘째 손녀인지 헷갈려 하셨다. 성장기의 어린이들이 많이 변하기에 그럴 수도 있겠지만, 갈 때마다 그렇게 말하는 할아버지의 기억이 가슴 한켠에 묻혀 있었다.

초등학교 4학년 때 아빠에게 처음으로 선물 받은 미녀와 야수 책을 반에서 노는 친구에게 빌려줬었다. 몇 번씩 책을 돌려달라고 말했는데도 주지 않아서, 결국 어느 날 하교 후 그 친구 집 앞까지 가서 책을 돌려받았다. 그런데 돌려받은 책은 빌려줄 때의 새 책이 아닌, 너덜거리는 헌책이 되어 있었다. 그 친구의 집에 책을 가지러 가고 문 밖에서 기다릴 때 느꼈던 감정은 초라함과 비참함이었다. 내 책을 돌려받는 것도 왜 이렇게 힘이 드는지 생각하면서 아마도 내가 중요한 사람이 아니라서, 존재감이 부족해서 그런 거라고 해석했다.

초등학생 시절 휴일에 가족끼리 놀이공원을 가려고 했을 때의 일도 기억난다. 운동화를 신고 나가다 갑자기 빨간 구두를 신고 싶어서 잠시 머뭇거렸는데, 나로 인해 부모님이 크게 싸우고 그날 놀이공원을 못 가게 됐다. 나는 그냥 빨간 구두를 신고 놀이공원에 가고 싶었을 뿐인데… 내가 그냥 운동화를 신었더라면 가족끼리 행복하게 놀이공원에서 놀 수 있었을 텐데 라는 죄책감에 시달렸다.

'중요한 사람', '존재감이 있는 사람', '특별한 사람'이라는 모토로 인해 불필요한 행동과 리액션을 하고 한계를 받아들이지 않으려고 했다. 인간관계에 지나치게 신경 쓰며 시간과 에너지를 쏟았다. 내가 원하는 피드백을 받지 못하면 더욱 중요한 사람이 되기 위해 앞장서서 그들의 일을 해결해 주고 열과 성을 다했다. 나는 부리기 쉬운 사람이었다. 여러 방법을 통해 "넌 나에게 중요한 사람이야."라는 메시지를 보내면 나는 스스로 뭐든지 해 주려고 앞장섰다.

'일'을 하고자 한 것, '커리어우먼'이 아닌 정체성을 받아들이지 못한 것도 일 자체가 좋아서였을까, 아니면 일을 통해 '중요한 사람'이 되고 싶었던 것일까. 안식년을 가지며 내면 성찰을 한 후 *내가 기억하고 있던 초라한 기억들에서 벗어나 나는 충분히 사랑받고 소중한 존재였다는 것을 이제는 알게 됐다.*

내 입장에서 해석한 몇몇의 기억들은 타인의 입장에서 기억을 재해석한 뒤 놀랄 만큼 느낌이 변했다. 초라하고 부족하다는 느낌은 충만하고 사랑받는 느낌으로 가득해졌다. 이제는 조금 덜 특별해도 괜찮을 것 같다. 주인공이 아니라도 괜찮은 나를 받아들일 준비가 되었다.

결핍은 상처가 아닌 고유의 내 무늬

나의 결핍은 잦은 이사와 전학으로 인한 '정착하지 못함', 부모님의 통제로 인한 '자유롭지 못함', 상황으로 인한 '꿈꿨던 것을 실행하지 못함' 등이다. 현재를 충실히 살지 못하니 지나간 과거의 일들도 원망 투성이로 보였었다.

초등학교 3학년, 중학교 1학년, 고등학교 3학년에 정착하지 못하고 전학을 다닌 경험은 나의 아들에게는 초, 중, 고를 한곳에 정착해 보내고 싶은 강렬한 욕구로 탈바꿈했다. 나를 필요로 하는 사람들을 외면하지 못해 하고 싶었던 것들을 포기했던 나의 경험은 아들에게는 자유롭게 무엇이든지 해 주고 싶게 만들었다. *과거의 경험은 나의 발목을 잡고 늘어졌었다.* 나에게는 꼭 필요하지 않은 것들인데도 뭔가 더 가지지 못하면 '지는 것'이라는 잘못된 인식으로 벌어진 과거의 일들이 스쳐 지나갔다.

나는 다양한 아르바이트를 하며 좋은 사람들과 어우러지며 소통하는 법을 배웠다. 친오빠의 고3 수험생 생활을 뒷바라지하기 위해 서울과 부천을 오가던 1호선 전철에서 삼육구 게임을 하던 대학생들을 보며 대학 입학에 대한 동기부여를 받았다. 물리적으로 공부할 시간은 부족했지만 강력한 동기부여로 인해 더욱 열심히 공부할 수 있었다. 원치는 않았지만 이사와 전학을 다니며 나는 어디에서나 금방 적응하며 새로운 친구를 사귀는 법을 배웠다. 먼저 다가가기를 주저하지 않고 잘못된 상황이 발생하면 해결하고 오해를 푸는 법을 배웠다. 생활력이 강해졌고 어디에 내놔도 살아남을 근성을 키웠다. 쉽게 주눅들지 않고 당당하게 목소리를 내며 나를 지켜왔다.

청소년기부터 아르바이트를 한 경험이 고생이 아닌 나를 키운 성장의 동력이었다는 것을 너무 늦게 깨달았다. 상처받은 줄로만 알았던 것들이 나의 경험을 넓혀 주고 내면을 단단하게 만들어 준 비료였다는 것을 잊고 있었다.

나는 이러한 결핍들로 인해 얻게 된 나의 '삶의 흔적'들을 지나

치게 과소평가하고 있었다. 비록 그 시작은 결핍과 상처였지만 삶이

라는 무대에서 오롯이 살아낸 뒤 그것들은 나의 '무늬'가 되었다.

당신 자신을 창조하라.
스스로를 자신의 시가 되게 하라.

오스카 와일드

3

타인에게 휘둘리지 않고
관계를 재정립하다

새로운 패턴으로 인간관계를 리모델링하다

나는 안식년을 가지면서 내가 생각하는 '관계'를 재정의하고 힘을 빼고 패턴을 바꿨다. 나는 같이 가지고 있기 어려운 '사교성'과 '절친' 테마가 상위 TOP 10에 들어 있는 독특한 사람이다. '사교성(WOO)' 테마는 낯선 사람이 어렵지 않고 새로운 사람을 만나는 것에 즐거움을 느끼고 관계 맺는 것에서 큰 즐거움을 얻는 유형이다. '절친(Relator)' 테마는 사람을 깊이 알아가고 관계가 이미 형성이 되면 더 친밀해지고자 노력한다. 이렇게 강점 진단에서 '사교성' 테마와 '절친' 테마가 상위에 있는 경우는 많지 않다고 한다.

새로운 사람을 만나고 지인들과 교류하는 것을 좋아하기에 에너지의 많은 부분을 사람과의 관계에 쏟아왔다. 한 번 친해진 지인과는 몇십 년 동안 우정을 지속한다. 잦은 이사와 전학으로 어린 시절 친구는 연락이 많이 끊겼지만, 중학교, 고등학교, 대학 시절의 친한 친구들과는 지금까지도 좋은 관계를 맺고 있다. 비교적 내 일이 잘 풀렸을 때는 사람들과의 소통이 어렵지 않았다. 절친들과도 서로의 기쁨을 함께 축하해 주며 슬픔을 나누고 위로해 왔다. *그러나 30대가 되어 각자의 라이프스타일이 달라지면서 그전의 기쁘기만 했던 소통들은 가끔씩 서로에게 아픔을 주기도 했다.*

결혼 후 아이를 낳은 친구들과는 더욱 공감대가 늘어나면서 삶의 애환을 함께 나눴다. 반면, 정말 친한 친구였으나 아직 일하는 미혼의 친구들과는 점차 보이지 않는 벽이 생겨났다. 그들의 입장에서 나의 푸념은 이미 가진 자의 넋두리일 뿐이고, 그들의 애환은 나는 공감할 수 없는 희망 사항이 되어 버렸기 때문이다. 그럼에도 서로 함께 해 온 추억이 있기에 관계의 거리를 유지하며 크고 작은 배려를 하고 있다.

나는 지금 삶의 과제에 허덕이는 30대 중, 후반을 지나고 있고 내 주변의 지인들도 그러하다. 모두가 하루하루 살아내기 버거운데 나는 여전히 중학생 소녀처럼 상대방에게 많은 것을 기대하며 무언가를 해 주고, 그 기대치가 채워지지 않으면 혼자 오해하고 실망해 버린다. 특별히 아끼는 사람들의 인생 과제에 너무 깊숙하게 개입해 관계가 악화되기도 했고, 내 인생 과제에 상대방을 끼워 넣어서 모두에게 안 좋은 결과가 나오기도 했다.

안식년 동안 관계들이 깨지고, 다시 연결되거나 새롭게 맺어지기도 했다. 깨어진 관계들에 마음이 쓰린 것은 어쩔 수가 없다. 나와 전혀 상관없는 사람들이 아닌, 누구보다 더 아끼고 좋아했던 사람들과의 균열은 나의 가슴 한쪽을 아리게 한다. 그런 사람들이 하나둘씩 늘면서 나 또한 스스로를 점검했다. *내가 지인이라고 생각하는 사람들에게 유독 촘촘한 필터를 작동시켜 서운함이 생겼고 나의 높은 기대치가 수많은 관계를 깼다는 것을 깨달았다.*

이전에는 등산을 한다고 치면 나는 항상 늦게 오는 친구를 위해 비타민을 챙겨가거나, 뒤쳐지는 친구에게 손을 내밀어 줬다. 때론 힘들어 하는 친구를 도와가며 올라가기도 했다. 그러나 안식년을 가진 뒤 등산에 대한 인식을 바꿨다.

나를 존중하고 아껴 주며, 나와의 보폭을 적당히 맞추며 함께 올라가는 사람들을 내 삶 속에 남겨두려고 한다. 좋아하는 사람들을 위해 하산하거나, 목표를 바꾸거나 먼저 가서 손잡아 주려고 애쓰지 않을 것이다. 나를 끌어 주기를 기대하지 않고 비슷한 보폭과 공통의 관심사로, 서로를 존중하는 사람들을 옆에 두며 따로 또 같이 그렇게 걸을 것이다.

앞으로는 관계의 적당한 거리를 유지하며 나와 타자를 구별해 좋아하고 사랑한다는 이유로 그들의 인생 과제를 대신 해결해 주지 않을 것이다. 참고 지내는 관계는 작은 사건에서 급격히 관계가 깨질 수 있음을 경험한 후 그때그때 피드백하고 넘어가는 것이 긍정적인 관계 유지의 지름길이라는 것을 깨달았다.

또한, 좋은 사람으로 인정받고자 타인을 위해 잔다르크가 되지 않고 나 자신을 위해서 잔다르크가 될 것이다.

쿨하고 정중하게 NO하는 연습하기

나는 거절에 익숙하지 않다. 이렇게 말하면 주변 사람들은 의아해할지도 모른다. 사실, '일'에 있어서 업무적으로는 냉철하게 NO를 잘 했지만 '관계'에 있어서는 쉽게 거절하지 못했다. 내가 좋아하는 사람, 호감 있는 사람, 신세를 지고 있는 사람이 무언가를 요청하면 일단 YES라 대답했다. 그리고 속으로 그러면 안 되는 상황을 떠올리며 어떻게 다시 거절할지 뒤늦은 고민에 빠졌다. 그러다 타이밍을 놓쳐서 애매한 경우가 많았다. 나에게 도움이 될 것 같은 일에도 쉽게 거절하지 못했다. 일단 해 보겠다고 자신 있게 말하며 기존에 짜여진 스케줄을 조정하는 무리수를 두기도 했다.

상대방과의 관계가 어색해질까 봐 거절이 어려웠다. '관계 중심'의 삶을 살아온 나에게 있어서 애매하거나 서먹한 관계는 뭔가 풀어야 할 숙제처럼 다가왔다. 그래서 사전에 그러한 상황을 만들지 않기 위해 갖은 몸부림을 쳤던 것이다. *그러나 나에게 무게중심을 두면서 그동안 내가 얼마나 많이 흔들리고 휘둘렸는지를 알게 되었다. 나의 목표와 필요가 의사 결정의 기준이 되지 않았음을 깨달았다.*

나는 이제 '좋은 기회'라는 말에 무작정 제안을 받아들이지 않는다. 앞으로는 개인적인 부탁을 받은 경우에도, 아무리 친한 사이라도 내가 감당할 수 없는 것들은 경계를 지키겠다고 다짐했다. 감당할 수 없는 일들, 꼭 필요하지 않은 일들, 내 일정을 바꾸면서까지 상대방을 위해 하려는 일들에 대해서도 NO라고 말할 것이다.

평소 내가 꿈꾸는 모습의 청사진을 세부적으로 그려 놓고 그것에 어울리지 않는 활동이나 교육, 모임 참석 등은 과감하게 거절하는 연습을 하기 시작했다. 나의 시간과 열정을 앞으로는 내 꿈과 상관있는 활동에 쓰려고 한다. '적합한 제안'의 경우 수락하고 '적합하지 않은 제안'은 공손히 거절하는 것이 향후 나의 목표다.

비난과 갈등의 모녀관계에서 이해와 수용의 지지관계로

짧다면 짧은 안식년 이후 엄마와의 관계도 조금씩 달라지고 있다. 그동안 내 안에서 강력하게 나를 억누르던 완벽주의의 목소리가 조금씩 사라지기 시작하자 나는 같은 상황에서도 다른 면을 발견할 여유가 생겼다. *어떻게 그럴 수 있냐고 분노하고 일기장에 써 오던 하나하나의 사건들을 재해석하며, 그 상황에서는 그럴 수 밖에 없었겠다는 이해와 공감이 생겨났다.* 또한 엄마의 짜증, 화, 분노의 감정에 대해서도 그것을 부정적으로 바라보는 것이 아니라, '엄마가 참 힘들었겠구나' 하는 감정도 조금씩 생겨났다. '나의 입장'에서만 서운하게 기억하던 사건을 '엄마의 입장'에서 생각해 보니 엄마에게 고맙고 미안했다.

이제는 엄마가 나에게 서운함에 화를 내고 비난을 하고, 온갖 잔소리를 하더라도 엄마가 말하려고 하는 것을 알아차릴 수 있다. 그 모든 것들은 항상 이렇게 말하고 있는 것이다.

"엄마가, 늘 네 걱정하고 많이 사랑해."

나에게 엄마가 있어서 참 좋다. 든든하고 기댈 수 있는 엄마가 있어서 행복하다. 손주를 봐주고 근황을 나눌 수 있는 엄마가 있어서 다행이다. 늦었지만 지금부터라도 엄마를 더 이해할 수 있는 시간이 주어져서 감사하다. 뒤늦은 사춘기로 방황하는 딸을 지켜보는 환갑이 넘은 엄마에게 미안할 따름이다. 정말 하극상처럼 몇 년간 엄마와 과거의 일로 얼굴을 붉히며 비난과 원망 섞인 목소리를 그대로 뱉어냈다. 그런 말들을 온몸과 가슴으로 받았을 엄마를 생각하니 가슴이 아팠다. 이제 정말 흘려보내자.

'완벽한 엄마는 없다, 충분히 좋은 엄마만 있을 뿐,' 이 말이 다시 생각난다. 사랑하는 엄마에게, 이제 효도하는 길밖에 없다. 엄마의 마음을 다 헤아리기는 멀었지만 이제는 알 것 같다.

이렇게 같은 '여자'로서 엄마를 이해하는 걸 보니 나 또한 이렇게 정말 '엄마'가 되어가나 보다.

'엄마'는 그냥 엄마라는 것, 나 또한 그냥 엄마라는 것을 기억해야겠다. 내가 엄마에게 억압 아닌 억압을 준 존재였음을 인정하고 가슴 깊이 사과한다. 앞으로는 엄마를 있는 그대로 바라봐야겠다. 엄마 생긴 모습 그대로. 엄마의 성격 그대로. 엄마의 생각을 인정하고 존중하며….

엄마가 지켜본 딸의 안식년

딸의 안식년을 지켜보며 여러 감정들이 뒤섞였습니다. 기혼 여성 특히, 워킹맘의 현실을 보며 저 역시 엄마로서의 역할이 그 어느 것보다 소중하지만 일도 중요하다는 생각을 가지고 있었고 손주가 태어나고 딸의 열정과 능력을 알기에 경력 단절이 되지 않도록 나름대로 도움을 준다고 노력했습니다.

그러나 일을 하기에 양육 조력자로서 한계가 있었고 딸이 수원에서 거리가 먼 서울로 이사를 하고 손주가 커감에 따라 딸이 직장을 퇴사하는 모습을 지켜봤습니다. 딸은 엄마로서의 삶을 선택했으나 그것만으로는 충족하지 못하고 힘들어 했습니다.

미래를 보고 학창 시절 내내 열심히 공부하며 스펙을 키워가던 딸이었기에 일을 하지 못하는 상실감과 경력 단절에 대한 불안 등을 지켜봐야만 했습니다. 그럼에도 공부하며 준비하는 딸에게 자영업의 비전도 제시하며 위로를 주었지만 그래도 간간이 딸의 아파하는 모습을 볼 때 많이 안타까웠습니다.

그러던 중 어느 날, 브런치를 통해서 딸의 글을 접하게 되었습니다. 읽어가면서 미쳐 생각 못했던 성장 과정에서의 욕구와 상처 등 여러 내용들에 부모로서 미안하고 속상하기도 했습니다. 엄마로서 딸을 어느 정도는 안다고 생각했지만 너무도 몰랐던 것 같습니다. 특히 '육아와 일 두 마리 토끼를 잡으려다 백수되다'는 딸의 글에 그간의 노력들을 알기에 엄마로서의 내 마음도 많이 아팠습니다. 그러나 버킷리스트를 만들고, 포기하지 않고 쟁취하는 딸을 지켜보며 역시 내 딸답다고 생각했습니다.

딸이 그간 절절히 느꼈던 모든 것들이 책으로 출간된다니 정말 감사한 마음입니다. 이 시대를 살고 있는 엄마로서 느꼈던 기쁨과 또 자신에 대한 비전을 갖고 있는 젊은 여성으로서의 좌절과 극복하고자 몸부림치는 모든 과정들이 생생히 그려집니다.

이 책이 같은 상황에 있는 엄마들에게 조금이라도 도움이 되었으면 하는 바람을 가져 봅니다. 엄마로서 이제는 딸을 더 많이 응원해 줘야 할 것 같습니다.

딸아, 앞으로 기회는 얼마든지 있단다. 내 딸 화이팅!!!

배움이란 일생동안 알고 있었던 것을
어느 날 갑자기 완전히 새로운 방식으로 이해하는 것이다.

도리스 레싱

시야가 넓어지고
관점이 달라지다

일상의 감각이 되살아나다

안식년을 보내며 나는 제법 편안해졌다. 해야 할 목록을 만들지 않을 때도 있으며 계획하지 않은 일을 즉흥적으로 하기도 했다. 이전에는 목적없이 어떤 일을 하는 걸 제일 싫어했는데 아무 이유 없이 '딴짓'을 하고 '쓸데없는 행동'을 하기도 했다. 목표를 이루기 위한 수단이 아닌 그저 자연스럽게 시간을 보내는 일도 잦아졌다.

과거의 나는 휴대폰을 지나치게 많이 보거나, 멍 때리고 텔레비전을 본다거나, 쓸데없는 잡담을 하거나, 인생이나 일에 도움되지 않는 사소한 일들을 하고 나서는 죄책감을 강하게 느꼈다. *늘 뭔가를 해야만 안심이 되었다.* 아무것도 하지 않은 하루는 '여백'이 아닌 '공백'처럼 느껴졌기에 일이 없는 날은 일부러 일을 만든 뒤 피곤함에 지친 몸을 이끌고 집에 와 안도의 한숨을 내쉬었다.

안식년을 가지면서 자연의 소리에 민감해졌다. 출퇴근길에 듣던 이어폰에서 들리는 소리가 아닌 바람 소리, 차들이 지나가는 소리, 여기저기서 들려오는 일상의 미세한 소리가 내 귀에 들려 왔다. 사계절이 지나면서 변해가는 꽃들의 모습을 관찰하며 꽃이 피고 지는 것을 보며 계절을 실감했다. *그리고 계절이 지나가는 것에 안타까움을 느꼈다.* 그전에는 봄, 여름, 가을, 겨울 사계절이 뚜렷한 것이 우리나라의 장점이라는 말은 교과서에서도 보았고 뉴스에서도 들었지만 크게 와닿지 않았었다. 그냥 덥고, 춥고, 비 오고, 바람 부는 귀찮고 불편함의 일종이라 생각했다. 계절을 느낀다는 생각보다는 연초에 계획했던 나의 계획들을 12월 31일이 끝나기 전에 어떻게 하면 전부 달성할 수 있을지에 대해 고민했다. 연말이 되면 아직 실행하지 못한 계획들을 조절하며 새로운 해를 준비하며 또 다른 계획을 세우고 있었다.

그런데 나는 변해 있었다. 올 한해 어떤 일을 했느냐의 기준이 아닌, 계절이 오는 것을 온몸으로 느꼈다. 그 해 그 계절은 한 번 지나가면 다시는 돌아오지 않음을 잘 알기에 그 계절에 할 수 있는 이벤트들을 다 하고 싶어졌다.

특히, 아이와 함께하는 계절은 특정한 그 시기, 그 나이대의 아이와 추억을 만들 수 있기에 더욱 소중해졌다.

이미 지나간 아이의 어린 시절과 계절은 나의 기억 속에 존재하지 않지만, 앞으로 남은 수많은 계절에 함께할 아이와의 추억을 기대하게 되었다. 앨범 속 사진 속으로만 확인 가능했던 아이의 미소를 직접 내 눈으로 보며 아이와 교감하게 되었다. 아무것도 하지 않아도 하루하루가 잘 지나며 아이와 매일매일 등, 하원하며 본 계절의 변화를 눈으로 실감할 수 있었다. 바쁘게 산 날 중에 하늘을 못 보고 지나갈 때도 많았는데 겨울의 눈, 봄의 햇살과 벚꽃, 여름의 파란 하늘과 찌를 듯한 매미의 울음 소리, 가을의 낙엽까지…. 매일 오고 가는 그 길에서 사소한 계절의 변화를 실감했다.

또한 워킹맘이라는 제한된 틀이 내 인생 전부인 마냥 그것으로 인해 성공과 실패를 조율했던 모습에서 좀 더 다양한 삶을 체험할 수 있었다. 일상의 소소한 영역에서도 행복을 발견할 수 있다는 사실도 알게 됐다. 좋아하는 카페에서의 커피 한 잔, 책 속에서 발견한 한 문장, 강렬한 인상을 주는 전시…. 그 모든 것들이 일상과 어우러질 때 '나'도 존재할 수 있다는 사실을 깨달았다.

지겨운 일터, 때로는 보기 싫은 회사 동료들과 먹기 싫은 점심 밥도 소중하다는 것을 홀로 있으며 느꼈다. 일이 주는 안정감과 셀프 자부심, 이런 것들은 삶을 살아가는데 있어 중요한 자산이라는 것도 고독한 백수로 있으며 스스로 느끼는 초라함 속에서 알게 됐다. *일을 하는 것도 스트레스지만, 마냥 집에서 아무것도 안 하는 자유의 몸이 된다 해도 그것 또한 쉬운 일이 아님을 온몸으로 느꼈다.*

'안 되면 되게 하라'에서 'Que sera sera'정신으로

안식년을 갖는 동안에도, 끝나고 나서도 약간의 불안감으로 인해 나는 몇 번의 면접을 봤다. 공개 채용에 경력직으로 지원하기도 했고 채용 사이트에 올려놓은 이력서를 보고 연락이 와서 면접을 보기도 했다. 비트코인 회사의 정규직 홍보직, 중소기업의 마케팅 자리, 금융기업의 계약직 홍보팀 포지션, 법무법인의 계약직 홍보팀 자리까지. 사실, 지금까지 네 곳의 회사를 다녔지만 정규직이 아닌 곳을 간 적도 없고, 계약직을 갈 생각도 하지 않았다. 그런데 경력 단절 기간이 길어질수록 취업 기회가 더 적을 것이라는 생각에 마음이 급해졌고, 아쉽지만 이것도 '기회'라는 생각으로 면접을 봤었다.

"이번 면접에서 아쉽게 좋은 결과가 나오지 못했습니다. 추후에 적합한 포지션으로 연락드리겠습니다. 감사합니다."

혹시나 하는 마음에 면접을 본 회사들에게서 받은 문자메시지는 역시나였다. 그러나 뭔가 새롭게 하고 싶지만, 막상 이 생활이 나쁘지 않게 다가왔기에 크게 영향을 받지는 않았다. 20대 시절, 나는 간

절히 입사를 원하는 곳의 불합격 통지를 받고 많이 아쉬워했다. 불합격 통지는 나란 사람이 완제품이 아닌 하자품처럼 느껴지게 했다.

그랬던 내 마음이 이제 조금 달라졌다. 불합격의 문자메시지를 받아도 약간의 흔들림은 있지만 쉽게 털고 일어날 수 있게 되었다. 합격하면 출근할 곳이 있어서 좋고, 불합격하면 좀 더 이 시간을 누릴 수 있어서 좋다. 뭐랄까, 여유가 생겼다고 할까. *한쪽 문이 닫히면, 또 다른 어떤 문이 열리겠지. 안식년 이후 조금씩 달라지는 건 내 안의 '자유로움'과 '여유'다.*

안식년 동안 틈틈이 운동을 했는데 멀지 않은 인도 문화원에서 한 두어 달 요가 수업을 들었다. 인도 현지인 선생님의 동작 설명 중 유독 기억나는 문장이 있다. **Do not struggle! 동작을 하는데 내가 편안한 단계에 머무르고 잘하려고 무리한 동작을 하지 말라는 의미였다.**

'안 되면 되게 하라'에 익숙하게 살아온 나로선 요가 선생님의 말이 꽤 신선했다. 다음 동작을 바로 하려고 무리하거나 투쟁하지 말고, 내가 편안한 단계의 상태에 머무르라는 그 말이 인상적이었다. 스트레스의 대다수는 struggle(애쓰다) 때문인지도 모르겠다. 내 능력은 1인데, 목표는 10. 그 갭을 메우기 위한 처절한 투쟁 속 실력은 높아지겠으나, 내면과 육체는 잔뜩 굳어진다.

물론, 10의 단계가 좋겠지만 8에서 10으로 만드는 것과 2에서

10으로 만드는 것에는 엄연한 차이가 발생하는 법. 뱁새가 황새 따라가다가 가랑이가 찢어진다는 옛말을 나는 이미 많이 경험했다. 그러기에 앞으로는 꾸준히 한 걸음씩 걸어가고 싶다. 안식년은 나에게 '안 되면 되게 하라'는 마인드에서 'Que sera sera'(될 대로 되라, 어떻게든 되겠지)의 양쪽 균형 관점으로 바뀌게 해 줬다. *이러한 변화는 선택에 있어서도 언젠가 도움될 것 같아 선택하지 않고 '지금 꼭 하고 싶어서' 선택하게 만들었다.*

나는 교육 중독자다. 있는 그대로의 나를 인정하지 않고 자꾸만 '더 나은 나'를 만들기 위해 택할 수 있는 가장 쉽고 빠른 방법은 '교육'을 듣는 일이었다. 크고 작은 교육에 투자한 돈을 세어 보면 그 돈으로 명품 백을 몇 개 샀어도 될 만하다. 나는 늘 '도움이 될 것 같아서' 교육을 듣고 자기계발을 해 왔다. *그러한 패턴을 반복할 수밖에 없던 이유는 '더 나은 미래'를 위해 준비해야 한다는 생각 때문이었다.*

안식년을 가진 뒤 나는 조금은 달라졌다. 여전히 뼛속부터 자기계발을 좋아하고 성장을 향해 오늘보다 나은 내일을 위해 달리지만, 이제는 '하고 싶은 것'을 선택한다. 내 커리어에 도움이 될 것 같은 교육이 아닌, '내가 경험해 봤는데 정말 도움되고 좋은 것'을 선택한다. 유명하고 남들이 많이 하는 대중적인 것이 아닌, 유니크하지만 나에게 맞는 것을 선택한다. 왠지 '그래야 할 것 같아서'하는 의무감에서 벗어나 '해 보니 좋은 것'을 향해 점차 나아가고 있다.

사람들은 모두 최선을 다하고 있다

안식년 이전의 갈등, 오해, 분노, 서운함, 억울함 등의 감정은 아마도 '내가 옳다'라는 생각이 기준이었기에 그러했으리라. 잠시 멈춰 내 인생 시간표의 주인으로 살면서 *사람들은 모두 각자의 방식과 자기만의 기준으로 살아가고 있으며, 그 방식과 기준에 대한 서로 다른 해석이 오해와 관계의 어려움을 만들어 낸다는 것을 깨달았다.*

좋은 의도를 가지고 한 나의 어떤 행동이 다른 누군가에게는 무례하고 상처가 될 수 있다. 나를 도와주려는 타인의 좋은 의도 또한 내 상황에 따라 나를 무시하거나 이용하려는 의도로 느껴질 수 있다.

내 기준으로 상대방이 최선을 다하지 않는다고 판단돼 그를 바꾸려는 행동도 타인의 시선에서는 잘못된 행동으로 보일 수 있다는 것. 어떤 행동은 내 의도와는 상관없이 그것을 받아들이는 상대방의 인생 경험이나 가치관에 의해 오해받을 수도 있다는 것. *모든 사람들을 이해할 필요도 없으며 다른 사람들도 나를 오롯이 이해할 수 없다는 사실도 깨달았다.* 그 사람에게는 현재 그의 방식이 정답일 것이다. 모든 사람들이 최선을 다해 노력하고 있다는 것을 이해한 것이 가장 큰 변화점이다.

시야를 넓혀 남편에게 눈을 돌리다

안식년 이후 그동안 나에게만 고립돼 초점을 맞췄던 눈을 들어 주위를 살펴보았다. 안방에 자리한 결혼식 액자 속 웃고 있던 남편의 머리에는 어느새 흰머리가 제법 많아졌다. *8년의 결혼 생활 속 즐거움과 어려움을 함께하며 그 또한 연애 시절의 젊은이에서 마흔의 중년으로 넘어가고 있었다.*

출산 이후 육아모드로 진입해 남편에게 크게 신경을 못 써 줬다. 상냥하고 따뜻한, 생기있고 재미있는 나의 모습이 좋았던 남편은 꽤 오랜 시간 무표정의 시니컬한 내 얼굴을 보고 있었다는 생각이 들었다.

이른 출근 시간, 자고 있는 나와 아들이 깰까 봐 새벽에 일어나 불도 못 키고 성큼성큼 방을 나섰고, 육아로 힘들어 하는 나를 생각해 평일 칼퇴와 주말을 반납해 개인 시간을 거의 못 가진 남편. 회사에서도 높아지는 직급에 따른 스트레스와 부담감에 그의 눈가는 어둡다 못해 노래지고 있었다. 가끔 육아휴직하며 아이를 본다면 정말 행복할 거라고 말했던 남편의 말은 농담이 아니었던 것이다. 나는 그동안 내 문제에 매몰돼 있어 같이 살고 있는 남편의 어려움을 몰랐었다. 남편은 나의 경쟁자가 아닌, 우리 가정을 위해 열심히 일을 하고 있었다.

둘다 힘든 시기를 관통하고 있었다. 우리는 서로의 것을 빼앗는 제

로섬 게임을 하는 것이 아닌 각자의 자리에서 모두 고군분투 중이었던 것이다. 안식년 시작 전 가득했던 울분은 동지애로 변했다.

가장으로서 책임을 다하려고 일도, 공부도 열심히 하며 육아도 적극적으로 참여하는 남편에게 때론 나의 현실을 탓하며 무수히 많은 공격과 싸움으로 불화를 만들기도 했다. 모든 것은 '내가 스스로 선택한 삶'임을 잊지 말아야겠다. 나의 불안함에, 찌질함에, 분노를 성숙하게 해결하지 못한 지난 날들을 반성하며 고마움을 다시금 전하고 싶다.

남편이 지켜본 아내의 안식년

아내에게 '직장'은 매우 소중한 것이었습니다. 그렇기 때문에 회사를 그만두는 마지막 순간에도 하루에도 열 번, 스무 번 고민하고 잠 못 드는 날들이 이어졌었고, 그 모습을 지켜보기는 여간 어려운 것이 아니었습니다. 고민의 무게를 잘 알고 있기에, 옆에서 의견을 말하기에는 '가볍다'라고 생각했기 때문입니다. 따라서 결정은 오롯이 아내의 몫일 수 밖에 없었고, 다만 내가 해 줄 수 있는 것은 그 결정을 지지하는 일이라고 생각했습니다.

돌이켜보면 아내의 '안식년'이라는 것은 인생이라는 긴 산책 길에서 잠시 신발끈을 묶고, 물을 한 모금 삼키는 찰나의 시간 정도입니다. 그녀는 그 순간에서 스스로 결정할 수 있었던 최선의 선택을 하였고, 짧은 시간이었지만 머리를 비우고, 옷 매무새를 가다듬고, 웃는 얼굴로 여유 있게 다시 일어나 걸을 준비를 하고 있습니다.

이쯤에서 우리가 서울 강북의 20년 된 25평짜리 낡은 아파트에서 매우 성실하게 전세자금 대출금을 갚으면서 살고 있다는 것을 말씀드리고 싶습니다. 아내가 가정에 기여하는 매월 몇 백만 원정도의 근로소득은 사라졌으며, 더불어 아내가 또 다른 몇백만 원의 퇴직금을 소비했다는 점은 가정의 경제구조상 매우 애석한 측면이긴 합니다.

다만, 저는 그녀가 사용한 몇백만 원을 '소비'라고 생각하지 않으며, 건설 중인 '자산' 혹은 '자본금'으로 인생의 회계장부에 기표한 상태입니다.

현재는 매우 자랑스럽지 않게도, 대한민국에서 가장 안쓰럽다고 얘기하는 계층 중의 하나인 40대 외벌이 유부남이 되어 버렸지만, 아내를 지지해 주는 남편이라는 지위를 얻었기에 그리 억울하다고 느끼지 않습니다. 오히려 안식년을 경험한 아내가 발과 다리에서 힘이 생겨서, 힘차게 걸어갈 수 있게 되었다면 너무나 다행스럽고 감사한 일이라고 생각합니다. 그리고 향후에 그녀가 만들어 나갈 미래에 대하여 가슴 뛰게 응원할 수 있음에 매우 기쁘게 생각합니다.

  또한, 혹여 저와 같은 믿음을 가질 수 있는 남편들이 있다면, 충분히 아내를 지지해 주고 응원해 줄 수 있을 때, 비로소 아내가 스스로의 가치를 깨닫고, 정확한 자리에서 반짝거릴 수 있으리라는 점을 꼭 말하고 싶습니다. 별을 반짝반짝 빛내 줄 수 있는 태양이 단 한 번이라도 되어 볼 수 있다면, 그 자체만으로 가장 멋있고 가치가 있는 일이 아닐까요?

하루하루를 어떻게 보내느냐에 따라
인생이 결정된다.

애니 딜러드

5

고독과 성찰로
재충전과 성장의 시간되다

시도와 실패 끝에 내 스타일을 찾아가다

나는 실패를 두려워하는 사람이었다. 어떤 것이든 많은 경험을 통해 성공과 실패를 체득해야 나에게 맞는 스타일을 찾아갈 수 있는데 두려움으로 인해 시도조차 안 한 때가 많았다. 특히 '실패'하는 것은 스스로 용납을 못했기에 리스크를 줄이고자 애썼다. 그 방법으로는 책을 통한 간접 경험, 주변에 이미 경험한 사람들에게 듣는 인생 상담, 전문가의 조언, 사람들의 성공담 등이었다. *그렇게 오랫동안 정보를 수집하고 결정을 해도 그 안에 '내'가 없었기에 번번이 선택에 실패했다.*

사람은 누구나 실패와 시행착오를 통해 성장하는데, 나는 그러한 것 자체를 부정했다. 모든 것은 완벽해야 하고 모든 선택은 옳아야 한다고 생각했다. 나는 나에 대해 잘못 알고 있었다. 진취적이고 도전적이라고 생각했던 내 모습은 도전을 빙자한 끊임없는 '이동'이었다.

실패할 것 같은 예감이 드는 순간 다른 일, 다른 장소, 다른 사람으로 이동해서 스스로 실패하지 않았다는 위안을 삼는 것이다. 그것은 내 선택은 잘못되지 않았고, 실패하지 않았다는 '자기 위로'였다.

안식년 동안 나는 거침없이 시도하고 수많은 시행착오를 겪었다. 평소 잘 입지 않는 스타일의 옷을 사고, 입어보고 어울리지 않거나 마음에 들지 않아 환불했다. 중고 거래를 통해 처음으로 산 고가의 호피무늬 페이크 퍼는 사이즈 미스로 한 사이즈 작은 것을 샀어야 한다고 후회했다. 그림도 많이 수집했다. 나는 상품을 산 게 아니고 판매자의 이미지를 사려고 했다는 것을 몇 번의 구매를 통해 깨달았다.

나는 때로는 브랜드에 휘둘리고, 한정판에 휘둘렸다. 베스트셀러에 휘둘리고 신상품에 휘둘렸다. 안식년 초기에는 이런 행위 자체에 내가 이래도 되나 싶은 불편한 감정이 뒤따랐다. 몇 개월간 많이 시도하고 실패하고 후회하고 시도하는 경험을 계속했다. 안식년 이후 나는 실패한 행동들을 통해 나를 알아가고 다음 선택에 대해 배웠다.

"남들이 선호한다고 해도 이런 것들을 좋아하지는 않는구나."
"많은 물건보다 마음에 꼭 드는 소수의 물건이면 만족하는구나."
"꼭 사고 싶은 것을 아끼려고 안 사면, 결국 지나고 나서 품절이 되거나 다시 사고 싶어 후회를 하는구나."

고독한 안식년의 시간 동안 혼자 있으면서 가끔 필요한 모임에 참석했다. 그런 활동들을 경험하면서 나에 대한 정보를 더욱 수집해 나갔다. 내가 필요성을 느껴 선택한 것이 아닌, 누군가의 추천으로 생각 없이 참여한 것들에는 후회와 의문이 남았다. 사람을 만나는 것을 좋아하나 나와 결이 맞지 않거나 목적이 없는 무의미한 만남을 할 때 마음이 흔들리는 것을 경험했다.

누군가 안식년을 갖는다면 평소 본인의 모습과 180도 다르게 살아 봐도 괜찮다고 말해 주고 싶다. 계획이 많은 사람은 무계획으로 살아 봐도 좋다고. 시간을 중요시하는 사람은 시간을 낭비하며 좀 살아 봐도 된다고. 근검 절약한 사람에게는 돈을 좀 낭비해도 된다고.

인간은 누구나 본인이 스스로 한 경험을 통해 깨닫고, 동기부여 받고, 나아갈 수 있다. 안식년을 통해 많이 보고, 경험하고, 게으르고, 낭비하는 그런 시간들을 가졌다. 이러한 것들을 토대로 이제 늦게 찾아온 사춘기를 장렬히 마감하며, 다가올 미래를 알차게 그려 보고자 한다.

내 안에 잠들어 있던 예술가를 깨우다

평범한 인문계, 문과를 나온 여자로 나는 예술에는 문외한이었다. 많은 사람들이 좋아하는 음악 등은 가볍게 즐겨왔지만, 예술이라고 할만한 것들에 대해선 거리를 뒀다. '예술'을 운운할 여유도 없었을 뿐더러 형편이 좋아야 한다는 편견도 작용했다. 그렇게 아주 유명한 전시를 몇 년에 한 번, 뮤지컬을 한 번 정도 봤고, 가수 콘서트 등에는 가 보지도 못했다. 특히, '미술'은 그저 먼 나라 이야기로만 알았다.

그러다 우연히 미술에 대해 관심을 갖게 되었고 미술관을 다니기 시작했다. 그 시초는 몇 년 전 유럽여행 때 미술관에서 본 작품들에서 시작되었다. 안식년 동안 미술관 데이트를 하며 작품 속에서 울고 웃었다. 새로운 작품과 화가를 만날 때마다 느껴지는 희열, 작가의 작품을 설명하는 도록을 읽을 때 느껴지는 전율, 새로운 것을 발견해가는 그 기쁨은 예술이라는 것이 어떤 것인지를 느끼기에 충분했다. 예전에는 특정 계층만이 향유하는 전유물이 예술이라고 생각했다면 지금은 예술은 누구에게나 열려 있다고 생각한다. *예술이란 게 거창하고 대단한 것이 아닌, 우리 생활 속에 존재하고 내 주변에 있는 것이라는 새로운 인사이트가 생겼다.*

안식년 기간 동안 그림을 수집했는데 한 점 한 점 모을 때마다 뿌듯했다. 내 상태에 따라서 어울리는 작품을 고르고 생활 속에서 그

271

작품들과 조우했다. 나와 동일시되는 자화상의 여성 인물화를 보며 한참을 바라보며 사색에 잠겼다.

안식년 기간 동안 내 안의 예술가 기질을 발견했고, 미술, 작가, 독서 등 풍부한 지적 데이터베이스를 쌓았다. 다양한 분야의 책을 읽으며 지적 호기심을 충족하고 미술관을 다니며 그때그때마다 맞춤형 위로와 자극을 얻었다. 혼자 여행하며 현재 누리고 있는 것들의 '소중함'과 고독을 즐기며 '함께하는 것'의 가치도 알 수 있었다.

자립에 한걸음 다가가다

안식년 이전에는 집에서 늘 도망쳤다. 어지러운 방, 쌓여있는 설거지, 밀린 빨래를 외면한 채 커피숍, 화려하고 재미있는 곳 등을 찾아다녔다. 안식년 이후 아이를 등원시킨 뒤 환기를 하고 아침 먹은 그릇을 설거지하고 청소기를 돌린 뒤 집을 나섰다. 엄마가 하던 그 일을 나는 이제서야 시작한 것이다. 일상에 작은 루틴이 생긴 것이다.

아들은 일 년 전과는 다르게 훌쩍 커버려, 앞으로 나와 함께할 시간이 그렇게 많지 않겠다는 생각을 했다. 버킷리스트를 수행한다고 분주하기도 했지만 한동안 무기력의 감옥에 빠져 허우적거리기도 했다. 일이냐 육아냐의 선택을 강요받는 것에 분개했던 나는 안식년 이후 선택할 수 있는 자유가 생긴 것이라는 관점으로 바꿔 보려 부단히 애썼다. *하지만 다시 선택을 한다면 굳이 선택하지 않아도 되는 삶을 살고 싶다.*

이전까지의 나는 어쩌면 편리함, 합리적인 좋은 것들만 취하려고 했었다. 무엇인가 얻고는 싶은데 책임지고는 싶지 않은 얄팍한 마음이 있었다. 그것은 쓸데없는 욕심이자 모순이었다. 이제 나는 두 발을 땅에 딛고 내 힘으로 걷고자 한다. 내 선택에 책임을 지고 선택한 것에 풍덩 빠져 보리라.

안식년을 마치면 아이와 함께하는 선택이건, 일에 전념하는 선택이건 나만의 속도로 살 줄 알았다. 단단해진 내면이 기본이 되면 그 어떤 것이라도 두렵지 않겠다고 생각했지만 나는 여전히 나였다. 내 삶에는 수많은 문제와 갈등이 빈번히 발생하며, 나는 해결되지 않는 문제로 인해 머리끝까지 화가 나기도 한다.

나는 이제 실수를 곱씹어 스스로를 괴롭혀 온 나 자신을 용서하려고 한다. 실수는 실패가 아닌 성장의 과정임을 수용하려고 한다. 그리고 스스로를 좀 더 사랑해 주려고 한다. 기대한 목표를 이뤘을 때만 축하해 주는 것이 아닌 내 존재 그 자체로 '너는 괜찮은 사람'이라고 말해 줄 것이다.

그리고 앞으로는 의존하지 않고 스스로 자립하는 삶을 살 것이다. 즐거운 일을 하며 기쁨으로 하루하루를 살아가리라. *지금까지의*

시행착오를 통해 배운 참지 말자, 신중하자, 직접 확인하자, 멀리 보자, 휘둘리지 말자를 가슴속에 새길 것이다.

치유의 글쓰기, 새로운 가능성으로

조금 급진적이고 극단적으로 시작한 〈안식년 프로젝트〉였지만, 이것은 다른 의미로 본다면 '경력 단절'을 의미했다. 현실적이고 이성적인 남편은 나의 안식년 계획을 듣자마자 '경력 단절'을 염려했었다. 지나친 조급증과 불안감에 안식년 동안에도 쉬질 못했다. 오히려 직장 생활 때보다 더 바쁘게 계획을 세우고 이것저것 실행했다. 특히, 글쓰기 플랫폼인 브런치에 글을 꾸준히 썼고 일요매거진에 연재하기도 했다. 백수 과로사라는 말처럼 폭풍 글쓰기로 인해 건초염으로 한동안 고생하기도 했다.

어떤 조직에 출퇴근하며 돈을 버는 일을 하지는 않았지만 영원한 '단절'이 되지 않기 위해 내 나름의 방법으로 기획하고, 실행하고, 그 과정을 글로 정리해 공유했다. 이러한 꾸준한 노력이 지금 이 글을 쓰는 기회도 만들어 줬다.

안식년 이후 내가 가장 심각하게 잃은 것은 '커리어'다. 어떤 이는 팔자 좋게 '자아 찾기'한다고 부러워했을지도 모른다. 하지만 나를 잘 아는 지인들은 나의 안식년이 어떤 의미였는지 잘 알고 있다.

내게 있어 '일'은 '생존'과 동일시 되는 단어이기에, 그것을 내려놓는다는 것은 나에겐 큰 선택이었다.

아이를 낳지 않았더라면, 결혼을 하지 않았더라면 하면서 때론 내 선택을 후회했었다. 육아를 대행해 줄 도우미 이모를 구해야 하는지 고민할 때도, 만약 나의 직업이 안정적인 전문 직종이었거나 내 연봉이 월등히 높아서 고민 없이 도우미를 쓰는 게 정답이었다면 어땠을까 상상했다. 내 나름의 열심으로 이 자리까지 올라왔지만, 이 자리까지밖에 못 왔다는 자괴감은 나를 수시로 무너뜨렸다. 아마 내면 싸움에서 부정적인 목소리가 나를 더 자극해서 회사를 그만뒀을지도 모르겠다. 나의 열등감으로 인해 아이의 불안정한 모습이 더욱 눈에 들어왔을지도 모른다.

그럼에도 불구하고, 백 번 천 번 다시 생각해 봐도 그 당시에는 이것이 모두를 위한 최선의 선택이었다.

지금 쓰고 있는 이 한 글자, 한 글자는 나의 눈물과 피눈물이 점철된 값진 노력의 결실이다. 이 시간 또한 헛되이 보내지 않기 위해 남들 눈에는 자유부인처럼 놀러 다닌 것으로 보일 때도 〈안식년 프로젝트〉를 기획하고 실행하고 그것을 꾸준히 기록하며 이뤄낸 나의 또 다른 커리어다. 경력 단절을 끝이라고 생각해 한없이 작아지고 나락으로 떨어진 때도 있었다. 그럴 때마다 이를 악물고 한 자 한 자 적어 내려간 글이, 바로 이 글이다.

살려고 쓴 글이 새롭게 나를 살리고 있다. 나는 이 프로젝트를 진행하면서, 그리고 나의 감정들을 기록하면서 글쓰기를 통한 치유의 순간을 경험했다. 내면에서 억눌려 온 어떤 기억을 끄집어내고, 시도하지 못한 일들을 성공과 실패 여부를 떠나 도전하면서 서서히 해소되고 자유로워졌다. 여전히 치유되지 못한 많은 것들이 내 안에 있지만, 더 이상 뒤돌아보며 나의 과거를 그리워하지는 않는다. 나는 이제는 내 삶의 히스토리를 통합해, 다음 스텝으로 나아갈 준비를 마쳤다.

사업자를 내고 창업을 하다

일하고 싶은 나의 욕구는 퇴사 후 안식년을 진행하는 동안에도 계속해서 있었다. 프로젝트를 진행하면서도 채용 사이트를 여러 번 들락날락거리고 면접도 몇 군데 봤다. 그러나 최종적으로 모두 불합격해서 결국 나는 2019년 3월, 사업자를 내고 창업을 했다.

나는 성공해서 많은 돈을 벌고 싶었다. 텔레비전에도 나오며 사람들이 어느 정도 알아봐 주고 명예를 지니며 영향을 미치는 그런 사회적 인물이 되고 싶었다.

졸업 이후 사회생활을 한지 어언 10년, 내 예상과는 다르게 나는 돈도 많이 벌지 못했고 성공하지도 못했다. 오히려 성장의 기회에서 다른 것들에 발목을 잡혀서 후퇴를 반복했다. *그럼에도 불구하고 내 마음속에는 항시 돈과 커리어, 성공을 떠나서 '사람을 살리고 싶다' 는 열망이 있었다.* 그 열망을 일반적인 기준의 돈, 성공, 명예와 충돌할 때마다 내 가슴 깊숙이 밀어 넣었다. 그런 일들은 먹고 사는 데에 지장이 없는 여유 있는 사람들이나 하는 것들이라며 애써 나의 열망을 잠재워 왔다. 아마도 코칭, 교육, 상담, 내면 공부 등에 관심을 가지고 30대 이후부터 일과 공부로 그것들을 접했던 건 이러한 이유 때문일 것이다.

나는 청소년기 때 경험했던 경제적인 어려움과 결핍을 아주 크게 보고 있었다. 내 인생에 그것만 있으면 내가 꿈꾸는 삶을 살 수 있고 행복할 것만 같았다. 나의 불행은 내가 누리지 못한 그것 때문이라며 분노를 쌓아갔다. 대학생이 된 이후 나는 자연스럽게 그것을 가지고 채우려고 밤낮으로 노력했다. 사회 초년생 때 싱글일 때도 먼 훗날에 태어날 아이를 유학 보내겠다며 악착같이 돈을 모았다. 그것이 있다면, 미래에 태어날 내 아이가 행복할 줄 알았기 때문이다. 하지만, 나는 그것을 제외한 내가 경험하고 가졌던 충만한 것들을 간과하고 있었다.

자상하고 가정적인 아버지와 시간을 보내며 아버지의 사랑을 듬뿍 받았던 것들을 나는 잊고 있었다. 아침마다 나를 깨우며 성경 테이프를 들려 주고, 매일매일 받아쓰기와 학습지를 직접 교육시켜 준 아빠 덕분에 좋은 습관을 들일 수 있었다. '기자'를 꿈꾸며 신문을 정독했던 것은, 매일 아침부터 신문을 보며 늘 공부하던 아빠가 곁에 있었기 때문이었다. 지나친 통제라고 숨막히다고 생각했던 그것들은 부모님의 사랑과 관심이었다. 집안 형편이 어려워서 사고 싶은 것, 가고 싶은 것을 말하지 못했다고 억울함을 토로했는데, 매일 집에 돌아와 피곤하다고 침대에 누운 딸을 위해 전신 안마를 해 주고 등을 긁어줬던 소소한 행복과 사랑을 너무나도 당연시했다. 감기 몸살로 누워있을 때 나를 위해 죽을 끓여 주고 황도를 사 오시던 부모님의 사랑을 몰랐었던 것이다.

성인이 된 후 주변에 비교 대상의 다양한 사람들을 만나면서 내 인생이 조금 힘들어졌다. 비교 대상이 없을 때는 그저 이런 내 삶이 행복한 줄 알았다. 그러나 내가 갖지 못한 것을 가진 사람들을 보며, 특히나 나의 결핍된 부분을 충분히 누리는 사람들을 보며 나는 분노하고 불평불만을 터트리기 시작했다.

그러나 지금은 알 것 같다. 내가 그토록 부러워했던 사람들 또한 나와 다르지 않음을. 누군가의 결핍은 돈이고 또 다른 누군가의 결핍은 부모님의 관심과 사랑, 함께하는 시간, 눈맞춤, 배려, 존중 등이라는 것을.

‘나’만 힘들었고 억울했다고 생각했던 것에서 이제는 ‘모두’가 힘들고 억울한 면이 있다는 것을 알게 됐다. 내가 한 아이의 엄마가 된 뒤 이러한 사실이 더욱 절실히 와 닿는다. 우리 모두 나름의 사랑을 받아 온 존재였고, 우리 부모님들 또한 그러한 사랑을 받아 오고 줬다는 사실을. 다만, 그들도 신이 아닌 연약한 인간이기에 본인들이 가지고 있고 줄 수 있는 것으로만 사랑을 줬다는 사실을 인정했다. *그 자체만으로도 또한 ‘충분한 사랑’임을.*

처음 나의 내면에서 외쳤던 메시지는 ‘나 자신’을 살리기 위함이었다. 그러나 안식년을 가진 뒤에는 다른 사람을 살리고 싶다는 소망이 생겼다. 나의 말과 글로 자신이 얼마나 귀하고 소중한 존재인지, 그토록 원망하고 분노하고 있는 그 어떤 부분들이 실제로는 매우 사소한 부분이라는 것을 알려 주고 싶다. 지금보다 더 나은, 편안한 삶을 살도록 도와주고, 내가 그래 왔듯이 동경하고 멋져 보이는 타인도 그 사람의 현실 속에서는 나와 같은 아픔이 있다는 것을 알려 주고 싶다. 이 세상은 내가 부족하다고 생각하는 것들을 제외하고도 얼마나 살 만한 곳인지, 나에게 얼마나 큰 잠재력이 있는지, 고개를 숙이고 앞만 보고 걸어가던 나의 시선을 고개를 들고 좌, 우, 앞뒤로 돌리면 얼마나 다른 풍경들을 마주할 수 있는지를 알려 주고 싶다.

이러한 비전을 가지고 마음속에서 꿈틀거리던 나의 열망을 창업과 함께 밖으로 드러냈다. 모든 창업과 시작은 성공을 꿈꾸지만, 이

것이 성공이 될지 폐업절차를 거치는 실패가 될지는 나는 아직 알 수 없다. *다만, 나는 앞을 보며 한 발자국씩 내 속도에 맞춰 걸어나가며 묵묵히 해야 할 일을 할 것이다.*

지금으로부터 이십 년 후에 당신은 했던 일보다
하지 않았던 일 때문에 많이 실망할 것이다.
그러니 닻줄을 던져라. 안전한 항구를 떠나 항해하라.

마크 트웨인

에필로그

나는, 어쩌다 안식년을 시작하게 됐는가

안식년을 묵묵히 지켜본 남편의 메시지를 이메일로 받은 뒤, 저는 잠시간 멍해 있었습니다. 남편은 가장 가까이에 있는 사람으로 저의 '안식년'을 잘 이해하고 있다고 생각해 왔는데 웬걸, 뒤통수를 얻어맞은 느낌이었습니다. 저의 안식년은 '가정을 지키고 남편에게 커리어를 잠시 양보'하느라 총대를 맨 저의 투쟁기인데, 저의 안식년으로 인해 남편은 '아내의 자아실현을 응원하기 위해 외벌이도 마다않는 헌신적인 직장인'으로 되어 있었기 때문입니다. 이런 차이는 어떻게 생긴 것일까요?

일을 하고자 하는 의지가 없어서 경력 단절이 되는 것은 아닙니다. 경력 단절이 된 후 자신에게 어떤 일들이 벌어질지 충분히 예상하고 있으나, 그럴 수 밖에 없는 환경이나 이유들로 인해 지금도 주변을 둘러보면 수많은 경력 단절 여성이 생겨나고 있습니다. '경력 단절'이라는 단어의 어감 자체도 조금 부정적으로 느껴지는 게 사실입니다. '경력 전환', '경력 휴면 상태', '경력 보유 여성' 등 긍정적인 단어들로 단어 자체가 바뀌면 좋겠습니다.

어쩔 수 없이 경력 단절이 되었지만 저는 이 시간만큼도 헛되이 보내기 않기 위해 자체 〈안식년 프로젝트〉를 기획, 실행 후 이러한 경험을 책으로 낼 수 있었습니다. 그러나 퇴직금을 온전히 자신을 위해 쓸 수 없는 환경에 놓여있는 여성들도 많습니다. 저는 어쩌면 행운인지도 모릅니다. 제 퇴직금을 오롯이 저를 위해 쓸 수 있었기 때문입니다.

점차 개선되고 있지만 아직까지 한국의 조직 문화에서 남성의 육아휴직이나 남성의 육아 참여도는 낮습니다. 저의 남편의 경우 회사에서 애처가로 소문났다고 할 만큼 아이 출산 이후 많은 도움을 줬습니다. *그러나, 제가 경력을 유지하기 위해 부단히 애쓸 때마다 합의점을 찾지는 못했습니다.*

한번은 둘째를 낳자는 남편의 말에 6개월 정도 육아휴직을 낸다면 생각해 보겠다고 말했는데, 이에 남편은 하나만 잘 키우자고 답변했습니다. 남성 육아휴직이 생겼지만 실질적으로 육아휴직을 쓸 수 있는 남성은 많지 않습니다. '실질적으로 쓴다'는 의미는, 육아휴직 뒤 직장 복귀 후 안정적으로 적응하며 인사고과에 불이익을 받지 않는다는 것을 의미합니다.

그런데, 이 시점에서 잠시 반문해 봅니다. *왜 여성은 아이를 낳았다는 이유 하나만으로 출산 후 수많은 불이익을 자발적으로 수용해야 할까요?* 커리어를 유지하기 위해 임신한 몸으로 출산 전까지 회사에 출근하며 짧으면 1, 2개월에서 길게는 1, 2년 육아휴직을 씁니다. 금융권이나 교직 등 더 많은 기간 동안 쓸 수 있는 직종도 있겠지만 여기에서 말하는 것은 일반 대기업, 중소기업 등을 의미합니다.

아이의 이상행동을 보면서 '아빠 때문에 저렇게 됐다'고 이야기하는 사람은 없습니다. 내 아이의 비정상적인 행동을 보고 아빠들이 '나 때문에 저렇게 됐다'고 자책하는 사람도 없습니다. 그 모든 것들의 주체는 바로 여성, 엄마이기에 여성들의 임신, 출산, 육아는 고된 것입니다.

육아휴직을 겨우 했다 해도, 복직하기 전부터 여성들은 아이 양육을 전담할 사람을 찾고 보육시설 대기를 거느라 전전긍긍합니다. 아이는 함께 낳았지만 이 모든 것을 알아보고, 챙겨야 하는 것은 '여성의 몫'입니다. 요즘 들어 육아도우미 면접을 같이 보는 부부도 있지만, 아쉬운 사람이 우물을 판다고 일하고자 하는 여성은 이런 시스템을 스스로 마련해야 하는 게 현실입니다.

복직을 해도 당황스럽긴 마찬가지입니다. 일하던 자리가 없어져 처음 접하는 부서에서 새로운 업무를 경험하기도 하고, 육아휴직을 갔다는 이유로 승진에서 누락되기도 합니다. 어떤 경우는 복직하지 못해 경력을 다운시키며 다른 일자리를 찾기도 합니다. 지금 현재 많은 여성들이 일을 하려고 할 때 많은 제약 속에서 불이익을 받는 게 사실입니다.

주변에 좋은 회사를 다니는 여성분들도 많이 있습니다. 임신, 출산의 라이프 주기에 맞춰 불이익 받지 않는 제도를 가지고 있기도 합니다. 그러나 그렇지 않은 직장을 다니는 여성들이 훨씬 많습니다. 여기서 제가 강조하고 싶은 말은, *일하려는 의지가 있는 여성에게 임신, 출산이라는 말은 불이익과 제약 속에서도 커리어를 유지하고 싶다는 일종의 '도전'이라는 것입니다.*

그렇다면 관점을 한번 바꿔 보지요. 남편들도 이제 "당신이 육아로 인해 불이익을 겪었는데, 나 또한 아이를 낳은 책임이 있으니 아이 양육으로 인한 불이익을 함께 감수할게."라고 해 보면 어떨까요? 임신, 출산으로 인해 여성의 커리어가 망가지지 않기 위한 다양한 실효성 있는 제도들이 사회적으로 정착되면 좋겠습니다. 여성들이 경력 단절을 우려해 결혼을 꺼리지 않고, 여성이 커리어를 위해 아이를 포기하지 않으면 좋겠습니다.

아이를 낳는다는 것은 여성에게 숭고한 일이며, 아이를 키운다는 것은 굉장한 경험입니다. 아이에게서 비친 내 모습을 발견해 놀라기도 하고, 아이를 통해 성장할 수 있는 기회이기도 합니다. 저의 아들이 결혼할 때쯤에는 여성의 결혼과 임신이 커리어에 걸림돌이 되는 일이 없는 사회이길 바랍니다.

간신히 지켜 온 커리어를 포기해야 하는 상황에 처했을 때 여성 스스로 자괴감을 느끼지 않았으면 좋겠습니다. 이것은 나라는 개인의 문제뿐만이 아니라 삶의 단계에서 일어날 수 있는 자연스러운 현상이라는 유연한 마음과 제도적으로 아직 시스템이 덜 갖춰져 있어서 발생한 일이라는 마음을 갖게 된다면, 여성의 30대가 이토록 피비린내 나는 가시밭길은 아닐 것입니다.

끝으로, 이 책을 읽는 여성분들께 당신이 가정에 있건, 일터에 있건 그 어느 곳에 있어도 그 시간은 헛되지 않고 충분히 의미 있는 시간이라 말하고 싶습니다. 그러니 남과 나를 비교하지 않고, 나만의 시간표로 흔들림 없이 걸어가시기를 바랍니다.

행복한 여자는 글을 쓰지 않는다

혹자는 책이 나와서 축하한다고 말하는 이도 있었고 저처럼 글을 쓰고 싶다고 말하는 분들도 있었습니다. 그럴 때면 저는 우스갯소리로 이렇게 말하곤 했습니다.

"행복한 여자는 글을 쓰지 않는다."

이 말이 저에게는 사실이기 때문입니다. 어쩌면 저는, 내재된 상처를 치유하고 제 마음속 분노를 강하게 표출해야 할 당위성으로 인해 이 프로젝트를 시작했는지도 모릅니다. 제 인생에서 단 한 번도 예상해 보지 않던 반자발적 백수생활은 저의 초라한 내면과 외면을 그대로 느끼기에 충분했습니다. 예전부터 자주 말하던 "계급장 떼고 붙으면 다 이길 자신 있다."는 저의 말이 사실이 아님을 직면해야만 하는 시기이기도 했습니다.

〈안식년 프로젝트〉는 퇴사 후 사회적 존재감이 차단된 채 스스로를 아이를 키우는 사람으로만 수용할 수 없어 시작한 처절한 몸부림입니다. 가야 할 곳도 없고 의무적으로 해야 할 일이 없음에도 저의 불안을 잠재우기 위해 시작한 이 프로젝트가 이렇게 의미 있게 마무리될 수 있어 정말 기쁘고 행복합니다.

가장 중요한 것이 '내면아이 달래 주기'라고 당당하게 말했고, 가장 잘하는 일이 '나 자신에게 하는 투자'라고 글을 썼지만, 사실 저는 자신을 위한 투자에 인색한 사람인지도 모릅니다. 퇴직금을 다 썼기에, 의미 있는 성과를 내야만 한다는 무언의 압박감이 저를 글을 쓰고, 책을 내도록 이끌었습니다. 서른여섯의 눈물 없이는 견딜 수 없었던 저의 핏빛 성장기가 출간된다고 하니 가슴이 두근거립니다.

저도 살고, 아이도 살리겠다는 포부로 시작한 〈안식년 프로젝트〉로 인해 저는 조금 더 단단해졌습니다. 여전히 크고 작은 일들로 감정의 크나큰 진폭을 느끼며 살고 있지만, 저에게 가장 중요한 것이 무엇이며 앞으로 집중해야 할 부분이 무엇인지를 알게 되었습니다. 제가 두려워하던 것, 꿈꾸던 것, 가지지 못해 안타까워했던 그 많은 것들이 사실은 저에게 크게 필요하지도, 중요하지 않다는 사실을 깨달았습니다. 제가 가장 집중하고 노력해야 하는 대상은 저와 소중한 가족이라는 것도 깨달았습니다.

그동안의 많은 갈등과 어려움, 분노와 질투, 집착과 불안감이 모두 강력한 틀로 철통방어막을 친 '나'라는 장벽 때문이었다는 사실을 안식년을 마친 뒤 깨달았습니다. 나는 특별해야 한다는 생각으로 인해 사회 생활에서 부당한 대우를 받거나 불공평하다고 여겨지면 목소리를 높였습니다. 그런 나에게서 태어난 아들은 당연히 특별하고 대단해야만 한다는 반복된 틀로 인해 임신, 출산, 육아의 3종 세트가 그렇게 어려웠나 봅니다.

퇴사 후, 아침에 아들을 등원시키면 감옥에서 탈출하듯 지저분한 집을 떠나 어딘가로 이동했다가 하원을 위해 돌아오는 길은 신데렐라가 유리구두 한 짝을 놓고 부리나케 집으로 돌아오던 심정으로 급박하고 답답함이 가득했습니다. 그러나 지금의 저는 여름의 햇살과 매미의 힘찬 울음소리, 지나가는 차들의 소리와 지저귀는 새 소리까지 들을 수 있는 여유를 갖게 되었습니다. 이것은 매우 단순하지만 의미 있는 변화입니다. 기계적이고, 반복적이며, 생산성만을 제 우주의 중심으로 알고 살던 저에게 사소한 일상을 되찾아가는 긍정적 신호이기 때문입니다.

저는 그동안 비겁하게 책임지기를 거부해 왔습니다. 영광은 누리고 싶어하면서도, 거기에 따라오는 책임은 회피하고 싶어했습니다. 저는 이제 달라지고자 합니다. 저에게 앞으로 다가올 그 어떤 일이라도 직면하고 책임을 지고 살 것입니다. 그 과정에서 때로는 힘겨운 일들이 있을지라도 두려움으로 인해 움츠러들지 않을 것입니다. 우주의 중심에 있고자 하는 저의 마음은 앞으로도 계속되겠지만, 다른 한편에는 꼭 우주의 중심에 서지 않아도 괜찮다는 균형 잡힌 마음을 가질 수 있게 되었습니다. 꼭 저와 같은 방법이 아니더라도, 인생에서 맞이하는 이러한 시간을 각자의 방법으로 *자기만의 한 걸음*을 걸어나가길 응원합니다. 그 길이 비록 낯설고 두렵고 그 길에서 헤맬지라도 긴 방황을 끝내고 뒤돌아보면 어느새 목적지에 다다른 자신을 발견할 수 있을 것입니다.

저의 특별함 추구로 인해 그동안 피해 봤을 그 누군가에게는 진심으로 사과를 전합니다. 언제나 옆에서 묵묵히 응원과 지지를 아끼지 않는 사랑하는 남편에게 감사함과 미안함을 동시에 전합니다. 그리고 뒤늦게 찾아온 사춘기로, 착한 딸로만 기억하던 엄마를 깜짝 놀라게 했는데 오랜 기간 묵묵히 지켜보며 응원해 주셔서 감사합니다. 사랑하는 부모님께 저를 지금껏 훌륭하게 잘 키워주셔서 이러한 프로젝트도 할 수 있었다고 다시 한번 고마움을 전하고 싶습니다. 연년생으로 쉽지 않은 동생을 가진 오빠에게도 감사 인사를 전합니다. 사랑하는 아들에게도 그동안 신경 많이 못 써 줘 미안하다고 말하고 싶습니다. 엄마가 행복해야 아들도 행복함을 알기에 앞으로도 함께 자라기를 기대하며 먼 훗날 이 책을 읽어 볼 아들에게 이 책을 바칩니다.

마지막으로, 긴 시간 동안 묵묵히 원하는 것들을 내려놓고 절망이 아닌 또 다른 가능성을 향해 도전한 저 자신에게 수고했다고 이야기하고 싶습니다. 수많은 심리적 갈등과 방황 속에서도 도망치지 않고 이 프로젝트를 완수하여 정말 잘했다고 말해 주고 싶습니다. 앞으로 더 단단해져서 그 어떤 일이라도 겸허히 받아들이며 흔들리지 않고 잘할 수 있을 것이라고 저의 앞날을 응원합니다.

| 리워크 스튜디오 |

『리워크 스튜디오』는 자기다움을 찾는 여정에 동행해 당신만의 고유한 색깔, 몸짓, 감각, 생각, 취향, 삶, 그리고 성장을 도와주는 곳입니다. 보편적인 기준이 아닌, 나만의 기준과 삶의 방식을 통해 자유로움을 만끽할 수 있게 실험할 수 있는 것들을 제안합니다.

『리워크 스튜디오』는 사람들의 자기다움을 발견할 수 있도록 돕기 위해 존재합니다. '독서모임, 글쓰기 코칭, 강의, 인터뷰, 소그룹 워크숍' 등을 통해 개인의 성찰과 성장을 돕습니다.

< 리워크 스튜디오 > 강의 주제	
개인	❶ 셀프 안식년 컨설팅 ❷ 2060 여성의 자기다움 찾기 ❸ 내 안의 예술가 발견하기 ❹ 나를 회복시키는 치유의 글쓰기 ❺ 내 것으로 만드는 나만의 독서법
기업	❶ 신입 사원의 마인드 세팅 ❷ 워킹맘의 스트레스 관리법 ❸ 번아웃 극복을 위한 셀프치유 ❹ 퇴사하지 않고 커리어를 지키는 인간관계 해소법 ❺ 롱런하고 싶은 밀레니얼 세대를 위한 직장 생활 기본기

나를 키우는 엄마의 안식년 『6단계 프로세스』

1단계 현재 상태 점검 꼭 해야 하는가

현재 내 상태가 어떻고 원하는 상태는 무엇인지 점검하기

현실 도피용으로 안식년을 꿈꾸는 것은 아닌지 냉철하게 분석하기

> 예) [내 시간이 없는 일상] – 주말 중 하루 몇 시간만이라도 스스로를 위해 사용해보기

2단계 목표 설정 무엇을 위한 안식년인가

그럼에도 불구하고 안식년을 시작한다면, 어떤 '목표'와 '아웃풋'을 남길 것인지 생각하기

> 예) [국내 여행] – 월 1회, 년 12회 셀프여행 후 여행 에세이 쓰기

3단계 자기 분석 나는 누구인가

나는 어떤 종류의 사람이며 중요하게 생각하는 가치관은 무엇인가? 자기다움을 발견하기 위해 자문자답 형식으로 글을 써 나가며 나의 취향, 라이프 스타일, 습관, 강, 약점 등에 대해 탐구하기

4단계 대안 수립 장애물을 넘어서라

안식년을 할 때 예상되는 어려움은 무엇이며, 그 어려움을 극복할 수 있는 나만의 방법찾기

예) [감정 기복] – 감정 기복을 줄이기 위해 규칙적인 운동 및 감정 기복이 올라올 때 산책하기

5단계 실행 계획 수립 버킷리스트 작성 & 예산 수립

버킷리스트는 하고 싶은 일들에 대한 리스트이나, 〈안식년 프로젝트〉에 있어서의 버킷리스트는 아래의 3가지 범주 아래에서 선정, 안식년 목표 달성 기한을 수립하고 각 달에 진행할 예산을 배분하기

❶ 20대 ~ 30대 때 하고 싶었으나 하지 못했던 것들
❷ 스스로 나는 할 수 없다고 생각했으나 하고 싶은 것들
❸ 평상시 관심 분야라 해 보고 싶었던 것들

예) [그림 배우기] – 목표 기간 6개월/월15만원(강습비) * 6개월 = 총 90만원

6단계 마무리 아웃풋 점검

안식년 때 목표했던 버킷리스트를 달성하고 셀프 과제를 해결했는지 점검하고 안식년을 통해 달라진 점과 새롭게 발견한 점 등을 성찰해 보기

예) [글쓰기 목표] – 안식년 동안 글쓰기 목표 세운 것 진행 여부 확인하기
타인이 내 글을 평가하는 것 같아 글을 쓰지 못한 이전과 달리 셀프 과제로 쓴 글을 외부 공유 후 피드백을 받았는지 등 점검하기

| 참고도서 |

- W.휴 미실다인 『몸에 밴 어린 시절』, 가톨릭출판사, 2006
- 공지영 『딸에게 주는 레시피』, 한겨레출판, 2015
- 글로리아 스타이넘 『셀프 혁명』, 국민출판사, 2016
- 김탁환 『엄마의 골목』, 난다, 2017
- 김희양 『적게 일하고 크게 어필하고 싶을 때 읽는 책』, 팜파스, 2018
- 나혜석 『나혜석, 글쓰는 여자의 탄생』, 민음사, 2018
- 데일 카네기 『침착』, 정민미디어, 2018
- 마츠나가 노부후미 『작은 소리로 아들을 위대하게 키우는 법』, 21세기북스, 2007
- 목수정 『당신에게, 파리』, 꿈의지도, 2016
- 박웅 『수능대신 세계일주』, 상상출판, 2016
- 사라 카우프먼 『우아함의 기술』, 뮤진트리, 2017
- 스코트 알렉산더 『코뿔소의 성공 II』, 도서출판 나라, 2001
- 아나이스 닌 『헨리와 준』, 펭귄클래식코리아, 2009
- 알랭 드 보통 『낭만적 연애와 그 후의 일상』, 은행나무, 2016
- 에크하르트 톨레 『삶으로 다시 떠오르기』, 연금술사, 2013
- 오디세우스 다다 『오직 땅고만을 추었다』, 난다, 2017
- 이다혜 『어른이 되어 더 큰 혼란이 시작되었다』, 현암사, 2017
- 이숙명 『혼자서 완전하게』, 북라이프, 2017
- 이주향 『이주향의 치유하는 책읽기』, 북섬, 2007
- 장강명 『5년 만에 신혼여행』, 한겨레출판, 2016
- 장강명 『댓글 부대』, 은행나무, 2015
- 정금희 『프리다 칼로와 나혜석, 그리고 까미유 끌로델』, 재원, 2003
- 정미진 『검은 반점』, 엣눈북스, 2016
- 정희재 『아무것도 하지 않을 권리』, 갤리온, 2017
- 정희진, 김고연주, 박선영 외 5명 『소녀, 설치고 말하고 생각하라』, 우리학교, 2017
- 조승연 『시크:하다』, 와이즈베리, 2018
- 존 브래드쇼 『상처받은 내면아이 치유』, 학지사, 2004
- 존 브래드쇼 『수치심의 치유』, 한국기독교상담연구원, 2002
- 치마만다 응고지 아디치에 『엄마는 페미니스트』, 민음사, 2017
- 치마만다 응고지 아디치에 『우리는 모두 페미니스트가 되어야 합니다』, 창비, 2016
- 카메론 터틀 『배드걸 가이드』, 해냄출판사, 2001
- 캐롤린 드 메그레, 안 베레, 소피 마스 외 1명 『파리지엔은 남자를 위해 미니스커트를 입지 않는다』, 민음인, 2016
- 한강 『채식주의자』, 창비, 2007
- 한병철 『피로사회』, 문학과지성사, 2012
- 허영만 『꼴』, 위즈덤하우스, 2010